FENG QIAO YE BO

王天华 ◎ 著

枫桥夜泊

U0654738

中国出版集团
现代出版社

图书在版编目（CIP）数据

枫桥夜泊/王天华著. --北京：现代出版社，2016.9
ISBN 978-7-5143-5420-1

Ⅰ．①枫… Ⅱ．①王… Ⅲ．①长篇小说－中国－当代
Ⅳ．①I247.5

中国版本图书馆CIP数据核字（2016）第234375号

枫桥夜泊

作　　者	王天华	
责任编辑	李　鹏	
出版发行	现代出版社	
地　　址	北京市安定门外安华里504号	
邮政编码	100011	
电　　话	010-64267325　010-64245264（兼传真）	
网　　址	www.1980xd.com	
电子邮箱	xiandai@vip.sina.com	
印　　刷	北京一鑫印务有限责任公司	
开　　本	880×1230　1/32	
字　　数	200千字	
印　　张	8	
印　　数	4500册	
版　　次	2016年9月第1版　2022年7月第2次印刷	
书　　号	ISBN 978-7-5143-5420-1	
定　　价	39.80元	

目录

CONTENTS

下卷

今生·桃花劫

大结局

色即空

上卷 SHANG JUAN
QIAN SHI
QING LOU MENG

前世·青楼梦

第一章　满楼红袖招

正是暮春时节，窗外的荼蘼花开到极盛，朱楼下临街的杨柳早已成荫，一串串从楼檐垂下的红灯隐约在柳荫之中。

那一天阳光很明媚，我们扬州的十里花街沸腾了，许多姐妹高高卷起珠帘，倚栏眺望打马而来的杜牧之。真是"满楼红袖招，争睹杜郎貌"啊！有人竟踏歌起舞，唱起了杜牧的"千里莺啼绿映红……"

管他什么杜牧之，我却提不起兴趣。自五岁时被这里的妈妈从姑苏带到扬州的"花月楼"来，已经八年了。妈妈花如雪二十八岁，是扬州青楼出名的花魁，诗词歌赋、琴棋书画样样皆精。奇怪的是，妈妈这样的花魁娘子，居然也是卖艺不卖身的，恍惚听说，妈妈十几岁时曾经有一个非常要好的知交，他们之间好像有一段刻骨铭心的恋情。

八年来，我经妈妈精心调教，在这十里扬州已经小有名气了，不过因为我才十三岁，妈妈并没有让我真正接客。

妈妈知我身世，见我冰雪聪明，便着意要把我培养成扬州第二代花魁。只在一些特殊客人到来时，妈妈才会让我为他们唱一支小曲或陪饮一杯清茶，收半两纹银。妈妈说，半两纹银已经不少了，二十文制钱便可以买一斗米，半两银子可是值五百文制钱的。

那天我一袭粉色衣裙，一条石榴红丝巾轻轻系住小蛮腰，头上的青丝松松的挽了个髻，不戴珠翠，鬓边只斜斜插一串清香的茉莉，脑后的散发柔柔地垂下，散在两肩、搭在胸前。

街上太嘈杂了。我把珠帘垂下，端坐楼上继续弹弄锦瑟，操练妈妈新教的曲子《霓裳羽衣曲》。

街上忽然一下子静了下来，正在奇怪，稍顿，楼梯却咚咚咚响起，一个青年男子突然出现在我面前——

女儿，这是杜公子，快来拜见！

我一惊，这就是刚才令十里花街沸腾雀跃的人吗？满扬州的人都知道杜牧之是新任扬州分司御史，一个少年得志的朝廷命官，可眼前这个人却没有穿官服，一身天青色袍子，头上随意地束了个方巾，满眼笑意地望着我。

杜公子，请坐。

我深深地道了个万福。他却没有落座，走到锦瑟旁抚弄了一下琴弦——叮叮叮咚，毫无意义的一串琴音，却已经泄露出他是个中高手。

公子来一曲吧！

妈妈笑容可掬地说。

妈妈今天一身鹅黄衣裙，发髻上簪了一朵淡紫色芙蓉花。妈妈笑起来简直就像一朵盛开的芙蓉。

杜公子却好像没有发觉妈妈的美貌，目光一直没有离开我：

刚才我在楼下，看见姑娘在珠帘内弹琴，情不自禁，口占了一首诗，愿意献给姑娘。

他缓缓地说，仍然是满脸笑意。

公子快快吟来！谁不知道，公子的新作只要一出，我们满扬州的歌姬都争相传唱，很快就会传到长安城。能得公子赠诗，我女儿真是有福啦！——妈妈忙不迭地说。

妈妈今天好像特别高兴，是杜公子的到来给花月楼增添了光彩，还是妈妈也崇拜杜公子？

杜公子就在锦瑟旁站着，身后的珠帘在春风里轻轻摇晃，此刻，他仿佛就是一棵临风的玉树！骀荡的春风里，我的心好像也随着那珠帘摇曳不定。

只见他笑容可掬，缓缓吟道：

娉娉袅袅十三馀，

豆蔻梢头二月初。

春风十里扬州路，

卷上珠帘总不如。

好！太精彩啦！好一个"卷上珠帘总不如"，这一句最好！今天我们这花月楼可要让十里扬州那些珠帘高卷的姐妹羡慕死啦！——妈妈拍手叫好，头上花枝乱颤。

我却低头不语。

和妈妈不一样，我倒是更喜欢这首诗的前两句——我知道这诗句在唱我：以"娉娉袅袅"来形容我这么个十三岁的小歌姬，简直太传神了，传神得这么温柔这么体贴；而豆蔻呢，因含苞之时非常丰满，俚语称为"含胎花"，开放之后，花蕊之中有两瓣相并，寓意男女之间结同心。公子以如此传神而大胆的诗句吟唱我，倒令我有些脸红心跳。妈妈常常责备我，说都十三岁的人了，还情窦未开，一点儿也不像欢场中的女子！

妈妈见我低头不语，场面有些尴尬，连忙打岔：

哎呀，还没有给公子上茶，小萝，快把新买的碧螺春沏一壶来！

小萝把沏好茶的绿玉壶摆在桌上，分别往两只绿玉杯里斟满茶，做了一个"请"的姿势。我和杜公子按宾主的位置就座了。

妈妈和小萝悄然退去。

第二章　千金女叹身世飘零

场面稍稍一静，还是他先开口：

卑人杜牧，字牧之，长安人氏。请问姑娘芳名？

我忍不住悄悄一笑——杜公子，你还需要自我介绍吗？你的诗名才气早就誉满天下了。但是，我还是礼貌地说：

公子不用客气，你的名声早就家喻户晓。小女子柳含烟，是妈妈给取的艺名。

柳——含——烟，好诗意的一个名字！这柳树，特别是西子湖边的柳树，远远望去，的确像一团团绿色烟雾呢。

是妈妈花如雪期望我能成为她那样的花魁，特地给我取了一个与她匹配的名字。

呵呵，花如雪，柳含烟，绝配、绝配！

稍顿，他又说：

我刚才在楼下听姑娘弹琴，好一会儿了。

我是在弹妈妈新教的曲子《霓裳羽衣曲》，请公子指教。

姑娘弹得真好。前朝杨贵妃有《霓裳羽衣舞》，这个曲子可是教坊根据宫廷舞蹈新制的吧？

正是新制的。我们扬州歌姬在乐曲里填了李白的"云想衣裳花相容"作为唱词，让这《霓裳》曲可以边唱边舞。

太白诗仙空灵美妙的歌词配上姑娘轻盈曼妙的舞姿，不知是怎样的仙姿缥缈呢！

公子夸奖了。哪日公子有暇，含烟为你舞就是。

那我先谢过姑娘了！刚才满街的歌姬都高卷珠帘来看杜牧之，我到任扬州后，这还是第一次来逛这十里花街呢。你倒好，不闻不问，放下珠帘管自弹琴。

公子，对不起，怠慢公子了。

我不是这个意思。倒是十分喜欢姑娘这种不管不顾。姑娘在帘内端坐弹琴时那娇小可人的神态，令我想起了早春二月郊外那含苞未放的小小豆蔻花芽儿了。懂得我刚才吟诵的诗句吗？

公子这个比喻真的很独特。

其实，诗人们常常用牡丹花、芙蓉花来形容歌姬，她们是茂盛得肆无忌惮地绽放在枝头的花朵；你却是内敛的、含羞的、清纯的，是一朵令人爱怜的小小花骨朵儿！姑娘你不会嫌这比喻寒碜吧？

我理解公子对含烟的呵护怜惜，只是……

只是什么？是我爱惜呵护到咄咄逼人了？是有些唐突姑娘、让你难为情了？

说话时他一直热切地注视着我，看得我只好低下头去。

我今天是怎么了？以前接待的客人，陪他们喝喝茶、唱唱小曲，还从来没有人让我这样心慌意乱过，即便是那些动手动脚的王孙公子，我也只把他们当作欢场中的逢场作戏。可是今天我到底怎么了？无端地在杜公子面脸红心跳。

杜公子仿佛没有发觉我的失措，仍然笑意盈盈地说：

我看你和一般青楼女子是有些不一样的。

有什么不一样？

你眉宇间有着一股书香门第女子的书卷气呢，你一定有着和别人不一样的身世。还记得未入青楼时的名字吗？

记得。我姓慕容，爹爹给取名"映雪"。我是姑苏人氏。

映雪，很诗意的名字啊。

我本出生在阳春三月，听我娘说，出生前一天却袭来一场倒春寒，姑苏城竟下了场大雪。可是我出生那天早上，天突然放晴了，朝阳映着白雪，美极了，爹爹就给我取名"映雪"。

你爹爹一定是饱读诗书的。哦，你姓慕容，朝廷有个慕容丰大人，姑苏人氏，那年全家遭难了。你是他们家亲戚吗？

不瞒公子，我就是慕容丰的小女儿慕容映雪。

是了，是了，难怪我第一眼看见姑娘，就感到你有一股天然的大家闺秀气质，不像一般青楼女子。若不是家庭遭难、流落风尘，你也应该是千金之躯的官家小姐呢。

八年前我爹爹遭奸臣陷害，我们慕容家被满门抄斩了。

姑娘怎么得以逃出？

是母亲慌乱中急命奶娘抱着我从后花园暗门经地下暗道逃走。

奶娘抱着我爬出暗道，慌不择路，逃到城外的枫桥渡口，仓促间与正在登船的妈妈花如雪相遇，奶娘把我托付给花妈妈，她自己逃生去了。妈妈看我生得眉清目秀，又是书香门第子女，名字里刚好也有个"雪"字，认为我和她有缘，便收留了我。我倒是逃脱了劫难，我爹娘和家里数十口人却全部遇难了！

这件事当时也轰动京城，朝野许多人为慕容大人叫屈，却是敢怒不敢言，因为权奸势力实在太大。

稍停，他又说：

你妈妈花如雪敢于在危难中接受你，也算是有胆有识的人哪！

我妈妈虽然是风尘女子，却也侠肝义胆，痛恨权奸。为了掩盖我慕容家的身世，对外宣称我入青楼之前是"张"姓女孩，名唤"张好好"。

呵呵"张好好"，这名字也不错，有着世俗的太平安稳之意呢。妈妈隐去你的身世，为的是保护你啊。

正是这样。妈妈对我精心调教，期望我能够成为扬州第二代花魁。因为许多年来，这十里扬州的青楼女子，无论是美貌还是琴棋书画、诗词歌舞，还没有一个人超越花如雪的。

你妈妈确是色艺双绝、风情万种，许多王孙公子对她十分仰慕。但是，我还是喜欢你这样的"清水出芙蓉，天然去雕饰"！

他略略停顿，又满眼笑意地看看我：

为什么你愿意告诉我？

什么？

你的身世，你不寻常的身世。

我说不出什么原因。大概是你的目光……

我的目光有什么特别吗？

你的目光不像那些人。

那些人怎么样？

他们看人时……全身上下到处搜。你不是那样的。

那你说说我的目光是怎样的？我自己倒是不知道呢？

公子的目光嘛，是让我感到温暖的、安全的。有个成语"如沐……"

"如沐春风"？呵呵，这是姑娘对我最大的褒奖啦！

我看公子是一个好人，所以才敢把身世如实相告。

他略略沉默，叹息道：

含烟啊，可惜我现在官职太小，无法给姑娘一家洗雪沉冤。真对不起姑娘啊！

公子说哪里话，能够得公子相知相惜，小女子已经知足了。公子要听我唱曲吗？

当然愿意，只不过担心姑娘误解我是来欢场消遣的，怕唐突了姑娘，不敢冒昧祈求。

我为公子歌一曲汉乐府《上邪》吧。——我边说边去锦瑟旁坐下。

他仿佛有点惊诧，然后点头微笑：

呵呵，为我歌《上邪》啊？我杜牧何德何能，得姑娘如此垂爱？

我端坐琴前，指尖轻轻滑向琴弦，清泉般的琴音便倏然而至。只轻启歌喉，清丽悱恻的歌声倚着琴音已然飘飞在楼宇：

> 上邪！
> 我欲与君相知，
> 长命无绝衰。
> 山无陵，江水为竭，
> 冬雷震震，夏雨雪，
> 天地合，乃敢与君绝！

歌罢，我眼角竟然淌出一丝泪水。我今天是怎么了？

好！好！好！——妈妈不知何时已经上楼，笑盈盈地夸奖说：

含烟今天唱得比往常都好呢，我在楼下都听得感动了。

看杜公子时，却也正在撩起衣袖悄悄拭泪——难不成，他也和我一样被这天崩地裂的爱情誓言震惊了？

杜公子，楼下有人找你！——小萝咚咚咚地跑上楼来说。

第三章 天降酥雨公子迷情

楼下来的是杜公子的小厮明月奴，报告他长安来了御史台官员，一位姓冯的御史大夫。

我们大唐御史台的御史大夫，负有监察百官、巡视郡县、纠正刑狱、肃整朝仪等职权，有弹劾百官的权力，属三品官。当然，那时杜公子仅仅是分司御史，七品。

公子辞别了妈妈和我，随小厮去见长安来的御史冯大人。

以为公子这两天是来不了花月楼了。

谁知第二天上午，杜公子又来了。意外地见了他，我无法掩饰自己的惊喜。

小萝端来一壶碧螺春，在绿玉杯里斟满香茗，轻轻离去。

我说：

公子今天怎么有暇？冯御史走了？

御史大人刚到，偶感了风寒，歇息一日。不然今天就陪他下州府去了。这次御史大人要在江南巡察十来天。

哦，那就不单在我们扬州，姑苏、金陵都要去吧？

是的，江南一带各州府都要巡遍。所以趁今天有点闲暇，赶紧来看姑娘。

我心里一阵温热：

公子忙里偷闲来看含烟，含烟十分感激！

不要"感激"我！是我应该感激你啊！——他拉过我的手，摩挲着我腕上的玛瑙佛珠，笑吟吟地说：

你们江南，我是第二次来。两次都让我感动又惊艳啊！

你以前到过江南？

那是十三年前的故事了。那年我十三岁，父亲带我出游，他说一个读书人除了读万卷书，还必须行万里路。我们游历了许多名山大川，后来到了杭州西子湖。

哦，西湖是很美的。比起我们扬州的"瘦西湖"，杭州西湖更加开阔大气。

其实扬州瘦西湖也是很美的。如果把杭州西湖比喻成一个雍容华贵的大家闺秀，扬州瘦西湖就好比一个伶俐可人的小家碧玉，就像姑娘这样的，娉娉袅袅。

公子是诗人，什么景物入了你的眼，都被你赋予了灵气。

姑娘过奖了。那次游览西湖，令我对江南的湖光山色终生难忘，姑娘愿听我的故事吗？

含烟愿听公子的一切故事。

那是一个风和日丽的春天，我和父亲漫步在西湖的湖堤上。湖岸青山隐隐、柳丝如烟；湖堤上红男绿女、游人如织。忽然吹来一阵微风，天下起了蒙蒙细雨。如烟如雾的江南雨，轻纱一般笼罩了湖山，飘飘忽忽，令人如痴如醉。长期在北方看惯了豪雨的我，面对如此温柔多情的江南酥雨，忍不住口占诗一首。

什么诗？

就是后来传遍天下的"清明时节雨纷纷"哪。

哦，"清明时节雨纷纷，路上行人欲断魂"，我最喜欢这第二句。美妙的景色原是可以勾魂摄魄的！

我当时就被勾魂摄魄了！因为我恰恰吟完，忽然从天而降一粒硕大的晶莹雨珠，落在我的指尖。我为这江南的酥雨感动，竟把这天降的甘霖吮进嘴里了。

哦，公子情之所至，草木雨露皆成为有情了！

那晚，还做了一个奇怪而美妙的梦。

又梦见西湖了？

不是。唉，这个梦我从未对人讲过，连我爹爹和娘亲都不知道。今天讲给你，可不许笑我。你是第一个也是最后一个听这故事的人。

公子把心里深藏的美梦告诉我，那是把我当知己。我怎会笑你？

那是我十三岁年纪第一次梦见那种事：梦里我和一个美貌小佳人做那种事，那销魂蚀骨的曼妙，令我终生难忘！第二天清晨，我悄悄把那黏糊糊的中衣拿去洗了。母亲很奇怪，说是牧儿怎么就变得这么勤快了？我红着脸不敢吱声。

我没法回应公子的话，羞得红了脸。

公子却柔情地说：

从此我对梦里那个佳人难以忘怀，时时记起她的模样。

她一定是美若天仙？

也不是美若天仙，倒是像姑娘一般，娉娉袅袅、清纯可爱。

所以，昨天公子驻足花月楼下痴望，是因为发现梦中情人了？

姑娘太聪明，你真的和她一模一样。

可是那时我还没有出生，我今年才十三岁。就算神仙托梦，我想那梦中女子也不会是我。

是的，我也好生奇怪。此后的十多年，我一直在留心寻找这位女子，遍寻天下也没找到。昨日打马十里扬州，却意外发现了珠帘里的姑娘，简直就是那个梦里佳人！

公子是诗人，莫非编了故事哄我高兴？

不是，不是的！杜牧说的句句实话。不瞒姑娘说，杜牧虽然痴长到二十六岁，还是第一次对一个女子这样动情。

公子出身官宦之家，才华盖世、少年得志，身边一定美女如云的？——心里感动公子的真情，口里却不由自主地这样说。

姑娘话说哪里？说来你也不信，只因为杜牧年少时一心用功发奋读书，十八岁以前云游天下，入仕以后尝以朝廷社稷、天下苍生为己任，且一向自视甚高，曾经发誓：功不成名不就时绝不言儿女之情。

可现在公子已经功成名就了。

姑娘过奖了，杜牧小小一个七品官，谈何功成名就？倒是这次上任，初到扬州就得以遇见姑娘，也算是可以堪比功成名就的一件幸事呢！杜牧痴长到二十六岁，枉自人家还称我为多情诗人，如今见了你才体味到男女之间的恋慕之情，原来是这样夺人心魄的，是这样令人魂不守舍的！仿佛你就是那个让杜牧暗恋了十三年、等了三生三世的前世恋人！

公子说着，又拿满眼的笑意看我——我最受不了他这样的目光，它让我身心摇曳不已，我镇定一下自己，期期艾艾地说：

公子，可惜含烟不是官家小姐，与公子不相匹配啊。

你本是官家小姐、本应该是千金之躯的。但是含烟哪，如果你家庭没有遭难，养在深闺，我杜牧之又怎能有幸在这十里扬州与你相遇啊？可叹哪，老天竟是以这样残酷的方式把你送到我的跟前来！

公子，你知道我的身份。——我忍住了"青楼女子"几个字没说出口，只用了"身份"二字。

含烟——他不管不顾地拉住我的手，热情地说：

含烟，只要我们两情相悦，我不在乎你是什么身份！我这颗心算是永远被姑娘攫去啦！

公子，你越对我好，我就越是要担心我们的未来渺茫。我只怕，怕我们的未来是无望的！你是朝廷命官，无法娶一个青楼女子为正妻的。

我知道，我知道。只要姑娘不认为"妾"的身份太委屈，我将来一定来赎你！我不管什么正妻不正妻，此生真爱只有你一个！

我已经热泪盈眶。

公子替我拭去眼泪：

不哭，含烟不哭。

公子，我是感动的啊！

来，我们来琴箫合奏一曲，怎么样？今天我带来了玉箫。

他从怀里掏出一管紫玉箫。

公子想吹什么曲子？

来一曲《梅花三弄》好不好？

好的，此曲清丽婉转，很适合琴箫合奏。

我坐到锦瑟旁，公子随即持箫站到我身后。琴音起始，箫声也如习习春风随之而至。他吹得温柔体贴，流连婉转之际，每个音节都来与我的琴音粘连吻合，真个是旖旎袅娜、风光无限。此刻我心里充满了喜悦。古人常把情人称着"欢"，我想这"欢"字真好！

这一天，杜公子在花月楼流连忘返，直到下午才离去。

第四章　《枫桥夜泊》绘丹青

一连十多天，杜公子都在陪同冯御史在江南各州府考察巡视。

心情有些落寞，歌舞也没有心思练，锦瑟前坐下，随手弄出几个音，无意间会想起杜公子玉树临风般站立珠帘下，笑盈盈地吟诗的模样。

妈妈笑我："这小妮子也开始醒事了呢！"

妈妈，我不是那些意思的，我只是喜欢和杜公子在一起的那种感觉。

还不承认呢，小妮子，这叫作"情窦初开"！

妈妈也许说得对：真是的，人啊，有时你自己都不了解自己！

这两年，来花月楼追捧我的王孙公子倒也不少，他们称我是"色艺双绝的小佳人"、"未来的花魁娘子"。可是任凭那些年轻公子怎样的热情拥戴，我只把这歌舞弹唱当作自己的生计、饭碗，只是一个欢场女子例行的应酬。

自从遇见杜公子，这一切全改变了。

妈妈看我病恹恹困倦倦的样子，有好几次客人点名要我唱曲，她都给我挡了，由她自己亲自去陪。

忽然担心，这长安来的御史大人，是来检查官员风纪、政绩的，杜公子与我这样一个青楼女子相恋，满扬州都已经传得沸沸扬扬，不知道此事对他的仕途会不会有影响？

冥冥之中有一种预感：恐怕我与杜公子这段情不会有好结果。

百无聊赖时，我会退下腕上这串玛瑙佛珠把玩。

这是当年一家人离散时，母亲亲手给我戴在腕上的。她说，若他们能够侥幸逃得出劫难，将来凭玛瑙佛珠上的莲花与我相认。

小时候母亲让我辨认过，佛珠里有一颗最红的珠子，把它对着阳光，珠子里面会折射出一朵盛开的莲花。母亲还说，这玛瑙佛珠是姑苏城外白衣庵一位名叫慧静的师父，在我满月时赠送的。那时因为我人小，怕被我丢失，一直是母亲替我保存着。

如今爹娘已经不在人世了，空有佛珠莲花待谁人哪！

为排遣心中郁闷，我去至书房，在画桌上展开了那幅未完成的水墨丹青《枫桥夜泊》。

记得那一年，爹爹从长安回家探亲，家里笼罩着大祸就要临头的恐怖。爹爹带着我娘和兄弟姐妹几人，去寒山寺敬香，祈求神灵保佑。

那是一个深秋，枫桥满地落叶，古寺萧索凄凉。

寒山寺的住持道一长老，俗姓好像是姓箫，他原是爹爹的同窗好友，也是满腹诗书的一个才子。他年轻时便看透了官场的尔虞我诈，不愿意参加科考，加之他父母笃信佛学，从小耳濡目染，他自己对佛经也有着深刻独到的研究，在三十多岁时便皈依了佛门。

道一的佛学造诣很深，在江南一带的佛门僧众之中，威望甚高。他还写得一手好字，近至姑苏，远至扬州、金陵，来向他求墨宝的文人雅士、大小官员不计其数，但他的墨宝很难求到。他说，既然皈依佛门，就不应该介入红尘俗事，什么诗词唱和、书画相赠，都不是一个出家人应该做的事情。

　　不过我爹爹向他求字，他是极愿意写的。我娘说，爹爹书房里挂的那幅字便是道一的墨宝。

　　他对爹爹的情谊始终未因为出家而消解，他们是无话不说的莫逆之交。

　　爹爹厌倦官场，有时也叹息说，还是道一好啊，一入空门，万种烦恼皆休！

　　道一担心爹爹迟早要被权奸暗算，劝爹爹早早辞官归隐。爹爹考虑再三，终于打定主意退出官场了。他老人家打算此次回乡，便有意多待一些时日，然后向朝廷禀报，以"父母年老多病，家里需人照料"为由，辞去官职。

　　那时我祖父母还在，不管哪个朝代，孝道还是必须讲的。

　　可是已经晚了——他得罪权奸太深，那些人已经虎视眈眈，恐怕是辞官也难免灾祸了！

　　那天我们在寒山寺敬香毕，道一把我们家眷让进客堂用茶，却带领我爹爹进了他的禅房。

　　爹爹和他在禅房密谈了许久，讨论的大概都是怎么躲过权奸迫害、怎么化险为夷的一些权宜之计吧？

　　果然，一家人终归没有逃过一劫。还没等爹爹回到长安，朝廷的圣旨已经降下，官兵突然包围了府邸，爹爹和家人一齐全部遭杀戮。

　　奶娘带着我从暗道逃生到枫桥，更是月黑风高、惊恐万状。

　　两次与枫桥古寺相逢在肃杀的寒霜里，给我五岁的幼年留下了难以抹去的哀伤凄凉的一笔。

　　后来年事稍长，读到落第举子张继的诗《枫桥夜泊》，更唤起了我童年的伤痛，便提起画笔把这凄美的意象融入丹青，以纪念我那遭难的双亲。

　　这是一幅水墨丹青，已经完成了大部分，只需作最后的晕染。我以大量的淡墨去点染那枫桥和寒山寺的夜景，如同挥洒我童年的心事。画完，小心翼翼地落上"扬州花月楼柳含烟"的款，钤了印章。

正在对画沉思，忽然听见小萝在门外喊：

含烟姑娘，杜公子来了！

小萝一边跑一边喊，打破了我的沉思：

真的是杜公子来了？

正要赶紧收起笔墨去厅堂相迎，他却已经出现在我书房门口。

今天他一身纯白袍子，一顶金冠束住长发，笑意盈盈，就站在书房门口的春风里！

我却是一袭绿罗裙，头上胡乱挽了个髻，不施脂粉，懒懒的病恹恹的模样。但是，要去梳洗已经来不及了。

小萝，把茶摆去楼上，我和杜公子马上来。

不用，不用，就这书房坐坐也是很好的。

那就把茶摆在书房吧。

小萝立刻去张罗桌椅茶具。

是因没有梳洗打扮的缘故吧，仓促间见了公子，我有点儿慌乱失措，不知道该说什么才好。公子却好像没有在乎我的懒散病容，反而关切地问：

怎么，几天不见，你人消瘦些了呢。

我无语。

见我尴尬，公子反而更加怜爱地拉着我的手说：

唉，姑娘啊，你的心思我都知道。其实我也和你一样，每当午夜梦回，醒来时第一个念头便是想起你，致后半夜常常夜不能寐啊！这一段时间公务虽然繁忙，但是只要有一点点闲暇，时时刻刻都会想起你啊！我想姑娘也和我一样吧？

见我低头不语，他小心翼翼地说：

含烟，我惹你生气了？

没有。公子啊，我这是高兴的，我喜欢听你讲话。

姑娘，茶来了！刚刚现烧的开水呢。——小萝来了，她泡好一壶公子爱喝的碧螺春，往两个碧玉杯里斟满了茶。

小萝斟好茶便出去了。

妈妈随之进书房来了：

公子多日不见？

妈妈安好！连日来公务繁忙，现在才有空来看望妈妈。

知道，公子这些天陪御史大人巡察。忙里偷闲来我们花月楼走走，也是十分难得的呀！

公子，你常来花月楼，冯御史可追究责备你了？对你仕途可有影响？冯御史可是来检查风纪的。——我一连串地说出这十多天来的担心。

哈哈哈哈！——妈妈突然大笑，笑得头上的步摇乱晃。

小妮子才几天工夫就如此卫护杜公子了！杜公子，你认识我们含烟一场，值了！

我说：妈妈取笑什么呀，人家说的是真话。

杜公子说：多谢姑娘如此眷顾！我朝青楼女子是入了乐籍的，青楼这一行当受朝廷认可，不然怎会有你们扬州的十里花街？青楼女子中有许多才女，她们不仅善歌舞，而且通音律、擅诗文，士大夫文人雅士，常把她们作为红颜知己。我朝白居易、元稹、刘禹锡、张籍……都与青楼女子有过密切的交往。杜牧在扬州得遇风华绝代的含烟姑娘，此乃一生幸事，谈何影响仕途？

妈妈说：杜公子说得对，士大夫里确有许多风雅之士，真心实意把我们青楼女子视为红颜知己的。妈妈我就有一位知己，现在还是京城里的一个不小的官员。

是谁？我们从来不知道啊！

是谁，妈妈当然不会告诉你们，将来到时候自然会知道的。来来来，还是来看看含烟的画！——妈妈巧妙地转移了话题。

小妮子的画大有长进。

妈妈，你知道，我画的枫桥，是我幼年……

知道。你的身世妈妈从收留你之日就知道。

妈妈又对公子说：女儿是以张继诗为意境，寄托她幼年的哀伤。公子你自然懂她的画？

懂的。她在以画笔倾诉她的悲愤，怀念她的爹娘，此画真的忒苍凉！

公子，枫桥留给我的两次印象都是苍凉的。

也难怪啊，你承受的伤痛太多。

说到含烟这幅画，想起了慕容大人一家的冤枉。谁不知道慕容丰大人是真正的忠臣哪？——妈妈忽然感慨地说。

公子小声说：

这次御史大夫冯铮来江南巡察，对我们这一带官员的政绩十分满意。我本要提及慕容大人的冤案，但时机尚未成熟。这件事要慎重，非待时机成熟不可轻举妄动。

我说：公子如此看重此事，含烟没齿不忘。公子的大恩大德，犹如我再生父母！

呵呵，含烟你可不要把我恭维得忒老了，我今年才二十六岁呢！

可是公子少年得志，已经是两次金榜题名的朝廷命官了！

是的，普天下都在传诵杜公子"家在城南杜曲旁，两枝仙桂一时芳"的诗句呢，"两枝仙桂"一年两次蟾宫折桂，天下能有几人？"城南杜曲"，以后我们上京城长安，不愁找不到杜公子的家喽！——妈妈开玩笑地说。

你们来长安，我自然是要盛情款待的。

那就预订在这里了哈！到时候可不要不理我们！不过那都是将来的事，今天辛苦一下公子，可以不？

有什么辛苦事？妈妈吩咐就是。

公子给含烟的画卷题个诗好吗？

——我惊叹佩服妈妈见缝插针的本事！请杜公子题字，正是我心里想要而没有说出口的。

公子微笑着说：

妈妈不用客气，这是我喜欢做的事情，何谈"辛苦"二字？

公子走到画桌旁，执笔饱蘸墨水，洋洋洒洒，在画卷上一挥而就：

> 月落乌啼霜满天，
> 江枫渔火对愁眠。
> 姑苏城外寒山寺，
> 夜半钟声到客船。
>
> 杜牧之恭录张继枫桥夜泊诗此请
> 扬州花月楼柳含烟姑娘雅正

小萝，再拿宣纸来——

公子喊着，今天他好像兴致很高。

小萝送来一叠四尺宣，我选了一张，仔仔细细把纸给铺好、展平，两端压上玉石镇纸。

公子饱蘸浓墨，提笔一挥，随即就把与我初相见时口占的诗"娉娉袅袅十三馀"挥洒满纸。他开玩笑吧，这次的上款居然以"张好好"之名戏称于我，"张好好"可是花妈妈为了掩盖我的身世而胡编的一个名字，那天他说过，这"张好好"的名字有世俗的太平。

他慎重地掏出一块白色玉印，把《枫桥夜泊》题字和"娉娉袅袅"赠诗都钤上朱红的印章。

妈妈乐得合不上嘴，连连说：

公子好手笔！这可就是花月楼的镇楼之宝！我们可要好好装裱了挂在厅堂里。在这十里扬州，杜公子的墨宝可是我们花月楼独此一家拥有！

妈妈取笑了！

妈妈，妈妈，有人找杜公子！

小萝又一阵风似的跑来，杜公子的小厮明月奴紧跟其后。

小厮递给公子一封信，说是家乡长安有人来扬州，顺便捎过来的家书。

公子随即拆了信，看完后脸色刷白。

第五章　杜公子情定三年约

妈妈忙问：

家书吗？怎么回事啊？

三年前家里给我订了一门亲事，是京城里卫姓的书香门第小姐。前两年家里一直催促完婚，是我再三要求父母，总算推迟了婚期。现在家父来信，催我速回长安与卫小姐完婚。——公子有气无力地说。

哈哈，好事啊！公子这样的朝廷命官，是应该配豪门小姐的。——妈妈半真半假地说。

公子默然，无言以对。

其实，从一开始我就知道，妈妈之所以欢迎杜公子时常来访，一是惜才，杜牧诗名远播，而妈妈自己也是诗词歌赋个中高手；二是她看重公子带给花月楼的知名度。公子常来花月楼，让这十里扬州的姐妹们都羡慕死了。这些天，花月楼里柳含烟和杜牧之的恋情，被满扬州的青楼女子们加油添醋地炒了个满城风雨、沸沸扬扬！

也许妈妈并不真正看重我与杜公子这段感情？

那些常来我们花月楼的盐商、珠宝商、茶商，动辄就可以拿出上千两纹银为我赎身。而大唐官员的俸禄是以谷米计算，一个七品官员的年俸禄，折合银子也不过二百多两。公子要几年不吃不喝，才筹得够赎我的千两纹银？

欢场中的女子，谈论感情是一件多么奢侈的事情！

那天，公子闷闷不乐地去了。

以后接连几天，公子办公之余一有空就来花月楼，真说不清是我在陪他，还是他在陪我。

公子，家里催你回去完婚，你就去吧，我这样的女子，将来若能有幸做公子的侍妾，也就是莫大的幸运了——我说。

拖一天是一天吧——公子无可奈何地说。

窗外的荼蘼花已经陆续凋谢，三春的花事竟是这样草草收尾了！

这天，天色已晚，公子突然来了，好像有什么话要告诉我，却欲言又止。

小萝拿着两支儿臂般大的红烛进来了，她悄无声息地把红烛插进银烛台，点上，轻轻地退出了。

一会儿，小萝又端着绿玉盘进来，把一壶酒、两个琥珀杯摆好，斟满酒：

妈妈说，这薄酒一杯，为公子饯行。她就不来作陪了，让你们多说几句体己话。

什么？公子就要走了？——明知会有这一天，但此刻仍然觉得晴天霹雳！

万般无奈的，公子说出一段话来：

是的，今晚我其实是来向姑娘辞行的。我实在不忍心把这"辞行"二字说出口啊！这次是再也拖不下去了，因为朝廷来了公函，急调我入长安去御史台任职，责令即刻启程。就是前次来江南视察的那位冯御史向朝廷推荐的我。

我惊得半晌说不出话。公子升职调任京城，本是好事啊！为何此刻却心如刀绞般的难受？

我们在桌旁分宾主坐下。红烛高烧、烛影摇红、烛泪潸然。待要举杯敬酒，却已热泪盈眶。我强忍眼泪，努力装出一副笑容：

公子，此去长安，一是升职，二是洞房花烛，都是喜事，我本应该为公子高兴才是。我祝公子鹏程万里、喜结良缘！请公子满饮此杯。

含烟姑娘——

公子轻轻呼唤我的名字，我不由得心头一热，泪如泉涌！

含烟，你这样说，叫我如何消受得起？我们虽然没有山盟海誓，彼此却是相知相惜的啊！富贵于我如浮云，我实实愿意就在这江南当个小小地方官，了此一生，足矣！

他没有举杯，我只好把举起的酒杯放下。

公子，有你这句话，含烟知足了。不过，公子千万别当真。

当真又怎么样？就效仿陶渊明归隐田园，未尝不可！

公子千万不要这么想！含烟虽然是一青楼女子，却也深明大义。你们男儿饱读诗书是为了上报朝廷下恤百姓的，朝廷和百姓都需要公子这样的好官。至于公子回去完婚，这本是天经地义的事情。你是朝廷命官，礼法怎能容你娶一个青楼女子为正妻？所以，含烟的祝福是出自内心的。公子，你还是满饮此杯吧！

我再度把琥珀杯举起。

他突然端起酒杯，含杯一饮而尽，再度把酒杯斟满——

含烟，我也敬你一杯。你记住，你是杜牧此生第一次爱上的女子，也是此生唯一的至爱。无论如何，你要等我，我们以三年为期，等我回长安一切安排停当，三年内一定来赎你。我已经对你妈妈说了，她同意以三年为限。你如果愿意等我三年，就请满饮此杯。

我知道，公子需要时间。一是他要以三年时间筹足为我赎身的上千两银两；二是即便是纳我为妾，也需要将此事禀明父母，商量、磨合，尚需时日。

我说：公子，你放心去吧，含烟等你三年！三年之内你可一定要来。你知道，我的命运是在妈妈手里的。

我们各自端起酒杯一饮而尽。

公子，你可记得我们初相见的情景？

怎么不记得？那天，你独自在楼上珠帘内弹琴，我在楼下，美人如花隔云端哪！我仿佛遇见了前世三生的梦中情人，后来情不自禁跑上楼来会你。

公子，你知道我们初相见时，你最令含烟感动的是什么？

知道，你说过，我的目光。

是的，你的目光里充满了爱怜、充满了温暖、充满了笑意，让人如沐春风。从今以后，公子的笑容是永远留在我的心里了。

可是，含烟哪，今晚我怕是笑不成了……小萝！

他忽然叫小萝——

替我取笔砚来！

小萝摆好笔砚，公子饱蘸墨水，在花月楼一尘不染的雪白墙壁上竟一挥而就：

> 多情却似总无情，
> 唯觉樽前笑不成。
> 蜡烛有心还惜别，
> 替人垂泪到天明。

一首诗道尽我们此刻的泪血辛酸！

公子又再三叮嘱，含烟，你记住，三年，三年之内，我无论如何都要来扬州赎你！你一定要等我啊！

公子，我记住了。岂止三年！含烟等你一生，直到海枯石烂！

我泪如泉涌，哭倒在公子怀里。

第六章　金陵公子黎永彦

就这样，杜公子依依不舍地回长安去了。

公子走后的三年，发生了太多的事情，我的命运也发生了天翻地覆的变化。

刚开始的两个月，公子曾经陆续托长安来扬州的人带过两封信来，报告他的平安、诉说他的牵挂。可是后来不知怎的就杳无音信了。

那一年从秋天到冬天我重重地病了一场，几乎是水米不进，人瘦成了一把骨头。

倒是妈妈劝我看开点儿，说是欢场中这种事情她见得太多，流水落花，听其自然吧！

但我始终不肯相信公子会背弃诺言，所以恳请妈妈，无论如何要兑现"三年为期"的承诺。

好在那时我人还小，并没有到真正接客和从良的年纪。但是，妈妈间或要我以弹琴歌舞或者谈诗论画来伺候、取悦客人，这强颜欢笑的尴尬还是躲不掉的。

妈妈的意思，让我接待客人时再结识一些风雅的王孙公子，把对杜公子的感情转移到他们身上去。

不负妈妈所望，我确实成为十里扬州第二代花魁。为了区别与妈妈花如雪的不同，客人们常常戏称我为"小花魁"。花月楼门前天天车水马龙，夜夜笙歌不绝于耳，来访的王孙公子、行商巨贾不计其数，真个是"五陵年少争缠头，一曲红绡不知数"。

可是有谁能够知道这韶华极盛背后我内心的酸楚？

春花秋月等闲过。第三年早春，我满十六岁了。

楼下临街的杨柳已经换了新绿，郊外的豆蔻花已经含苞三度，与公子相约的第三年时限到了。

我是倚楼天天盼望，凡是听到马蹄声，心里就是一阵急跳，可是一次又一次迎来的都是失望！

有时清晨，客人还没有到来时，我会放下珠帘独自坐在楼上，回忆与公子初相见的情景。

那是怎样一个繁花似锦、东风骀荡的暮春啊！满扬州的姐妹为争相一睹杜公子风采、殷切期待公子眷顾，竟然家家高卷珠帘、人人踏歌起舞，公子却是从天而降一般突然出现在了我面前！

想起公子那满眼盈盈笑意、和煦如春风般的话语，如今竟然恍如隔世！我甚至觉得，自己十六岁的年华已经老去，只要公子不来，我的青春将不复存在！

这个春天的日子好难熬，就这样从早春盼到仲春、仲春盼到暮春，楼下的柳树已经成荫，荼蘼花开了、又残了，杜公子却始终音信全无！

这两年，前来为我赎身的人也不知过了多少，从青春年少的富家公子，到家财万贯的行商巨贾，其中有许多还应允娶了我去当正室夫人的。我恳求妈妈一定要信守承诺，千万要等杜公子，等到三年期满以后。

妈妈劝我看开点儿，不要守着一棵树吊死，杜公子恐怕早就把你一个青楼女子忘得一干二净了！自古才子多薄幸，趁着大好青春年华，找个好人家嫁了算了。

我说：妈妈，那你为什么不嫁？

我嘛，我在等一个人，快了。

难道妈妈也有心上人？

唉，你我虽为风尘女子，却也同样为情所困啊！

妈妈，你还劝我呢，你自己不也是同样走不出这情天恨海？

妈妈无语，只轻轻一叹。

暮春过后是初夏，转眼就是端阳节，公子仍然没有来。

端阳节这天，花月楼来了个黎公子，名叫黎永彦。

妈妈介绍说，黎公子也算是江南才子之一，金陵人氏，自幼家贫，早年丧母，苦读诗书，也曾参加过朝廷应试考试，虽满腹才华，却因为做的文章与主考官思路相悖而落第。黎公子愤而发誓从此不再参加科考，转而入赘江南富豪金焕家中，协理经营珠宝玉器生意，此次来扬州，为的是采办珠宝玉器。商事闲暇，黎公子也偶尔来花月楼一坐，品茗听琴赏歌舞。

黎公子也吹得一手好玉箫。我弹琴时他常常用箫声相和，虽然琴箫和鸣如仙乐飘飘，但终因我满怀心事，奏出的乐章多少有些悲戚。

那时我陪客的身价已由半两纹银提高到一两。可能因为是珠宝商人的关系吧，黎公子每次来，除了付足纹银，还要赠送一些珠宝首饰给妈妈和我。我对首饰之类向来不是很感兴趣，不喜欢那种满头珠翠的浓妆艳抹，多数的珠宝我都转送与妈妈了。

黎公子也是琴棋书画个中高手，常常与我谈诗论画。他十分欣赏杜牧的诗，更崇拜杜牧的文章道德。

他对我说：杜公子有悲天悯人的情怀、有恩济苍生的抱负。杜牧不仅仅是一个诗人，而是一个可以治国安邦的宰相人才，可惜他的才能没有为当朝所用！

我说，对杜公子的才能，我还没有黎公子你知道得多。我只知道他是诗人，不曾想他竟然有治国安邦之才！

杜牧二十三岁时写了《阿房宫赋》，就是以秦朝的灭亡来警醒当今圣上，不要崇尚奢靡，以免遭来亡国之祸。敢于这样借古讽今，这是需要极大的胆识的！

天哪，杜公子竟有如此胆识！惹恼了圣上，可是要杀头的。

这正是杜公子令人敬佩之处，他为民请命不顾个人安危。

黎公子，其实你才真正算得杜公子的知音！我都算不得啊。可惜你与他失之交臂。

是的，三年前我就知道杜公子在扬州做司御史，但那时岳父只让我协理金陵本地的买卖，扬州这边的生意还没有交给我，真的是与杜公子失之交臂了。含烟姑娘，你与杜牧之的一段情缘，其实我都听说过。

我有些难堪：是的，满扬州的青楼女子都知道，我柳含烟被杜牧之甩了！

哪里，哪里，姑娘不要这样说，我也不这样认为。杜公子没能够来赎你，肯定有他难以言说的苦衷。他不是无情无义见利忘义的小人，你不要误解他。

多谢黎公子！有你对杜公子的这番美意，连我也可以把你当作知音看待了。虽然满扬州的青楼女子都认为我被杜公子甩了，我却从来就没有对杜公子失去过信心，三年来我一直在等他。我相信他会来赎我。

杜公子不在的这些日子里，黎公子倒是一个可以谈心的人。因为我们谈起杜牧有许多共同语言。

第七章　瞿塘盐商赵大官人

这天我正在楼上练琴，妈妈上楼来了：

女儿，去会一会赵大官人吧。

哪个赵大官人啊？

是一位瞿塘来的盐商呢，啧啧啧，简直是家财万贯！一出手就是十两银子，只请女儿下去陪他喝杯茶、唱支小曲儿！

自从前朝把盐政从官办改为私营以来，我们大唐民间出现了"盐商"这样一个肥得流油的行业。白居易曾作诗曰："盐商妇，有幸嫁盐商。终朝美饭食，终岁好衣裳。"来形容嫁给盐商的女子。我们扬州乃当今商贸繁荣之都，也是盐商云集之地，所以花月楼时常有盐商光顾。

今天来的又是怎样一位盐商呢，出手这么阔绰？

随妈妈下楼去至花厅，见一位约莫五十来岁的胖老头翘着二郎腿已经坐在桌旁了。

扫了这人一眼，见他一身簇新的泥黄色丝绸衣帽，把一张油光水滑的脸衬得更黄了；那只跷着的二郎腿不停地抖呀抖的！

一见我，他赶紧站起来，拱手说：

含烟姑娘，久仰久仰！

打量了一下他的身高，五短腰、肥身材！

我道了个万福，与他分宾主坐下。

小萝上了茶，退去。一会儿抱了我的琵琶进来，把琵琶放靠墙的案几上，悄悄离去。

妈妈站一旁笑嘻嘻地说：

女儿，这是瞿塘来的赵大官人，倾慕你的花容月貌，花十两银子来请女儿唱支小曲儿的！

妈妈一边说，一边从案几上抱了琵琶递与我，轻轻离去了。

我公事公办地问：

赵大官人要听什么曲子？请自己点。

哎哟姑娘，我是个粗人，知道什么曲子啊？姑娘只管拣好听的唱就是了！

心里默默把曲牌过了一遍：雨打芭蕉？不行不行，他怎么听得懂？梅花三弄？更不行，这只曲子是属于我和杜公子专有的。高山流水？也不好，他算什么"知音"哪？

想了想，拨弄丝弦，唱了一支《富贵吟》，算是交差。

这盐商听得摇头晃脑，一双眼睛色迷迷地望着我，只差口水没有从嘴角流下来！

我唱完了，他拍着手粗声粗气喊着：

唱得好、唱得好！

我放下琵琶，例行公事地客套一句：

赵大官人过奖了！请用茶。

姑娘，你才一十六岁？

是的，我今年十六。

正是，"二八青春小佳人哪……"

他荒腔走板地哼了起来。

我乐了，故意说：

赵大官人会吟诗啊？

我哪里懂什么"湿"呀"干"的？我是从戏文里拣来唱的哈！

他一边说，一边用手挖耳朵，钻呀钻的，把耳屎拿手里看了又看，然后"噗"的一声吹到地下。

　　本来已经恶心了，忽然见他咳嗽几声，"囔儿"地咳出一口痰，竟然"咕儿"的一声吞下喉咙去了。

　　——我差点就吐，赶紧喝一口茶，忍住了。

　　他倒是丝毫没有觉察我的恶心，洋洋洒洒地发挥着：

　　姑娘，什么作诗作文之类，我虽然不会，可是我有的是银子啊！一个朝廷命官一年的俸禄，抵不住我跑一趟生意！我从瞿塘办一船茶叶来扬州，再从扬州载一船盐回瞿塘，来回净利润都是二百两！我家里银子都是使一个专门的大铁柜装，各地买回的绫罗绸缎装了一间屋子！可惜呀可惜，这些东西锁着，就是找不到一个掌管钥匙的人哪！

　　为什么？

　　为什么，没有了贤内助啊！

　　我赫然，心里想：这么大岁数还没有夫人？

　　他自问自答地说：

　　我的夫人去年已经去世了！

　　妾总是有的？

　　那些个婆娘，一个我也信不过！她们一个个"人在曹营心在汉"的，我怕她们偷我的银子去养汉子哪。我长年累月在外的。

　　倒是，大官人长年累月在外做生意，也够辛苦的！

　　这话体贴，姑娘这话我喜欢听！

　　忽然，他伸手在怀里掏呀掏的，掏出一支明晃晃的金钗，走到我面前，要把金钗插我头上！

　　我起身挡住他的手：

　　赵大官人，谢了。我从来不喜欢戴这些东西的！

　　你傻呀？这支金钗值五十两银子呢！

　　不要，真的不要！

　　他把金钗放桌上：

　　我放这里了，这支金钗就是姑娘的了。来，让我抱一抱，亲个嘴，五十两买姑娘一个香吻，值！

说着说着，他便伸手来抱，我双手一撒，差点掀了他一个趔趄！

我正色说道：

赵大官人，请放尊重点！

哎呀，你们青楼女子，不就是干这个的？

赵大爷，青楼女子，也有卖艺不卖身的！像我这样的歌姬，只是为客人献艺的，不信，你可以问花妈妈！

哦，姑娘愈是这样，令赵某愈是尊敬姑娘！

我返回座位说：

赵大官人请入座。

他安分下来，坐了。

姑娘，听说你是这十里扬州著名的小花魁，数一数二的人物，赵某是慕名而来的。今天见了，果然是国色天香哪！

我心里暗暗好笑：他居然也懂得"国色天香"？

姑娘既然是卖艺不卖身的，一定还是一个黄花闺女。

他说话怎么这样直接？黄花闺女不黄花闺女，与你有什么相干？你给我当爹都绰绰有余了！——心里反感，口里却没有说出来。

啊哈，赵大官人是不是想为我们含烟姑娘赎身啊？——妈妈一路笑着进来了。

花妈妈，你还别说，这满扬州，我就是偏偏看中了你们含烟姑娘呢！

这还用说？我们含烟是十里扬州百里挑一的小花魁，人见人爱！

要是、要是为她赎身，要多少身价银子啊？

——哎呀，他还真的要动真格？我和妈妈互相交换个会心的眼神。

妈妈半真半假地笑说：

我们含烟姑娘是不嫁人的哈！如果大官人一心要赎，少说也要十万两雪花银呢！

这赵老头舌头一伸：

妈妈开玩笑、开玩笑的！我知道，这里的"扬州瘦马"，就是在二三千两银子的价位。

"扬州瘦马"是他们这些盐商茶商们对我们这些青楼女子的俗称。他不愧是商人，连赎人也讲究个"价位"！

妈妈笑道：

所以我说，赵大官人也是赎不起的哈！我们含烟姑娘是花月楼的镇楼之宝呢！

如果能够得到含烟姑娘，我一定明媒正娶，娶去做我的正室夫人。

这人倒是实在，说得诚心诚意的。

妈妈笑说：

多谢大官人抬爱，请时常来花月楼走走，你喜欢含烟姑娘，我让她随时陪你喝茶唱小曲儿！只是这赎身吗，这小妮子还不打算嫁人呢，真是的，怪只怪我从小把她宠坏了！

心里很感激妈妈为我遮风挡雨。她知道我与杜公子有三年之约啊！

赵大官人走的时候坚持要把那支金钗送我，我正要推辞，妈妈伸出纤手轻轻一拈，金钗已在她手：

难得大官人对小女一番美意，我代小女谢过大官人了！只要官人还在扬州，就请常来花月楼坐坐哈！

那赵大官人被妈妈哄得开开心心地去了。

等他走后，妈妈才笑骂道：

小妮子装什么清高？你忘了我们是吃哪碗饭的了？放着这么值钱的金钗，居然不要！五十两银子哪！

妈妈一边说，一边把金钗插到发髻上那朵盛开的牡丹花旁边了。

第八章　花月楼易主凌燕阁

端阳过了是中秋，离"三年之约"的时间已经过了半年，杜公子还是音信全无！

那天，妈妈忽然喜忧参半地对我说：

女儿啊，我本想让你继续在此等候杜公子的，但是，原谅妈妈啊，这花月楼你怕是待不下去了呢！

我一听，如五雷轰顶：

为什么，妈妈为什么呀？

女儿，你还记得那年我们和杜公子谈论士大夫与青楼女子交往的故事吧？

记得。你说有许多士大夫是把青楼女子当作红颜知己的，你说长安城里你还有一个做官的知己。

是的。当时你追问他是谁，现在妈妈可以告诉你这个秘密了。

于是，妈妈不慌不忙，说出一件关于她自己的秘密故事来——

当今长安城里，朝廷翰林院著名的虞舒大学士，你知道吗？他与妈妈我有一段情缘。十几年前，我也像你现在这个年纪时认识了姑苏籍的公子虞舒。虞公子满腹文章，也是琴棋书画样样皆精的风雅之士，更为可贵的是他自小就有以报效天下苍生为己任的雄心壮志。像你和杜公子一样，我和虞公子那份相知相爱也是刻骨铭心。后来虞舒高中进士，做了朝廷重臣。

他叫妈妈你等他？

没有。与杜公子不同的是，虞舒带信叫我不要等他，找个好人家嫁了。

啊？虞大人如此薄情？

他不是薄情之人，他是把那份爱深埋心里了！他不愿耽误我，我懂他。

难得妈妈这样的襟怀啊！

妈妈我在欢场中看透了所谓男欢女爱的虚伪，尽着这浮花浪蕊、今年欢笑复明年的卖笑生涯，心里却守着内心的那份真情和清白。心想这花月楼再经营两年，等赚够了银钱我就收手，回到姑苏修一座庭院，找个可靠的好人嫁了，后半生享享太平、了此终身。与虞公子的那份情，就让它永远沉埋在心里算了。想不到，而今老天忽然睁眼，要成全我与虞学士这段情缘……

妈妈，难道你现在可以嫁朝廷命官了？或者去给虞大人作妾？

不是啊，都不是。是虞学士看透了朝廷官员之间的尔虞我诈、吃够了派别党争之苦，准备提前告老还乡了。他以后不再是朝廷命官，就可以娶青楼女子了。

就算这样，虞大人的正室还在，你还不是……

虞大人的夫人，两年前病故了，他一直没有再娶。前年他从长安带信给我，叫我等他退隐的消息，那时他已经有退隐的打算了。所以，那天我对你说我在等一个人，就是指的他。

我明白了，现在虞大人退隐回来了，妈妈要从良？

是的，虞大人已经退隐，这次回来要以正式娶亲的仪式迎娶我当正室夫人。他为官时略有一些银钱积蓄，加上我这些年经营花月楼积攒下的银两，我们去姑苏老家造一座园林，买一些童仆，安度我们的后半生。

那么，这花月楼要转卖给他人了？

已经谈好了价钱，来接管的妈妈是红凌燕，将来这里不叫花月楼了，叫凌燕阁。

我欲哭无泪：

妈妈，我何处安身啊？我无父无母，是无家可归的人哪！

就是，我不正在和你商量吗？你如果选择继续留在凌燕阁，是可以在这里等待杜公子，红妈妈也会给我一笔身价银子。但是，保不住她还会像我这样迁就于你啊。

我知道，我懂得妈妈说的不"迁就"意味着什么，也就是说，红妈妈不一定会由得我"卖艺不卖身"。

不愿留下，还是有两条路可走，不知你是否愿意？

哪两条路啊？妈妈请讲。

首先，那些天天围着你转的一大帮纨绔子弟、花花公子，虽然家境好、银钱多，这种人是最不可靠的，我们不考虑他，是吗？

是的，妈妈。那些人都是来欢场中醉死梦生的，怎可托付终身？

那么，我们先商量第一条路。你记得那些愿意出大价钱为你赎身的盐商吗？

不记得，那些俗到底的粗人，我正眼都没有看过一眼。

其中有一个瞿塘来的赵姓盐商，最近正在扬州。

是不是那天来花月楼的五十挂零的矮老头？一直笑眯眯地看着我那个？叫人恶心死了！

你把人家说的忒老啦，赵大官人只不过四十来岁呢。

他四十来岁怎样？我才十六呢！何况他这种人胸无点墨！

小妮子这话忒没见识！说不定这矮老头倒是你不错的归宿。他的正室夫人去世了，答应以三千两银子的大价钱为你赎身，吹吹打打娶你去做正室夫人，你嫁到他家马上就是当家大奶奶。

我不去，我不去！别说当家大奶奶，就是当王妃我也不去！

那，你还是留下来在凌燕阁等待杜公子？

我无语。留下来，真不知红妈妈将来会如何对待我？不敢想。

妈妈，你刚才说还有一条路可走？

是的，还有一条路。这两月常来我们花月楼走动的黎公子，你和他可谈得来？

论诗词歌赋、琴棋书画还是可以交流的。但是，女儿此心早已许了杜公子。今生哪怕去给杜公子当奴婢侍女我都心甘情愿！

妈妈知道。可是杜公子一直杳无音信啊！只怕你就是甘当奴婢而不得呢！

一句话噎得我回不过气，妈妈又把话题转到黎公子：

其实，我早看出黎公子有意于你，但他知道含烟你与杜牧有前盟，也知道你一直在等杜公子。他不是那种夺人所爱的小人，更不会乘人之危。所以把这份爱埋藏在心里。

我知道。看得出他对我的一番心意。

昨天黎公子又到扬州办货来了。刚到，就在街上遇见了我。

怎么，黎公子又到扬州了？

他刚到，说是要约见一位和阗来的商人，等生意了结，会来看你的。黎公子问起你的事情，知道了杜公子至今还是杳无音信，便叹息说，含烟姑娘这样老等下去也不是办法呀！我说，现在是含烟愿意等都不可能了，花月楼要转卖，含烟无处可去，要么就留在凌燕阁，要么就只有找个人家从良。黎公子听了，说是与其让那些低俗的盐商买去，还不如跟了我！

他是这么说的？

是呀。他说只是怕委屈了我们的小花魁呢。

他是说赎我去做妾？

黎公子也算是江南才子之一，他是入赘金焕豪门的贵婿。这你知道？

我知道。

金焕膝下无子，仅一女儿金宝珠。金家与黎家事前有约定，黎永彦入赘金家生下孩子从金家姓氏，为金氏一门接起香火。黎公子今年已经三十岁，金氏夫人二十六，结缡十年，倒也恩爱，只可惜十年来并无一子半女生育。金氏父女为了子嗣的缘故，千方百计筹谋，为黎公子纳妾，曾经物色了无数的女子。可是这黎公子，人家好歹也是江南才子出身，寻常女子他哪里看得中？所以此事一拖就是几年。后来金家父女就松了口，说是只要黎公子看得上的，带回去他们都认可。自从在花月楼见了你，他是把你真正当作知音了。只是碍于你与杜公子有三年之盟约，他一直不愿倾吐对你的爱慕之情。

黎公子这人，也算得真君子了。

是的，妈妈也认为他是真君子。以前他一直劝你安心等待杜公子的，是吗？

是的。他说过，杜公子不会是负心人。

但是现在离三年之约已经逾期半年多，杜公子依然杳无音信，花月楼又要转卖，他认为权宜之计只有赎你做妾，别无他法，他觉得委屈姑娘了，让妈妈我先转达此意。

我无语，泪往心里流：什么委屈不委屈啊！人家出钱赎你一个青楼女子，当然不是赎回去当神灵供奉的！除了做妾还有什么？难不成人家赎你回去当姐姐妹妹供着？

妈妈见我沉吟，又说道：

去了金家，以后若生得一男半女，金家的财产还不就是你的儿女们所有？你在金家虽然名义是妾，实际上还不是相当于一个当家二奶奶。当然，这事情里面包含着一些看不到的变数——因为我也没见过金宝珠，不知她的为人如何。依我看，还是赵大官人这边，倒是着实可靠些，这边是明媒正娶你去做正室夫人的，你去就是当家……

不行不行，我死也不会嫁那个矮胖老头的。

妈妈依你就是，我们就不嫁那个糟老头。小妮子，你让妈妈损失上千两银子呢！

妈妈什么意思？

你不知道，赵大官人愿出三千两银子赎你。黎公子这边，金家虽然偌大家业，却是他岳父金焕当家。他岳父对赎金预先有约定，黎公子他最高只能出两千两，而且回金陵还得向金老爷子凭单据报账。妈妈这些年千辛万苦把你养育成人，在你身上耗费的金钱何止这区区两千？况我还会为你置办一份丰厚的嫁妆呢。

妈妈，女儿会一辈子记住你的大恩大德！

——从来的烟花妈妈都是认钱不认人的，妈妈好歹没有估逼我卖给那些盐商，我已经是感激知恩了。

我虽不言，妈妈已经看懂了我的心思：

女儿，那就这样了。我也不在乎赵大官人他银子出得多！只要你将来跟着黎公子有一个好的归宿，妈妈我就放心了，也不枉我们母女一场。

我再也忍不住，眼泪滂沱、肝胆欲裂！

妈妈等我哭够了，说：

女儿，妈妈能够为你做的，也就只有这些了。

我没有反对，妈妈知道，我已经完全默允，这事就这样定了。

第九章　小花魁流落到金陵

这两天花月楼乱糟糟的，妈妈虽然将花月楼全套设施加房屋整个盘给红凌燕，但红妈妈那边带过来的家具桌椅、琴箫管弦的，还是摆的满地都是。那边的歌姬、教习已经来了部分人，人声嘈杂的，把一个花月楼更弄得乱麻麻。

妈妈安排我即刻启程，她断后处理花月楼遗留事宜。

黎公子亲自来花月楼接我。见了他，我忍不住热泪夺眶而出，又怕他多心，便背过脸，悄悄把眼泪拭去，强作笑容招呼他：

黎公子来了？到我书房坐坐吧。这里好闹杂的。

他多少有些尴尬，有些难为情，也是强作笑容：

含烟，我这样做，也是没有办法的办法，我是否对不起杜公子了？

公子话说哪里，含烟如今是无家可归、无路可走之人。

我是不是在乘人之危了？

公子别这样说，好歹你让我有一个可以安身的去处，含烟感激不尽。

是我应该感激含烟、感激上苍。我对姑娘的情意埋藏在心里很久了，如今终于天遂人愿，我心里这份喜悦真是难以言表！只是觉得委屈了姑娘，也有些愧对杜公子啊！

听他提起杜公子三个字，我再也忍不住滂沱泪水，终于哭出声来。

他轻轻拍着我的背，就像抚着一个婴孩一般，轻声细语地说：

想哭，就哭出来，哭了会好受一些。哭吧、哭吧，我不会生气。

他在我背上拍得这样温暖，倒使我不好意思太放任。

我向妈妈要了那幅《枫桥夜泊》图和杜公子"娉娉袅袅十三馀"赠诗，唯一带走的首饰是五岁时逃出家门时母亲给我戴上的这串玛瑙佛珠。十一年来，它天天不离不弃地拢在我的手腕上，那如初日般绚烂着鲜红霞光的佛珠，戴在腕上有一种莫名的温馨。

妈妈信守诺言，为我置办了锦被华服红绡帐、金钗银钗玉搔头，大大小小几个箱笼的嫁妆，花了她二三百两银子。临别，又悄悄塞了一包散碎银子给我，说是穷家富路，若是遇上不测，可以救急。

联系船只、搬运箱笼等一应琐碎事宜，都是由黎公子一手操办的。

这天，老天下着毛毛雨。秋雨绵绵。

黎公子陪我走出花月楼。

我是一步一回首地离开了这埋藏着我青春美梦的地方。

妈妈送我到渡口。她一再叮嘱我：

以后安心和黎公子好好过日子。一个青楼女子，能够嫁给黎公子这样有才学又真正疼你的人，已经是你的福气。以后就再不要东想西想的了。

开船后，我在船中泪眼婆娑地看着雨中的十里扬州从我视线中渐渐变小、隐去，直至完全消失。

黎公子把我安置在船舱之中，船舱内有小方桌一张，椅子两张。他伺候我坐下了，然后泡好一壶暖暖的热茶，给我斟上，他自己也斟了一杯。

看我衣衫单薄，他马上开箱拿出一件灰色丝绒大氅，给我披上：

含烟，这是我带着出门随身用的，河上风大，你将就披着，当心受凉。

我冰凉的心里也有一丝温暖的感觉，但是始终心乱如麻，不想说话。

他看我心情沉闷，便给我讲这运河两岸的风土人情，他本是才子，博学多闻，加之常年在外做生意，对大运河两岸的掌故知道得不少，什么隋炀帝三次游幸江都呀这些，我这才知道隋朝时扬州名唤"江都"。

一路的故事讲来，让我暂时忘却一些心中的伤痛。他这样百般呵护、体贴备至，倒令我也不好意思过度放任自己的悲伤。

中午饭是船家包伙食，四碟小菜，一壶黄酒。我哪里吃得下？拈了点儿小菜尝尝就放筷子了。

船到金陵是下午未牌时分。

上岸后，黎公子去叫了马车，拉了箱笼等什物，与我同乘一辆油壁香车回到府邸。

这金家确实是金陵豪门，还未进门，门口的一对石狮子已经虎视眈眈先声夺人！一声"老爷回府！"朱红大门迎面洞开，走出四个童仆分立两旁垂手伺候，两个丫鬟前来搀扶着我往里走。进门只见中间一个穿堂，两旁有回廊，转过回廊见一壁描绘龙凤的照壁，照壁后是一间正厅，丫鬟说正厅是太老爷和老爷见客的地方。厅后隔一天井，又见有三间房，正中一间是太老爷太夫人住，东厢房是黎公子金小姐卧室，西厢房为黎公子书房。房后面有一个大花园，花园内有花厅，是宴客的地方。丫鬟说我们到的是前花园，水榭后面还有一个后花园。前后花园都建有小院。丫鬟童仆则居住在前花园的偏房内。

丫鬟传金氏夫人口谕，让我先在前花园偏房内歇息。

约莫一个时辰以后，丫鬟带我去东厢房参见金氏大奶奶，此时我看见黎公子已经与夫人同坐在东厢房外的小厅了。

参拜毕，大奶奶起立，笑容可掬地把我扶起，赐座一个绣凳。

我这才仔细看了这位金小姐，确实堪称美人儿：一对柳眉妙如新月，一双杏眼脉脉含情；满头乌云青丝袅袅，开口说话软语娇声。这样的美人儿，也难怪黎公子愿意入赘她家了。

妹妹远来，为姐未能远迎，还望恕罪。

姐姐太客气了，含烟能得以伺候姐姐，三生有幸。

妹妹果然生得花容月貌，难怪我家官人一见倾心！就是姐姐我，见妹妹如此美貌，也顿生怜爱之心呢！

姐姐忒夸奖了。

只是，有一件事情要委屈妹妹，和妹妹商量一下。

姐姐尽管吩咐，含烟既然到你家，一切听凭姐姐做主。

官人已经许诺纳妹妹为妾，正式成婚，花烛拜堂，这本是好事。怎奈我公公，就是官人的父亲去年刚刚去世，我想这守孝三年的定制还是必须遵守的吧，为此刚才我和黎官人商量了，目前暂时还不便拜堂成亲。妹妹你看这事还要暂时委屈一下。

是的，是的，守孝三年的定制，应该遵守。那就等三年以后，含烟听从姐姐安排。——我忙不迭地答应，巴不得此事就这样收场，我正好洁身自好，先安顿下来再慢慢去寻杜公子。

谁知大奶奶不慢不紧地说：

先让你们圆房。你知道，我们金家什么都不缺，唯一缺乏子嗣。你和官人先圆房，一年两载，待你为我们生下一男半女，那时官人守孝已满，我再给妹妹补办一个风风光光的婚礼！

我含泪低头无语，大奶奶哪知我的隐衷？反而大包大揽地说：

放心，放心！到时候我一定为妹妹好好操办，那时你就是我们家的正式二奶奶了，在金府与我一起享荣华受富贵。好了，现在去拜见太老爷太夫人吧！

丫鬟带我去至正房，太老爷和太夫人已经端坐在正房小厅内了。我对二老行了大礼，二老赐我坐下。

进屋时我悄悄扫二老一眼，那金太夫人，倒是慈眉善目的。金老太爷却长着个鹰钩鼻，目光如电——看得出是一个精明强悍的生意人！

金老太爷开口说：

你名叫柳含烟？

是的。

是青楼女子？

是，老爷。——我一阵心酸，青楼女子怎么样？想我花月楼的小花魁，曾经也是天仙一般被多少王孙公子追捧拥戴的！

我听永彦说，你是卖艺不卖身的？

是，老爷。——说不出的委屈涌上心头。

你妈妈花如雪以二千两银子把你卖给我家，今后你生死都是我们金家的人，你可要记住。

金老太爷手里拿着一张纸扬了一下。

我目瞪口呆：难道说妈妈和黎公子签了卖女儿的契约？不敢细问，我忍住泪水，木讷地说：

含烟今后听凭太老爷、太夫人教诲。

下去吧，以后要遵守我家规矩。

金老太爷就这么短短几句，老夫人倒是没有训话。

我逃离似的走出那间小厅。

第十章　如此洞房花烛夜

在前花园偏房内又等了约一个时辰，丫鬟来叫我了。

她带我穿回廊、过水榭，去至后花园。

后花园也很大，绕太湖石假山、过琉璃瓦长廊，来到一个绿竹掩映的精致小院。

小院有围墙，院门可以单独关锁，是一个自成一体的地方。这倒是很合我意。

进得院来，只见一栋精致的房屋。房屋中间是一个小厅，厅的正中墙壁上有黎公子绘的一幅江南烟雨图，图下一张八仙桌，左右两侧各有一把梨花木椅子。东厢房是书房，里面书案画桌、文房四宝一应俱全；西厢房是琴房，房里摆着一架锦瑟，桌上还另有一架古琴，墙上挂着一排玉箫。

小厅背后是卧室。进得卧室，只见红绡帐内翠被高叠，沉香炉里香烟缭绕。

伺候我的丫鬟名叫翠儿，听她自己说也是金府刚买来不久的乡下穷孩子。看起来她倒是本分，没有那些丫鬟的势利。

听翠儿说，房间是按黎公子的要求布置的。黎公子他刚刚回家就吩咐管家带领一拨下人急急地弄了两个时辰，终于妥帖了。

在正房门外，院子里另有一间偏房供翠儿居住。

晚饭是伙房用一大食盒送来，翠儿伺候我用餐。

一个人面对大碟小碟精致的菜肴，心里却像堵了石块，这样的晚餐，怎么吃得下去？

翠儿说：

太老爷吩咐，以后姑娘就在后院用餐，晨昏也不必去前厅伺候。

不去就不去吧，我何尝愿意看那些嘴脸——我心里想。

掌灯时候，黎公子来了。

看得出，他心里充满了喜悦之情。才几个时辰没见，就像久别重逢的光景，一见面就喜滋滋地拉着我的手问：

怎么样？这书房琴房的布置你喜欢吗？总应该对得起我们扬州来的小花魁吧？

我没有正面回答，眼泪却止不住地冒出来：

我问你，金老太爷手里那张卖身契是怎么回事？

什么卖身契？

我去参拜时，金老太爷拿出一张纸……

啊，是这样，我给你赎身时，是让你妈妈打了一张收条，因为这金家是老爷子当家，我凡是支出的大项数目银两，都是要凭收据在老爷子处报销的。哪里是什么"卖身契"啊！

可是金老太爷说，我是金家花了二千两银子买来的，今后生死都是金家人，叫我要"守规矩"，还左一个"青楼女子"、右一个"青楼女子"的！这不是卖身契是什么？

老爷子怎么可以这样说？他们这家人就是忒俗，包括金宝珠，一家人的铜臭味。含烟，你现在可知道我在金家这十年是怎么过来的！外面都传说我与金宝珠恩恩爱爱，其实那只是他们一家人做的表面文章！他们衡量人，不是以才学人品，是"钱"！我一个读书人在他们眼里其实一文不值！我待要后悔当初的选择，已经是木已成舟！含烟，由此你可知道，我为何万分珍惜你这个红颜知己的缘故了。你我同是天涯沦落人啊！

是啊，我看得出，你在金家名为贵婿，却连支配二千两银子的权力都没有。

是的，老爷子在钱财上管得很紧，好在我入赘他家原也不是贪图他们的钱财。

哦，那图的什么呢？

那时的金小姐非常美貌温柔、楚楚动人，不然我宁可穷死也不会入赘他家。只是随着时间长了，她就锋芒渐露，盛气凌人。唉，一个男儿汉，宁肯娶一房穷妻，也不要像我这样入赘啊！

黎公子难为情的一番话，让我知道了一点点他在这金府的处境：虽然名为东床贵婿，实则他并非金府主人。若不是金氏夫人十年来没有生养，他黎永彦要想纳妾，简直是万万不可能的。

欢场中，那些挥金如土的王孙公子我见得多了，哪一个不是三妻四妾，还要在外寻花问柳？难为他十年来规矩本分地守着金小姐过日子。做这样一个丈夫、女婿，或多或少会有一些寄人篱下的感觉吧?

唉,含烟,都说"良宵一刻值千金",我们干吗谈这些令人沮丧的事情?——黎公子轻轻抚摸着我的肩,热切地说:

我黎永彦自从在花月楼结识了姑娘,就把你看作后半生的红颜知己,只是因为你与杜公子有前盟,我也不敢奢望与姑娘结为夫妻。今杜公子杳无音信,老天把你托付于我,令我喜出望外!今后我一定要好好待你,让你终身有靠。

我心里沉吟——黎公子啊,你自己都是寄人篱下,谈何给我依靠?

他仿佛没有发现我的不快,反而是越说越热切:

含烟,宝珠他们说我父孝在身,不能和你行花烛拜堂的大礼,我看也是对的。你我都是知书识礼之人,只要两情相悦、心心相印,不在乎那些繁文缛节。"金风玉露一相逢,便胜却人间无数!"今晚是我们的洞房花烛夜,是我们自己一生的大喜日子,与外人祝贺不祝贺无关!

我无言以对。他却一把拉我入怀:

我知道,你还是一个黄花闺女,今晚啊,我就要让你领略那销魂蚀魄的春光无限!含烟啊我的小乖乖,我是做梦都没有想到能够得到你的身体啊!——他一边说,一边把我搂得更紧,俯下头就把嘴唇贴了上来!

不知怎的,我接受不了这样的亲热,本能地从他怀中挣脱出来。

含烟,你这是怎么了?我们是夫妻啊!夫妻做这种事,是人伦之大礼啊!古往今来皆是如此的哪!哦,我知道了,你一个黄花闺女,还很不惯这种事。我刚才莽撞了,慢慢来,慢慢来,以后你就习惯了。

翠儿,你来一下!

黎公子叫翠儿拿来一对大红蜡烛点上,又叫她端来一壶美酒摆上,然后令她退下。

含烟,今晚虽然没有张灯结彩的拜堂仪式,但我们的洞房一定要红烛高烧……

我心里悲戚：

红烛高烧？这一对红烛就算是成婚吗？花月楼的小花魁，怎么落到这般光景？看着那汩汩烛泪，与杜公子分别时的诗句陡然涌上心头：

> 蜡烛有心还惜别，
> 替人垂泪到天明。

我已经哭得泣不成声。

黎公子说：

不哭、不哭哈！含烟，来，我们来喝交杯酒。

他在两个玉杯里斟满美酒，自己端了一杯，递我一杯。

我没有接他递来的酒杯，背过脸去哭得天昏地黑、肝肠寸断、咽喉哽咽。

他茫然不知所措地呆在那里了。

沉默许久，他无奈地放下了酒杯，终于艰难地说出一番话来：

姑娘，我知道这样草率的成婚太委屈了你，我也明白，你的心仍然在杜公子身上。我也是读书人出身，对杜公子的文章学问向来十分敬重的，于今的做法，皆因姑娘身处困境，无奈之下的权宜之计。虽然是二千两银子为你赎身，但是，就这样占有了姑娘的清白之身，我还是或多或少有"趁人之危、趁火打劫"的自责，更有拆散良缘的自谴。

黎公子，别这样说。你是在我无路可走的情况下接纳了我，你的大恩大德，含烟一辈子铭记。只是我、只是我实在……

我对姑娘，是真心爱慕的。不说姑娘的花容玉貌，就是姑娘弹的一手好琴曲，每每我用玉箫相和，都让我有棋逢对手的愉悦。所以，黎某今生能够娶得姑娘回家，深以为是人生最大的幸事。

公子的深情，含烟早已明白。只是……

我知道，要让姑娘接受我，还有一段过程。我不愿意强迫姑娘，我可以等，等姑娘真正对黎某稍稍有了一点儿情分，再……

多谢公子好意。但是，这情分，怎么产生哪？我与杜公子相约三年之期刚满，公子去向尚不明，我怎么可以匆匆心许他人？我始终不相信杜公子会背弃誓言，总担心他是否遇到什么麻烦、纠结。在没有弄清真相以前，我实在……

是的，在没有弄清真相以前，我如果勉强了你，不单对不起你，也对不起杜公子。我有一个想法，你看这样好吗？你曾经与杜公子三年为约，我与你三月为期好不好？

三月为期，公子什么意思？

我以三月时间，为你寻访杜公子下落，如果访到了他，而且他确确实实对姑娘没有负心，我愿意成全你们。

公子，你在这金府都是入赘的上门女婿，任何事情都做不了主，你纵有好心，也无法"成全"啊！

我当然不会寄期望于金家人。但是，如果打听得杜公子下落，我私自放了你，他们是不会怀疑到我的。

你愿意放我？放了我他们都不会怀疑你？为什么？

因为子嗣。金家父女这几年一次又一次替我物色过无数小家碧玉，丫鬟中稍稍有姿色的，他们也都恨不得硬塞给我。

你不乐意？

姑娘啊，我黎某人好歹也算是江南才子之一，这襟怀，也不是任何女子都可以容纳得下。我非猫儿狗儿，我是人哪！

我知道，公子你是一个有品行有品位的好人。我相信公子和那些滥情的王孙公子是不一样的。

正因为这几年来他们硬塞给我的人，我通通拒之门外，所以纳妾之事，金家父女只好千方百计依着我、顺着我。他们放出话来，说是只要我中意的女子，带回家马上就给她妾的身份，马上拜堂成亲。

可是于今他们并没有给我妾的身份、正式成亲哪？

　　这，也不正是你希望的？好在我父亲去年刚刚去世，我必须守孝三年，不然早就给我们行了大礼了。当然我也清楚得很，他们这样迫切地为我纳妾，完全为的是金家子嗣。自从在扬州见了姑娘，我虽然不像杜牧之那样爱到穿心透骨，但是在花月楼的短暂相处，我还是为姑娘的色艺双绝动情了！如今我把这样一个花容月貌的女子带回家中，表面上又圆了房，他们怎么也想不到我会舍得放走这神仙一样的女子！

　　倒是，他们怎么也想不到公子会放我走的。

　　眼下是找机会寻访杜公子。这金陵我也有一帮文友，我会不动声色向他们打听杜公子的行踪；下个月我又要去扬州办货，我一定去花月楼寻访，看我们走后杜公子是否来过扬州。只要打听到杜公子的下落，而且他还真正爱着你，我一定放你走！

　　我听完黎公子一番话，"扑通"一声双膝跪地：

　　想不到，公子是这样的好人，请先受含烟一拜！如果老天开眼，有一天我能够再与杜公子重逢，我将永远铭记公子的大恩大德！

　　姑娘请起！不要把我当外人哪！你记住，虽然你心里装着他人，我的心里却装着你！正是因为这个缘故吧，我甘愿为你做任何事情。

　　他轻轻把我从地上扶起：

　　姑娘，我的话还没有说完呢，刚才我们所说的计划，是以能够访得杜公子下落为前提的，是吗？

　　是的。

　　那么如果三个月之后，千方百计寻访杜公子而不得其果，或者即使访得，但他确已背信弃义，姑娘也只好对他死了这份心。那时，姑娘把对杜公子的一片真情转移到永彦身上，永彦岂不就是这人世间最幸福的人了？到那时，天天与姑娘琴箫和鸣、谈诗论画，做一对神仙伴侣，终老一生。你说这样好吗？

　　我……

　　说到此他又端起酒杯：

如果姑娘同意我的设想，就喝了这杯吧，我们以三月为期！

也只好如此了——我心里想，便端起酒杯：

黎公子，我相信你是个好人。三月之内你一定帮忙寻找杜公子下落啊！如果三个月都找不到他，我，我也就听天由命吧！

说完，我一口口把苦水一样的酒吞了下去。

含烟，好好将息身子，保重。

他突然直呼我的名字，要我好好将息，没来由的，眼泪又掉下来了——我又想起了杜公子第一次直呼我的名字时，心里那份惊喜和慌乱，而今乍一听见这声呼唤，只有百感交集！

哦，还有一件事必须做。

什么事？——心里疑惑：他该不会改变主意？

只见黎公子从抽屉里找出一把绣花剪，倒了些酒在刀尖上，又从怀里掏出一张雪白的丝巾。

含烟，本来我想割自己的血，但防着金宝珠看见伤口。还是只有你忍痛一下了。

公子你什么意思？

唉，含烟你真的很单纯啊！这个都不懂？

公子难道要我歃血盟誓？

他笑了，笑得很体贴很温情的：

傻女子啊！这女孩子第一次行房事，会有血的啊，这金家大奶奶明天要"验明正身"呢！

我又羞又气：

她凭什么？我是她家买来的驴子牵来的马？我是人哪！

这个吗，就不必和她怄气了，糊弄一下过关就是。

他拉着我的手，把衣袖推到臂弯，用刀尖在手臂上轻轻一点，一股殷红的鲜血便浸了出来。

正好，就用这丝巾止血。——他用丝巾缠住我的手臂，雪白的丝巾被染了一大团鲜红，血很快就止住了。

他把那张丝巾珍重地包好，藏进怀里。

含烟，早些歇息，我去书房睡。

那一晚，黎公子从我房里分了一床被子，悄悄地去外间书房的躺椅上歇息。好在虽然秋凉，但天气还不算冷，是穿单衣的季节，睡躺椅也不会着凉。

第十一章　金小姐拈酸吃醋

早上一起床，黎公子就把被子抱回卧室：

含烟，我先过去了，你慢慢梳洗。

公子走好，一会儿我过来给大奶奶请安。

黎公子走后，翠儿进来了。

她住在正房门外的偏房，昨晚一夜的事情，她全然不知，总以为她家主人已经和我圆房了。

翠儿打来洗脸水，伺候我梳洗。

我今天特意选了一袭白底蓝碎花的衣裙，掐腰的裙子紧紧裹住了腰身。头上松松挽了个髻，不戴珠花，只簪了一支粉色水晶步摇。这步摇还是花妈妈给我置办的妆奁里的一件首饰。——我不想打扮得太招摇，惹金小姐妒忌；又不想打扮得太寒酸，让金家人小看了花月楼的小花魁！

速速地梳洗了，赶紧去前厅。虽然翠儿昨天说过，金老太爷、金老夫人和金大奶奶吩咐晨昏定省可以免了，但这是第一天，为了慎重起见，我还得亲自去一回。

我先去金老太爷房间，正房的门还关着，一个小丫鬟正在打扫天井。

是含烟姑娘啊？太老爷、太夫人都还没有起床呢，他们已经吩咐过了，说是姑娘以后晨昏不必到前厅伺候。

我心里暗暗吃惊：这丫鬟叫我"含烟姑娘"，并没有称呼我"二奶奶"！也好，我何尝稀罕"二奶奶"这个头衔！

那好，一会儿请你禀告太老爷太夫人，就说含烟来请安了。

说完，我径直往东厢房走去。

这时从东厢房出来一个丫鬟：

哦，含烟姑娘来了？快请进屋里！

她跑到金小姐卧室前轻轻地说：

夫人，含烟姑娘来请安！

奇怪，这两个丫鬟都一致称呼我"含烟姑娘"，没有称呼我"二奶奶"。大概是因为我与黎公子还没有正式行拜堂大礼，金家人给下人们打了招呼的缘故？这么说，我在金家的地位还是未定？

我本来就是含烟姑娘，谁是你们家"二奶奶"？

进得东厢房小厅，闻到房内有一股很浓的胭脂水粉香味。金小姐大概刚好梳洗完毕，香味是从那垂着五颜六色珠帘的卧室内透出来的。

说实在的，这香味与我们花月楼用的胭脂水粉相比，确实要低许多档次。我们花月楼，妈妈在置办化妆品时是既有品位又舍得花钱，那些香料商人，还时不时送我们一些宫廷御用香料。什么龙涎香、瑞龙脑，都是从暹罗、波斯商人手里贩过来，供皇家御用的。妈妈说过，要让女儿们个个如仙女般的吹气若兰，要让客人们一进花月楼犹如进了桂蕊飘香的月宫。金小姐用的这些胭脂水粉，是被我们妈妈贬为"庸脂俗粉"的那一类，比之市井妇人呢，当然算是高级一点儿，比我们花月楼呢，简直就天上地下。嗅惯了那如空谷幽兰月宫桂蕊香味的我，闻到这种低俗的香味简直有点想吐！

金陵富豪啊，不会是没有钱买，是金小姐品位所限吧？

金小姐今天一身艳绿衣裙，仍然满头珠翠，一双杏眼有些许倦容。

乍一见换了一身清新衣裙的我，她似乎一惊，眼里瞬间闪过一丝惊艳，但随即便把目光收回了。

她在小厅内坐定。

我上前叩拜，行了大礼：

姐姐在上，受含烟一拜，含烟向姐姐请安！

免礼。妹妹请起！坐下说话。

她示意我在绣凳坐了。

官人有事去西厢房了，我们姐妹坐着说话。

谢过姐姐。

妹妹昨晚可与官人圆房了？

我模模糊糊地"唔"应了一声。

妹妹果然还是黄花闺女啊，这个倒是为姐都没有想到的，昨晚你居然出了那么多血！——她略带嘲讽又有点恨恨地说，丝毫不掩盖她的妒忌、她的醋意，一反了她昨日说话的娇声软语。

她矛盾的心情我能够理解。要不是一心为了子嗣，她怎么会心甘情愿把自己的男人拱手往另一个女人怀里送？想着她的官人昨晚和我柳含烟怎样的颠鸾倒凤、情意绵缠，她恐怕是一夜难眠吧？

我说：大奶奶这下可放心了，含烟虽然是青楼女子，确实是卖艺不卖身的歌姬。

这样好。只有身子干净的女人，才配得上为我们金府生儿育女。妹妹虽然生得花容月貌，好歹是从扬州那种地方来的，我们验证一下，大家也就放心了。姑娘不要多心哈！

——她一边说，一边轻舒双臂，懒懒地打了一个哈欠。

我接不上她的话茬，心里悲戚——花月楼色艺双绝的小花魁，到了他们这里，只不过是一个生儿育女的工具，还要验明黄花闺女正身！

忽然想起了暴食天珍、焚琴煮鹤这些词句。想我慕容映雪，自从五岁起被花妈妈收养，也是娇生惯养锦衣玉食地养在雕梁画栋的画阁之中，年事稍长便被那些王孙公子追捧呵护得如珍珠美玉一般，一辈子何曾受过这样的践踏？

见我不言语，她又说：

妹妹好好将息身子，调养好了，尽快给我们生一个。太老爷、太夫人急着抱孙子，我也急着抱儿子呢！

她说得这么直接，我简直不知道怎么回答，只得勉强说了句：

夫人放心，含烟记住了。

稍停，她又说：

我知道，你们青楼女子对付男人都是极有本事的。可这是我们金家，你可记住了，你既要伺候好我家官人，争取尽量早早怀上，又要安守你的本分，不许狐媚惑主！

心里想，本来我和黎公子什么事情都没有发生，你个金小姐吃的哪一门子干醋啊？我冤不冤哪？心里气不打一处出，忽然想故意作弄她一下：

夫人哪，这种事情由不得小女子自己啊！黎官人吗，以前在花月楼走动的时候，我还以为他是极老实腼腆的人，谁知昨天晚上，他简直……唉，我都不好意思说！你刚才不是问，为什么出了那么多血？这，你得问问官人自己去，谁叫他那么……

别说了！——她再也听不下去，一下子打断了我的话，但似乎又觉得有些不妥，马上换了缓和的语气，转换了话题：

妹妹以后你安心在后花园住着。官人说妹妹喜好诗书琴曲，专门给妹妹布置了书房、琴房，妹妹每日里可以看书弹琴。想吃什么，叫翠儿给厨房说，厨房给你送来。妹妹一日三餐都由伙房亲自给你送到后花园，前厅晨昏定省的礼节，全可以免了。

太老爷、太夫人那边都不去伺候？

不去了！全都免了。你就好好在后花园将养身子吧！

含烟遵命。夫人尽管放心，含烟养好身子，尽量早早为夫人怀上孩子。

——我明白，对金小姐来说，这句话是她最喜欢听的。果然她脸上有了笑容：

这就好了，只要妹妹为金家生下孩子，将来你就是金府的二奶奶，我不会亏待于你。

从金小姐房里出来时，我几乎明白了我在金府的身份地位了：他们金府哪里是在为黎公子纳妾？明明是在找一个生孩子的替身！

想不到，十里扬州色艺双绝万人追捧的小花魁，在他们眼里就只剩下生孩子这一副女人躯壳！

不用想这么多了。一个无家可归的青楼女子，受到这些作践是稀松平常的事，走投无路之际，到底有个安身之所。

好歹熬过这三个月，万一黎公子访得杜公子下落，我就尽快逃离火坑；假如杜公子仍然杳无音信，或者即使访得音信，他已变心，总不过还有一死！这金府不是我这等人可以长住的地方，更不敢期待黎公子所说的什么"琴箫和鸣"、"安度余生"！

且喜的倒是，免了去前厅伺候的繁文缛节，我可以在后花园小院自成天地、独立生活——况且黎公子待我也不错，他是这金府唯一把我当人看待的一个人。

人在屋檐下，只得把头低。

只眼巴巴期盼着黎公子去扬州的日子！

第十二章　杜公子的泣血书信

金氏夫人总是隔三岔五地把黎公子打发到后花园来住，她太急切要孩子了。

黎公子每次来屋里，总要抱歉地问长问短：

含烟哪，你从十里扬州来，习惯了繁华热闹的，现在天天住在这冷清的后花园，怕不习惯吧？真对不住你啊！

公子，我是无路可走的人哪，能够得公子收留，含烟已经感激不尽，怎敢嫌冷清呢？

唉，你一口一个"公子"的，以后你叫我永彦好吗？就算你现在还不想称我"官人"。

公子，我叫不出口啊！以后慢慢改吧。

也好，随你怎样叫，只要你心里舒坦就成。反正我是叫你含烟啦，以后，我还期待着叫上一声"娘子"呢。

公子，不要忘了你的"三月为期"。

永彦不会忘记。日前几个文友聚会，我有意提及杜牧之，席间有人说他好像已经没有在长安为官了。但究竟在哪里，也没人知底里。

杜公子没有在长安，是调任哪里去了吧？

不急，我会慢慢打听。一旦打听得杜公子行踪，我马上告诉你。

多谢公子费心啊。

含烟，我说过，不要把我当外人。你的事也是我的事，为了你，其实也是为了我自己啊。

他坚守着"三月为期"的承诺，每次来后花园不是给我吹箫，便是陪我看书、谈诗论画，夜深了，便兀自抱了被褥去书房歇息。难得的好人哪！

纠结迷离中，时光就这样过去了一月余。黎公子真的又要去扬州办货了。

临行他过来对我说：

含烟你放心，这次去扬州我一定到花月楼打听杜公子下落。

拜托公子了！只是我想，可能结果还是令我失望，因为三年来我已经习惯了这无望的等待了。

含烟，只要有一线希望，我们都要去寻找。

三天以后，黎公子回来了。大概他先去前厅把生意事宜交代完毕，马上就来后院看我。我迫不及待地问：

有杜公子消息了吗？

他面色不好，没有正面回答我，却艰难地说：

含烟，我答应过帮你。但是，事到临头，我心里也说不出的纠结。

我如果将真相隐瞒，是可以留住你在我身边的。

公子你说什么"真相"？难道你寻到杜公子了？

没有。

他背信弃义？

没有。

那，你究竟隐瞒什么真相啊？难道你一直在骗我？

也没有。只是，我心里太纠结太难受。

我知道，公子对我的情意我知道。公子是既想帮我寻找杜公子，又怕真的找到了，你和含烟就得永别。

是的，有这样的因素在。但是更主要的是，我打探到的情况也不尽如人意。因为事情还有许多变数。

公子究竟打听到了什么？是不是杜公子到过扬州了？

不急。含烟，听我细细地给你讲：

你和杜公子的事情，真是老天弄人！我这次去扬州专门会了红妈妈，得知杜公子三天前已经到过扬州。他去花月楼寻你不遇，惊见人去楼空、花月楼易主，才知事情生变！红妈妈告诉了他含烟姑娘三年的煎熬苦等，以及满扬州姐妹对杜牧之"薄幸郎君"的贬抑。杜公子听了，悲愤之余，索取笔砚，给你留下书信一封，又挥笔在花月楼墙壁上题诗一首。新诗就题在原诗"多情却似总无情"旁边，诗我抄录在此了。

公子从行囊里掏出一张诗帖，我接过来，急急展开一看：

> 落魄江湖载酒行，
> 楚腰纤细掌中轻。
> 三年一觉扬州梦，
> 赢得青楼薄幸名。

看完诗帖，我倒是十分欣喜：

我就知道，杜公子一定会来赎我的，杜公子绝非薄幸之人！是扬州的姐妹们误解他了！

可是杜公子此扬州之行不是来赎你的哪，他已经没有了赎你的能力。

公子你说什么？杜公子他怎么样了？——心里很惊慌，急急地问。

含烟，你还不知道，杜公子为了替你们慕容家洗雪沉冤，得罪权贵，已经获罪流放岭南三年了！我是从红妈妈处得知此事的。

天哪！原来是这样！三年来我做了无数的猜测、无数的揣想，做梦也想不到是这个原因哪！——眼前发黑，我几乎昏了过去。

黎公子过来扶住我：

含烟，你没事吧？稳一稳啊，杜公子还给你留了书信呢，是托红妈妈转的。

他一边说，一边从行囊里取出了书信：

含烟，你看了可不要过度伤心哪！

我双手索索发抖，急急拆开书信：

含烟卿卿如面：

扬州一别，岂料竟使姻缘成泡影！事情起因系吾回长安完婚后，正式去御史台上任，因思令尊慕容大人之冤狱，遂冒死向皇上奏请复查此案，岂料奸党把持朝政，杜牧反被诬陷获罪，流放岭南，今已三年有余矣！三年吾以戴罪之身，无法与姑娘通音信，更无银两为姑娘赎身，致使姑娘久盼，杜牧之罪矣！今新皇宣宗皇帝登基，奸党尽除，令尊慕容大人沉冤得以昭雪。皇上大赦天下，吾得以从岭南蛮荒之地放回长安。新皇开恩，复吾御史台之职，官阶仍复五品。此行北上，特地绕道扬州以图与卿一晤。奈何三年之期已过，闻知花妈妈以二千两纹银已经将你许与他人！杜牧来迟、杜牧来迟矣！于今呼天抢地也于事无补于

万一矣！姑娘得此函时，杜牧已经离开扬州。唯愿姑娘保
重，与黎公子举案齐眉、白头偕老，则杜牧之心足矣！顿
首再拜！

杜牧之泣血书

　　看完此信，泪水已经把信纸湿透，只觉得眼前一黑，就什么事
情都不知道了。

　　我大概晕倒了，醒来时见自己在床上，黎公子扶住我，掐住我
的人中。

　　是我害苦杜公子了！三年来的杳无音信，纵然有千万种猜想，
也万万没有料想到是为我爹爹洗冤而流放岭南这样的缘故啊！含烟
此生欠杜公子的情，虽九死而无以回报啊！

　　是啊，杜公子的义举，早已超出了男女情爱的范畴了，杜公子
是凛然大义之人，这是永彦最敬佩他的地方。与他相比，永彦自感
卑微渺小。

　　公子不要这样说，是你在我走投无路时收留了我，又对我秋毫
无犯，黎公子你也算是高风亮节之人哪。

　　坦白对姑娘说吧，我对你虽有"三月为期"之约，待到真的寻
访到杜公子下落，却又实实舍不得你离我而去！这次从扬州回来的
路上，我内心十分纠结矛盾，甚至想对你隐瞒实情，留下你，让你
在金家陪我终老一生。

　　含烟可以理解，理解公子对我原是一片深情，你是不忍离别。

　　回金家后，偶然听见他们父女一段对话，才促成了我的决心。

　　他们说什么了？

　　唉，含烟，你我都忒善良忒老实了！琴瑟和鸣、安度余生，只
是我们一厢情愿的梦想罢了！

　　公子此话怎讲？

　　扬州回来，我同往常一样，先去老太爷处禀报账务。事毕，我

因急切要来见你，却把行囊忘在老爷子处了。

是他们看见行囊里杜公子信件了？

倒是没有。我快要走到后花园，才发觉行囊落下了，赶紧回去取。刚刚走到老爷子窗下，听见金宝珠已经在屋里。因为我急于见你，忽略了先去看她，她正在对着二老发脾气。

你没有先去看她，她要发脾气也是情理之中的。

可不是，我也是这样想的。但是因为听到他们正在说着"柳姑娘"三个字，我就多留了点儿心。

他们背后称我"柳姑娘"？

是的。金老太爷叫宝珠暂时熬一熬、忍一忍。从他劝解金宝珠的话里听出，他们金家现在还暂时需要"柳姑娘"做替身。一旦将来"柳姑娘"怀了孕，金宝珠马上对外声称自己怀孕了。十月怀胎一朝分娩，不管生下的是男是女，都说是她生的，请奶娘喂养。若正好生下了男孩，就赶紧找个人贩子把"柳姑娘"远远地卖了，连伺候的丫鬟翠儿也卖掉，这样人不知鬼不觉，天衣无缝，儿子长大自然认宝珠为亲娘，蓄起金氏一门香火。又说是，花月楼的小花魁，再转卖个二三千两银子不成问题，他们不能做赔本生意。听他们的口气，好像也不是第一次商量此事了。我在外面听了个大概，赶紧转身去至宝珠房里，让丫鬟去请她，不动声色与她相见完毕，她假惺惺地说：你去看看柳姑娘吧！我才脱身去至老太爷房里取了行囊，再到后花园来看你。现在，我终于明白了你被接到金家后，他们做的许多不可思议的怪事。

哪些怪事？

他们借口为我父亲守孝不给你"妾"的名分、不让我们正式拜堂成亲、只管偷偷摸摸叫我们圆房；他们把你藏在后花园、连晨昏定省都可以免了、吃饭都不让你去前厅，尽量不让外人看见你。总之，这一切都是为以后的调包、卖人设好圈套。

他们的怪异行为我早有一些觉察，但是怎么也没料到金家父女包藏了这样大的祸心！

我还幻想着在这金府同你安度余生，留你在金家岂不反而害了你？如果将来你真的生下孩子，到了他们认为可以卖掉你的那一天，说不定以办货为由，支我去一趟扬州，回来就不见了你，那时我喊天天不应，喊地地不灵，悔之晚矣！所以，如果说，这次从扬州回来，路上我还因为不舍得你离去而纠结，听了他父女一番话倒促使我下了决心。

所以你才决心把杜公子的书信、诗帖给我？

请姑娘原谅，原谅我一时的纠结矛盾。但是永彦从未蓄意谋划骗你，只是陡然间就要分手，实在有些舍不得。永彦也是血肉之躯，有着一个正常男人的七情六欲，面对姑娘这样色艺双绝的佳人，安能够不动真情？所以，这一个多月来永彦自是在纠结痛苦中煎熬啊，这房中之事、肌肤之亲，只是不愿强迫姑娘而已。

公子，含烟欠你太多了，此生无以为报啊！

别这样，含烟，我说的纠结，只不过是一时之念。其实，我是愿意为你做任何事情的——哪怕这件事情做了会令我痛苦终生，我也认了。

我无语了。大恩不言谢，我无法简单一个"谢"字感激黎公子的深恩。

含烟，我们还是来商量一下眼前的事情吧。我估计，杜公子在花月楼会见了红妈妈以后，或许会在扬州逗留两三日也说不定。

如果还在扬州就太好了！杜公子书信上说，他是回长安绕道去扬州，如果已经离开扬州，一定是北上去长安了。总之先去扬州红妈妈处打听。如果已经离去，只要知道行踪，不管怎样的艰难险阻，我都要去寻到他。只是，我怎么逃得出金府？

办法倒是有的——黎公子不慌不忙，说出他早就想好的主意。

第十三章　女扮男装逃离金府

要逃离金府，明天倒是一个绝好机会——黎公子说。

可是，这金家院子前厅、正屋、大门，重重门房，到处有人把守，丫头童仆伙夫杂役加起来怕有二三十人，更不要说那个目光犀利精明强悍的金管家，光天化日之下，我怎么过得了这层层关口？

要在平时，你是万万出不了金家大院的。但是明天这个机会难得，我们一定要抓住。明天，是金老太爷六十大寿。

这个我知道，从昨天开始就看见这院子里四处张灯结彩、打扫庭院了。金管家还特别吩咐，说是我还没有与公子正式拜堂成亲，没有一个正式的身份，公子、夫人明天不便带我出去见客。叫我好好在这小院里待着，不要出去。要是万一有谁误入这小院问起我，就假托是暂时借居的亲戚。

可见，他们为了掩人耳目，安排得好精心的！

金管家的叮嘱，恐怕都是金家父女安排的。

明天金家大办寿宴，亲朋好友甚至本地官员都要前来祝寿，为迎接宾朋，要大开中门，供给有身份的客人进出。后花园平时锁着的另一侧门也会打开，供乡下那些穷亲戚们进出。

后花园有侧门？怎么走？

从这个小院出去，沿着砖石甬道走到太湖石山，过了石山沿着荼蘼架下的花径走，过一个流水小桥，亭子，进入琉璃瓦长廊，长廊尽头便是后花园侧门。晚上我抽空过来一会儿，亲自带你去走一次。

晚饭后刚刚天黑，黎公子果然来了，随手提着一个书箱。他吩咐翠儿说：

今晚你就早早歇息了，明天前厅那边客人多，你还要去帮忙。

翠儿应声出门回她的偏房去了。

公子关好门，然后打开书箱，里面却是两套小厮衣服，还有一包碎银、一些珠宝。

含烟，这银子和珠宝路上可以救急，衣服你明天换上好混出府去，多的一套是备用的。万一去扬州没有找到杜公子，需要继续行路，最好男人装扮，这样一路方便许多。

银子和珠宝公子留下吧，我这里还有妈妈给我的一包散碎银子，够用许多时日的。

多带一些，穷家富路。如果杜公子已经离开了扬州，你要走的路还很长，银钱是必需的。我无法亲自护送你，只有这一点儿心意了。

那好，公子的心意我领，我多带些银子，珠宝就不必了。这些银子够路上花一年半载的了。

行李可收拾好了？

收拾好了。我就带两三套换洗衣服、《枫桥夜泊》图、杜公子赠诗、书信。

公子查看了一下行李：

这行李不多。几套衣服可以重叠地穿在里面，反正现在已经秋凉了，多穿几件不会热。银子和画图诗稿系在贴身的腰间，这样可以不必背包裹，免得有人遇见起疑。好在你身量纤细腰肢瘦小，小厮衣服又宽大，塞些在腰间完全不起眼的。

这样好，不背包裹更容易混出去。

明天一早翠儿就要去前厅帮忙。早膳后就你换上小厮衣服、系好行李等我。到时我先去探看后花园侧门，待侧门开了，便过来接应你。

公子，我们今晚要先去看看侧门在哪吗？

我马上带你去察看侧门路径。如果碰见人，你不必吱声，我自有对答。你要好好记住所有分叉的路口。

黎公子悄悄带我出了院门。走过了长长的弯弯曲曲的砖石甬道，绕过了太湖石山。公子小声说：

记住，这里有个路口，不要走岔了。这里是向右分路，走一段才进入荼蘼架的甬道。走出荼蘼花径，面前有个三岔路口，从左边这条路直接过小桥，前面还有一个"浣花亭"——黎公子边走边说。

看见了，浣花亭那边有一个琉璃瓦长廊。

对，琉璃瓦长廊尽头，便是后花园侧门了。出了侧门往左，走出小巷口，再往左走一段，有个十字路口，那里可以雇车。记住，出了侧门千万不要往右。往右、再右拐就通金府大门了。明天你走前面，我会在后面远远地照看着的。

还好，这一路行来，倒是没有遇见丫鬟童仆，更没有遇见管家。——我小声说。

他们都早早歇息去了。老太爷吩咐过了，让他们今晚早点歇息，明天金府好有一番热闹的。

公子，我还是担心你放我走了，会不会受连累？

他们做梦也想不到我会放你走。到时候不见了你，我倒反要问他们要人呢——"你们把我的含烟弄到哪里去了？"所以，这连累呢，倒是肯定不会。舍不得你走，倒是真的。

公子，含烟对不起你啊！

含烟，既然是我心甘情愿为你做的事情，就不存在对不对得起。今晚好好歇息，明天还需要聚精会神办事啊。

公子送我回小院。便赶紧回前厅去了。他刚才是背着金小姐来后花园的。

第二天上午用过早膳，待翠儿去前厅了，我赶紧照公子的说法穿戴起来，面上罩了小厮衣服，裤子换成小厮裤，头发先用丝巾勒紧再戴上小厮帽子。把画卷诗稿银两绑在腰间，到巳牌时分，黎公子来了。

我看见翠儿已经在前厅了才过来的。侧门已经开了，你可穿戴好了？

好了。

公子打量我一下，说：

这么一装扮，倒是一个俊俏的小厮呢。

公子，我们马上走吗？

马上。这会儿下人们全在前厅准备接待贵客，老太爷、老太太、金宝珠都穿戴整齐在前厅用茶，我谎称去更衣，赶紧过来了。侧门这边，正好那些乡下亲戚还没有到来，很清静的。不要慌张，大胆地走，遇见人盘问，就说是来送信的小厮，送完信回去。我会在你后面一直照看着的，实在有事情我就豁出去也要把盘问的人牵制住，让你赶紧脱身。

仓促间我对公子双膝一跪：

公子的大恩大德，含烟来世变牛变马也要报答！

他赶紧双手扶我起来：

含烟，你言重了！永彦说过，甘愿为你做任何事情。此一去，但愿寻得杜公子，花好月圆，也不枉永彦对你的一番痴情、对杜公子的一番敬重。我无法送你，一路上多多保重！

我跨出小院门，怀里像揣了个小鹿，竭力镇静，好在一路没有遇见人。我悄悄回头看，黎公子远远地跟着，心里渐渐平静。到了琉璃长廊，遇见了一拨来祝寿的乡下人，大概是金家穷亲戚，他们向我问路，我装没听见。黎公子远远地招呼他们说："这边走，这边走！"给我解了围。

跨出金家侧门时我回头望了黎公子一眼，只见他向我会心一笑，用下巴向前点了几下，我知道，他是叫我快走——我强忍住泪水，一步跨出那窄窄的石门槛。

出得门来是一条小巷，往左走一段便看见一条横着的大街，顺着大街再往左不远，走过十几间店铺便看见一个十字路口，果然这里有一个车行，便急急地去雇了一辆油壁车，叫车夫拉去码头。

慌忙地包了一只船，只告诉船家有急事今天要赶往扬州，多给银子、急令解缆开发。

船离岸以后，人在船中，才突地松了口气——总算逃离了金家、总算恢复了自由之身！

回想这一个多月来的经历，简直仿佛死过了一回，这算是第二度人生了！要不是黎公子为人好，我在金府不知会遭遇多少离奇的苦难——首先是被迫给他们生孩子，然后是被卖到不知什么样的人间地狱去，生不如死地打发后半辈子人生。现在想起这些都后怕！

此次去扬州，但愿能够寻得杜公子。杜公子为了洗雪我爹爹沉冤，竟至不顾仕途风险、个人安危，这样的义举，除了正气使然，也出于对我慕容映雪的一往情深哪。从公子的书信看，虽饱受磨难九死一生，却仍然珍惜着我和他的这段情。公子啊，你做梦也想不到我含烟还能回到你身边，而且是以清白的女儿之身来见你！

船行了一半路程，船家忽然肚子痛，我心急如焚，前不着村后不着店的身陷江中，无法另外雇船、无法给他请医。船家自己熬了些姜汤红糖水喝，两个多时辰后，他肚痛减缓，又继续缓缓开船。船到达扬州时，已经接近夜半。

好在我是男装，赶紧找一个离码头近的客栈住下，等待天明后去凌燕阁找红妈妈。

第十四章　物是人非花月楼

在客栈一夜未眠。

天刚刚亮，我草草用了点儿膳食便雇车前往花月楼——如今的凌燕阁。

我仍然一身的小厮打扮，从后花园小门悄悄溜进凌燕阁。天哪，才离开这里一月余，重新走进这熟悉的地方，已经物是人非，竟然恍若隔世——妈妈花如雪不再是这里的主人，小萝已经不知去向，与昔日花月楼的笙歌缭绕车水马龙相比，现在实实冷清了许多。

找到红妈妈，悄悄告知她我是柳含烟，红妈妈赶紧把我让进她的卧室，这里正是花妈妈以前的卧室。

不得了！金家的管家昨晚抄近路飞马连夜赶到扬州，来捉拿你回去呢！

他们怎么这么快就发现我跑了？

好像是那个翠儿回房不见了你，赶紧禀报的。幸好你昨晚没有来，不然刚好和金府管家撞个正着。

他们凭什么捉拿我？

凭什么？凭那张二千两银子的收条，那就相当于一个卖身契约了！金管家说，你只是金府买来的丫头，从来就没有什么"妾"的名分。按我们大唐法典，奴婢是没有人身自由的，是主子的私有财产。他们有权买你，也有权卖你，有权告到官府要求捉拿你回去，交与他们处置。昨晚金府管家在凌燕阁没有找到你，便径直去禀报扬州官府了。

这可怎么得了？杜公子还在扬州吗？

杜公子那天来凌燕阁没有找到你，知道姻缘无望，在凌燕阁墙壁上题诗一首、给你留信一封，悲痛欲绝，拖着病体回长安去了。诗和信我托黎公子转交与你，收到了？

收到了，多谢红妈妈。妈妈，我想去看一眼杜公子的题诗。

天！你现在是躲都来不及，还去看什么题诗啊？万一金府管家折回撞见了，我都脱不了干系。

好妈妈，一人做事一人当。万一被管家捉去，我就说是我自己独自撞进来的，最多怪妈妈失察，不关你们任何事。

幸好是大清早，这凌烟阁的姐妹还在房中梳洗，我穿的是小厮服装，除了遇见一个在花园扫地的童儿，没有撞见什么人。

我沿花径、过房廊，很快闪进楼里。

一眼就看见雪白的粉墙上杜公子新题的诗，就在原来题的"多情却似总无情"诗旁边，墨迹赫然淋漓，点点滴滴都像是公子的泪血！公子啊，你为含烟、为慕容家获罪，在岭南那种蛮荒之地苦苦煎熬三年，待到出头之日回到这花月楼，你心爱的女子却已经被他人赎走、人去楼空！

公子啊，你的心情，岂是简单一个"悲愤"二字了得？

楼上珠帘尚在、锦瑟犹存。六年前的一幕幕突然涌上心头：

难忘那个东风沉醉、红袖乱舞的暮春，十里扬州姐妹们竞相把热情向你抛洒。我却不闻不问，放下珠帘独自在楼上弹琴，谁知公子你却从天而降一般，突然出现在我的面前！那天公子你就伫立在这个珠帘下，笑盈盈地为我吟诵了诗句"娉娉袅袅十三馀"，那是我们的定情诗。

忽然听见红妈妈在楼下高声招呼客人：

是金管家呀！你老好早的哟！小玉儿，快把最好的龙井沏一壶来。金管家，请客厅坐、客厅坐！

我吓得心惊肉跳，赶紧躲进门后。只听见金管家威严的声音：

柳姑娘来过没有？

没有没有，她来了我一定通知你。

老太爷命我在扬州守候两天。我就住在附近悦来客栈，有了消息马上派人递个信儿。柳姑娘逃跑的事我已经禀告官府，如有包庇，连你一同治罪！

不敢不敢！金管家喝了茶再走。我安排凌燕阁头牌歌姬红牡丹招待你！

不麻烦了，告辞！

小玉儿，你送送金大爷。

过了一小会儿，听见红妈妈在楼下与小玉儿对话：

金大爷可出门了？

出门了，是我亲自送他去的。

唉，吓死我啦，一大早就弄得惊惊慌慌。我这里哪有什么柳姑娘？你们都去用早膳，我先回房梳洗一下。

　　我知道红妈妈在暗示我去她房里。临下楼前我急急地瞥了一眼墙上的题诗——公子啊，我一定要找到你，哪怕前面是十磨九难，含烟在所不辞！

　　待楼下的人都去用膳，我赶紧溜进红妈妈卧室，幸好我熟悉路径。

　　红妈妈紧张地说：

　　赶紧离开。你刚才听到的，金管家这两天都住在扬州，已经禀报官府了。

　　红妈妈，你刚才是说，杜公子已经去了长安？

　　是的，他知道你已经被人赎走、与黎公子已经成亲，还留在这伤心地干吗？

　　妈妈，你都知道了，金家并没有给我"妾"的身份，我和黎公子也没有正式拜堂成亲。

　　圆房总是圆了的？

　　妈妈，其实房也没有圆。是黎公子敬重杜公子文章学问，看我悲痛欲绝，也不好勉强，因此答应以"三月为期"替我找寻杜公子。若三个月以后都渺无希望，就叫我安心和他过一辈子。这次出逃，还是黎公子放我走的。我知道妈妈既然没有出卖我，也断然不会出卖黎公子，才如实相告。

　　我们青楼女子都是薄命人，这点义气我红凌燕还是有的。

　　妈妈，我要去长安寻杜公子，哪怕沿途乞讨要饭我也要去找到他。我不需要他正式娶我，只要能够服侍他、陪伴他一辈子。

　　姑娘，我劝你还是断了这份念想。以你现在的身份，就算你找到杜公子，就算他冒险收留下你，大唐的法纪也是不容的啊！

　　为什么？我犯了大唐哪条王法了？

　　刚才我已经给你说过，你现在是逃跑的女奴，已经不是当年的小花魁了！花妈妈的一纸收据，已经捏在金老爷手里，那收据就相当于卖身契，金家就是凭这个告到官府的。杜公子也是刚刚从戴罪之身解脱出来，回长安复的又是御史台之职，你若真的去了长安，会给杜公子带来很大的麻烦。

　　红妈妈几句话把我镇住了：公子为我、为慕容家已经备受折磨、九死一生，大好前途都毁了，如今好容易留下一条性命放回长安，官复原职留任御史台。御史台本是大唐严正法典、督查官员风纪的机构，非以自身正，方能正别人。想我一个逃跑的女奴，就算找到了杜公子，就算公子甘冒知法犯法、丢官罢职的危险收留我，那金家的人岂肯善罢甘休？若一纸诉状告到官府，公子就不仅仅是丢官罢职，还会惹来牢狱之灾、重新身陷囹圄！

　　含烟，你还是赶快逃生去吧！这里不敢久留。或许，你可以去姑苏寻花妈妈，让她帮你找一个栖身之处。

　　红妈妈，含烟拜谢。既然与杜公子相见无望，我知道我的去处了。

　　那就好，但愿你有一个好的归宿。

　　红妈妈在后面照看着我，我悄悄从花园后门离开了花月楼。

第十五章　枫桥夜泊寒山自尽

　　我心如死灰，从花月楼后门出来，不敢去大街雇车，只穿小巷去客栈取行李。

　　头痛至极，两眼直冒金星。我熬着走到客栈，跌跌撞撞地进了自己的房间，往床上一扑，就什么都不知道了。

　　醒来时见店家站在床前。

　　小哥哥，你是不是病了？你睡了两三个时辰了，要不要请郎中看一看？

　　不了，多谢店家。我还有事，要赶路。

　　知道这里不敢久留，这种时候，就是连生病都没有了这个资格，我得马上离开扬州！

　　我挣扎着起身，向店家取了行李，付了店钱。出得门来，看天色已是过了正午了。

浑身发软，双脚像踩在棉花上，深一脚浅一脚地，只拣背街的路走。

过了小桥，来到了运河边。看那满河的清水，只想举身往水里一扑，就一了百了——但是，我暂时还不能死，我还有心愿未了。

我去码头雇了一只船，令船家立即开船，航向姑苏。

船儿驶出十多里地，那船家说：

小哥哥，我看你脸色不好，是不是病了？

我受了点儿风寒，不碍事的。

要不，我煎点红糖姜开水，你喝点儿？

嗯。——我点点头，尽量少说话，以免露马脚。

船家把船停下，洗锅、生火，从笆篓里找出一块老姜，皱巴巴的纸包里拿出一块红糖，在砧板上细细地切了，放锅里煮了好一会儿，熬成一小碗姜开水，端来放船舱内小桌子上了。

小哥哥，喝了这个好。

多谢。

——心里一阵热，尽量把眼泪往肚里吞。这世间还是有好人！想我十里扬州出名的小花魁，仙女似的养在花月楼那仙山琼阁里，而今为了一碗红糖姜开水竟然也感动得热泪奔涌，这是什么世道啊？

喝了姜开水，我躺在船舱内的一张小床上睡着了。

醒来时天色渐暮，头痛倒是好些了。

船家，天色已晚，可否容我明天登岸？——我低沉着嗓音问。

可以的，小哥哥，反正我这船也就泊这渡口了。待明日有了客人，再回扬州。你就在船舱内小床上歇息吧，我在舱外随便打个地铺就睡了。要不要和我一起用晚膳？

多谢船家，我带了干粮。

我哪里吃得下东西？还好，沿途我尽量不和船家多说话，他倒是还没有发现我是女的。

船家拿了捻纸火进来，帮我点燃了油灯，又在灯盏里注满了油，灯草加得足足的。出去时，他把船舱的竹帘放下，一人在舱外生火做饭。

又是一个秋风萧瑟、月落乌啼的夜晚，寒山寺隐约在对岸的枫林之中，岸边的蒹葭在寒风中瑟缩，凄凉的钟声从古寺里传来。

这枫桥渡口、这寒山古寺，自从五岁时两次遭逢，今已十一年不见矣！想那时爹娘为避灾祸，带领全家来此祈求神灵保佑，最终却还是没有逃脱奸臣魔爪，全家遭到灭门大难。第二次来此，那是怎样一个月黑风高的恐怖夜晚啊，奶娘背我从后花园暗道逃出，就在这枫桥渡口，遇见了正在登船的花如雪妈妈。从此，那个名唤"慕容映雪"的五岁小女孩在人间消失了——人世上多了一个柳含烟。

如今，阴差阳错，又到了这枫桥渡口，而我的生命，也即将在此终结。

独坐船舱内，孤灯独照，江上渔火明明灭灭。

想起了张继《枫桥夜泊》诗，眼前此情此景，岂止是一句"江枫渔火对愁眠"可以消解得了的？诗人当初只不过是求取功名落第，功名虽然无望，却是有家可归。就算世情淡薄、人心似纸，家里的大门却始终为他开着，父母妻子对他却是永远不离不弃的。

而我现在的处境，那堪与落第举子张继相比？在这世上我已经无有亲人、无家可归、无处可去，甚至光天化日之下也无法坦然行走！我成了被人追赶捉拿的逃跑女奴，随时随地有被捉去毒打、转卖、送交官府法办的危险。这世间，完全没有了我慕容映雪的立锥之地！

杜公子啊，你是我在人世唯一的念想。

情不自禁从包裹里翻出《枫桥夜泊》画卷和杜公子赠我的诗稿，灯下展开。

这画卷是为纪念遇难的爹娘作的一幅水墨丹青，如此凄凉的画，不料最后的晕染，却完成在曼妙多情的那个暮春！它记录了我的悲惨童年，也留下杜公子殷勤眷顾的墨迹。

难忘那个美妙的暮春啊！

那一天我正在百般无聊地整理这幅画作，杜公子突然出现在书房门口，站在那明媚的春光里！衣衫不整懒于梳洗的我，陡然见了公子，是怎样的惊喜慌乱啊！公子却像没有发现我的尴尬，反而关切地说我瘦了。女孩儿家，又怎么好意思承认自己为公子害相思？

公子却是坦诚倾诉，向我诉说着他每每午夜梦回、夜不能寐的相思之苦。

就在那天品赏这《枫桥夜泊》画时，公子说了，待时机成熟他会替慕容家洗雪沉冤。

想不到，公子竟是这样一诺千金的大丈夫啊！为践行这千金一诺，招来了丢官罢职、三年多流放岭南的灾难。若不是新皇宣宗皇帝登基、铲除权奸势力，说不定公子就客死他乡，以他的性命殉了自己的诺言！

再次展看公子赠送的定情诗——"娉娉袅袅十三馀，豆蔻梢头二月初"，最是喜欢这两句！他的怜爱、他的呵护、他的赞美，全在这传神的这诗句中！这首诗自从杜公子花月楼题写以后，早已传遍了十里扬州，青楼姐妹们把这戏称"赠张好好"的情诗称为《赠别》诗，又戏称它《豆蔻》诗。

于今，那个娉娉袅袅、无忧无虑的十三岁的小歌姬已经不复存在了，我现在是亡命天涯的女奴，今生是断断不能与公子团聚了！

十六岁的年轻生命，已经走到头了！

已是欲哭无泪。

就这样，一个人在船上坐等天明。

天明后，我付了船钱，草草收起行李，踏上枫桥，径自向对岸的寒山寺走去。

久违了，寒山寺，十一年前随同爹娘前来拜谒，虽然惶恐不安，到底亲情犹在；而今前来拜谒，却是孑然一身，无父无母、无兄无弟。虽有至爱，却是远隔千山万水，如天上人间，永无相见之日！

而今爹爹沉冤昭雪，我竟然不知爹娘葬身何处，唯有到此祭拜，以此告慰英灵！

天色尚早，庙宇门口好清静的。

大殿外有一个半人多高的青铜大香炉，正好香炉边上摆着些香客用剩的香烛、火柴。我取了些来点上，就在香炉旁边望苏州城方向虔诚跪拜、祝告爹娘：

爹、娘，慕容家的沉冤，承新皇宣宗皇帝圣明、承杜牧公子不顾身家性命、不惜丢官罢职仗义执言，而今终于得以昭雪，你们的英灵可以告慰于九泉之下了！雪儿此生，本应是千金之躯的官家小姐，却因家庭遭此变故而流落风尘。虽遇花妈妈对我庇护有加、杜公子对我真情相爱、黎公子对我患难相助，但雪儿毕竟还是未能幸免青楼女子受人摆布、遭人践踏的厄运。雪儿如今是无家可归、无亲可寻、无路可走，虽有至爱而不敢相见，天地虽大却无雪儿容身之所，此生十六年的苦命现在是走到头了！爹、娘，雪儿追随你们来了，但愿一家人黄泉之下还能团聚！

祝告完毕，找出《枫桥夜泊》图和公子书信，却不见了杜公子《赠别》诗——哦，昨晚拿出来展玩，今晨精神恍惚，想必是把它落船舱里了！无心管它了，反正带来了也是烧掉！

先把书信扔进香炉里，杜公子啊，就让这泣血书信陪伴我去九泉吧，有了它，黄泉路上我或许少些孤单。

再把《枫桥夜泊》画卷往香炉扔去——此生万事已经了却，只求一死！我倾尽全力一头往青铜香炉的棱角撞去！

三魂渺渺七魄悠悠，仿佛是到了一个波涛汹涌的岸边，身不由己被卷下去、卷下去……却忽闻岸上虚空中，远远的有模模糊糊一声呼唤——

第十六章　慧静老尼说因果

好了！醒来了！

有声音从很远的地方传来。

朦胧中我努力睁开眼睛，发觉自己躺在一张洁净的床上，面前是一个慈祥的老尼。

我这是在哪里？

姑娘放心，这里是白衣庵，离寒山寺十多里路，是三天前那边的师兄们绑了椅子把你抬过来的。你已经昏迷三天了。

我的头好痛，用手一摸，头上缠了块布！这是怎么回事？哦，终于想起来了：可能就是三天前吧，我已经无路可走，到寒山寺祭拜爹娘以后，撞香炉自尽……头上缠的布，可能是庙里的僧人替我包扎止血的吧。唉，求生不能，难道求死也不得？这个世上我真的是无路可走了？

悲愤欲绝，我终于痛哭失声！

哦，想哭就哭个够吧，这样也许好受些。——老尼静静地说。

不好意思太放任自己，还是慢慢地收了泪：

师父，我……

不必说了，你叫慕容映雪。

天！慕容映雪这个名字十多年没人叫了，她是怎么知道的？

我好奇地问：

请问师父法号？

贫尼慧静。

哦，原来你就是慧静师父！小时候常听家母提起你。我这串玛瑙佛珠，还是你赠送的呢。难怪你能叫出我的名字！

——我一边说一边抬起手腕让她看。

　　是的，那时你刚满月。唉，一晃十六年了！十六年的红尘，让你蒙受的苦难太多了！

　　我默然。回望这十六年光阴，已经是欲哭无泪。

　　知道你会到寒山寺来，三天以前我就去那边庙里，嘱托住持安排过：如果有一个年轻女子来庙里，麻烦他们费心，帮忙把人给我送过白衣庵来。还请师兄弟们暗中留心，当心她寻短见。没想到你一大清早就在大殿门口撞香炉哈，劫数啊，终归还是没逃过这一劫！幸好那个早起扫地的小和尚发现了，那幅《枫桥夜泊》画卷倒是被他抢出来了，只被烛火烧了一小角。唉，天大的苦难都不应该自杀，自杀罪过太大，尤其是佛家人。

　　我又不是佛家人，管什么罪过不罪过啊！这人世，我已然了无牵挂，师父又何必救我啊！

　　哈哈，你不是佛家人？看来小妮子本性迷失得好彻底！

　　慧静忽然像对熟人一样笑着，还称呼我"小妮子"。见我一脸的吃惊疑惑，她又说出一句让我更加吃惊的话：

　　我是来度你出红尘苦海的。就看机缘是否成熟、就看你的劫难受够了没有。

　　师父要怎么个"度"法？

　　我要你一刀斩尽凡根，马上削发为尼！

　　不、不、不！这不可能，我是不可能出家的！既然寻死不得，天不灭我，我还是……还是去了结我未竟的心愿吧。

　　是去寻杜牧之？

　　天哪，师父你怎么知道杜公子？

　　我当然知道。我还知道，你在扬州青楼时名叫柳含烟。

　　这不奇怪。我的《枫桥夜泊》画卷上就有柳含烟的落款。

　　心里悄悄地想：我的事情，她或许是听那些来姑苏敬香拜佛的扬州姐妹们说的吧？满扬州的青楼，哪个不知道我柳含烟和杜公子的故事？

我不是听扬州来的人说的哈，小妮子不要胡猜。

奇怪，我刚刚这么一想，就被她知道了。曾经听说过得道高僧有"他心通"的神功，莫非她也是有神通的？

小妮子就不要和我较劲了。你是不是几天前在黎公子帮助下，从金陵的金府逃跑出来的？这件事画卷上应该没有"落款"吧？

天！慧静师父你简直是神仙哪！

你说我是，我就是。你说我不是，我就不是。

那么，我和扬州分司御史杜牧之的生死恋情，你全知道？

我从来就没有离开过你。

师父越说越神奇了，虽然你和我们慕容家有交情，我今天确实是第一次见到你。

她不语，报以一个神秘的笑容。

稍顿，我又言归正传：

师父啊，我说不能出家，是我还有心愿未了。既然命不该绝，只要还有一口气，我也要去长安找寻杜公子。我只求与他见上一面，并非奢望留在他身边。我明白自己是一个逃跑的女奴，哪怕去给公子做侍妾，都没有了资格！

既知姻缘无望，去见一面又有什么意思呢？

杜公子对我慕容一家恩重如山哪！他是一个以生命来殉自己诺言的大丈夫。为了这千金一诺，他差点客死在岭南那样的蛮荒之地。

这我知道。杜牧之是正气凛然的真君子。

师父既然知道杜公子轻生死重信义，我柳含烟岂能够无端爽约？为了去践杜公子的三年之约，为了报答杜公子对我们慕容家的恩义，我必须去长安见他一面。

唉，见与不见，又有什么区别呢？见了无非徒然增添烦恼而已。其实你所要的，恐怕不仅仅是见一面吧？

我无言以对。因为我确实还抱有一丝幻想：万一老天开眼，成就我与杜公子这段生死恋情，万一去了长安那天远地远的地方，侥幸躲得过金家人和官府的追捕……唉，我还是清白的女儿之身啊，我愿将这圣洁的情爱奉献给公子！

慧静好像又窥见了我心思：

清白的女儿之身奉献给杜牧之？是的，是很美妙。但是啊，你们红尘中的人只知道恋情的美妙，却不知这"缘分"法则是残酷无情的，任是你怎样的痴心决绝，绝对无法移动它半分毫。

那么，难道师父你已经预知了我与杜公子是没有缘分的？

唉，仙凡有别，天机难泄。

师父你这些充满玄机的话，我实在听不懂。

听不懂，那就好好"参悟"几天吧，趁着这养病的工夫。

连续几天，慧静令我诵读《金刚经》，以"一切有为法，如梦幻泡影"的佛法开导于我，我却是一背着她就偷偷流泪，一对红肿的眼睛怎么骗的过她？终于有一天，她叹着气对我说了些令我似懂非懂的话：

难怪说这红尘害人！你才离开一瞬，凡心已经这么执着了！菩萨说，你的劫数未满、度你回去的机缘还未成熟，我还不相信！

师父说的话我不懂。你们佛家人慈悲为本，你就成全了小女子的一点凡心吧。

什么"你们"、"我们"？小妮子你真的迷失本性了啊！你已经忘了来时路了，你可知道"天降酥雨"的故事？

怎么不知道？杜公子告诉过我，他十三岁时……哦，天哪！师父，你怎么知道"天降酥雨"的故事？

啊哈，这"天降酥雨"的来龙去脉，我全都清清楚楚！我已经说太多了，天机难泄。

我试探道：师父，难道我就是杜公子梦里的那个小佳人？不对呀，他游西湖时我还没有出生……

小妮子不要胡猜。

要不，我就是天降的那一滴酥雨？我和杜牧之或许是有前缘的？

胡说什么，告诉过你，一切皆是幻相。

师父，我也不管什么"缘分"不"缘分"了，此去长安，只为了却与公子这一段恩义。

慧静无可奈何地叹息道：唉，实在是机缘未熟！小妮子，看来我也拦不住你，就让你再去红尘苦海折腾几回吧……

那么，师父你是应允了？——我试探着问。

三天以后，自会有人来将你带走。只是，纵然去得了长安，你也不要期望太殷。

师父此话怎讲？难道我千里迢迢去了长安仍然见不了杜公子？

见得了。

那么，师父叫我"不要期望太殷"又是什么意思呢？

因为，人世间一切事物，包括你们津津乐道的所谓"情"，没有一件不是残缺的。完满，是相对的；残缺，才是绝对的。你记住了这个道理，去至长安以后，无论遭遇到什么，才能够坦然面对。

我去长安会遭遇到什么？难道杜公子变心了？可是几天前杜公子路过扬州，才留下过他的泣血书信哪！要不是为了这封书信，我也就死了这条心，哪怕斩尽凡根出家为尼，也认了。

不必"打破砂锅问到底"。你本是来红尘历劫的，一个"情"字迷了你的眼，目前还不能参透因果、回归本真。去长安后会遭遇到些什么，现在告诉你也是枉然，一切只能由你自己去面对。

师父你越是这样说，我越是想要知道事情的真相。

真相其实有时很残酷。而且，世间何来什么"真相"？你这几天的《金刚经》白念了？"凡有所相，皆是虚妄。"只不过，是红尘中的人太执着于虚妄的幻相罢了！

真相也好、幻相也罢，我也不向师父刨根问底了。只要师父答应帮助我，三天以后托人带我去长安就行！

这倒是不难。

稍顿，她又说：

本来，还有一个人就在姑苏，你应该见的。总以为度你的机缘已经成熟，为了不让你在红尘里再有牵绊，就没有告诉你实情。现在，你既然执迷不悟，决心在红尘再挣扎一些时日，我就干脆告诉你实情，让你去见见他，以了却这段尘缘。

什么人啊？该不是黎公子？

黎公子只是你历劫时的一个贵人。我说的这个人，对于你来说，比黎公子重要得多。

该不会是花妈妈？

小妮子不必瞎猜。我现在就告诉你。

慧静缓缓地说出一句话来，让我惊骇得差点昏死过去！

第十七章　屠刀下丧生的爹爹"复活"了

你的爹爹他没有死。

——慧静缓缓地说。

什么？不可能、不可能！我能够逃脱，已经完全是侥幸。当时官兵团团围困了慕容家府邸，趁官兵还没有进府的瞬间，母亲就带我和奶娘迅速进入后花园，亲自搬开了一小块伪装得天衣无缝的暗门，当时我拉住母亲不放，要她和我们一起逃走。母亲说，官兵来了要清点人口，主要是成年人和男丁，我一个小女孩可能没有上他们抓捕的名单，她自己是必须留下，不然官兵且肯善罢甘休？母亲一个女流尚且逃不掉，何况父亲是他们抓捕的主要对象，更是插翅难逃了。那一晚我和奶娘逃出姑苏城几里地以外，忽然看见那边火光冲天，奶娘说，官兵屠杀完了，在焚尸灭迹。所以，爹爹早就化灰了！

焚尸灭迹是真的。你爹爹逃脱了劫难也是真的。

师父，我真的难以相信。除非我亲自看见我爹爹。

是的，就是让你去见你爹爹。明天我们去一趟寒山寺，走十几里路你行吗？

行，我能走，我这练过舞蹈的双脚很有力气。

今天好好歇息，养精蓄锐，明天我们一早动身。

第二天，我们早早用了早膳就上路了。十几里山路，没一个时辰就到了。

慧静与寒山寺长老互相打了问讯，我也学着慧静双手合十对长老说了声："阿弥陀佛！"

那长老合十回礼，说：

阿弥陀佛！原来是这位小施主啊！几天前，慧静师父预知你要来寒山寺，对贫僧早有安排嘱托。谁知那天一早你在大殿门口……简直把我们吓坏了。施主记住了：红尘本来就是一个"苦"字，轮回就是历劫。但是再苦也不能自杀，因为这样罪过很大。

我说：谢谢长老和师兄们相救，既然天不绝我，小女子以后无论遇见再大的苦难，也不会做这种傻事了。

长老把我让进客堂喝茶。

慧静与长老在客堂外小声说了一会儿话，忽然听见长老惊叹了一声：

阿弥陀佛！这孩子长这么大了，简直都认不出是当年那个小女孩了！怎么会有如此凑巧的机缘！真是老天开眼，让离散十多年的父女在贫僧这庙里重逢！

门外慧静轻轻喊我：

慕容映雪，来，随长老去吧。

我心里一惊——今天是我重新做回慕容映雪的日子吗？十多年没有人这样叫过我，猛然听见，真是悲欣交集啊。

随长老过天井、穿回廊，来到寒山寺后门。后门外是一面逼陡的崖壁，崖壁上有一个天然崖洞，洞口镶嵌了木框，木框内有双扇木门。

长老轻轻推开木门，是一间干净的崖壁小屋，屋里一张床、一张桌、两个木凳，地下一个蒲团。荧荧烛光下，有个老和尚在蒲团上闭目打坐，他仿佛没有发觉有人在门口。

了空长老，打扰。——长老打了个问讯。

那个名"了空"的老和尚从沉思中醒过来，睁开眼，慢慢站起身来还礼：

阿弥陀佛！道一长老此时到来，有何见教？——我一惊，此人原来是道一长老！就是爹爹的莫逆之交道一！他老了，老了啊！

给你带来一个人，看看你是否还认得？

施主进来吧！——道一招呼我。

我胆怯地走进崖屋，心里想：

难道这个老和尚和我爹爹有什么瓜葛？难不成他就是爹爹？不可能呀，当年离开爹爹时我虽然只有五岁，但我清楚记得爹爹的模样：爹爹身量瘦高、面容清癯、语音清亮，与眼前这位身材佝偻、面目浮肿、语音混浊的老和尚完全是两个人！

道一长老却说：

了空师父，你仔细看看这是谁？看看你们自己还能否相认？我先离开一会儿。

道一去了。

老和尚用混浊的眼睛打量着我，战战兢兢走到桌旁，招呼道：

施主请坐。

我迟疑地坐了，老和尚自己也坐下。

请问施主姓甚名谁？

师父，小女子姓慕容，名"映雪"，是爹爹取的名字。

你？你说你是慕容映雪？施主今年芳龄几何？——老和尚声音有点急迫。

十六岁。

你的生辰？

三月十八日卯时。

你可记得小时候曾经有一个名叫慧静的师父送你的宝物？——他声音打战，手也哆嗦起来。

可是一串玛瑙佛珠？

是的，是的。其中有一颗最红的玛瑙，在阳光下可以折射出一朵莲花。——老和尚急切地说。

长老怎么知道的这么清楚？你看是不是这串佛珠？

我急急取下佛珠递给他。

老人家手哆嗦得厉害，把玛瑙对准烛光转来转去地照，突然，奇事发生了——昏暗的烛光里，那朵莲花居然放出异彩，照得满室通红！

当年遭逢大难时母亲曾经说过，若能够侥幸逃出，父母与我凭佛珠里的莲花相认。

我们同时惊呆了，一下子回过神，抱头痛哭！

我双膝跪下，趴在爹爹怀里，哭得天昏地黑。爹爹颤巍巍的手掌不断摩挲我的头，喃喃悲咽：

女儿，我苦命的雪儿啊！

爹爹啊，十一年来每次与爹娘的相逢，都是在梦里。今天父女相逢，难道仍然是一场梦、一场空欢喜？记得那一年大屠杀，官兵团团围住我家，鸟儿也飞不出去一个，爹爹怎能够得以逃脱杀戮？简直不敢相信啊！

雪儿，你起来坐好，听为父慢慢讲给你听。

爹爹一边说一边给我把佛珠戴好。

十一年前那个吓人的夜晚，官兵把我们一家几十口赶到后花园，按花名册清点了人口，监斩官宣布行刑。有好几个刽子手同时执行指令，来执行我的刽子手在黑暗中悄悄用脚踩了我一下，我明白了：他在暗示我。这位义士可能痛恨权奸当道陷害忠良，所以甘愿冒死相救。在一片砍杀声中，他高举屠刀却朝我颈项不致命的地方轻轻一点，我随即应声倒地，此时地上已经是血流成河、尸首横陈。我倒在血泊之中，监斩官让人举了火把一一察看，确认地上的人已经全部毙命。便命令放火焚尸灭迹。火一点燃，官兵便撤离到府邸之外把守。我悄悄爬出死人堆，摸到花园暗门，进了暗道后我赶紧扯了截衣袖勒住颈项上的伤口，在暗道摸索许久，才到达出口，从山洞口爬出，脱离了险境。

后来呢？偌大天地，爹爹是到那里藏身啊？

你还记得我们一家曾经来寒山寺进香吗？

记得。这枫桥、寒山寺，一辈子我都记得。

寒山寺住持长老名道一，就是刚才带你来的这个长老。

记得当年的道一长老，他是爹爹的莫逆之交。他老人家老了啊！

其实他也是读书人出身，因为看透了这人世的利害纷争，不愿意求取功名，年轻时便剃度了。他是为父极好的朋友，他常常勉励我说，既然愿意在俗世为官，就一定要当一个替苍生百姓说话的好官。我也是这样做了的。

女儿知道，爹爹是爱民如子的清官。

爹爹在朝为官二十余年，上对得起朝廷、下对得起黎民百姓。但是由于权奸当道，处心积虑陷害忠良，好人的日子远远没有坏人好过。他们巧言令色、迷惑圣上，利用圣上的力量铲除异己。那年回乡，我原想以父母老病为由，辞官不做以逃脱厄运。

是的，那时我祖父祖母都健在。

为了预防万一，我带领全家前来寒山寺敬香，其实是来会道一长老一面。

对于那次寒山寺进香，女儿印象太深刻了，那悲凉凄惨永远留在我的记忆里，无法抹去。

在道一的禅房，我们密谈了半个时辰。他言道，将来一旦有难，可以到他寺里避祸。道一长老的禅房自成一局，是平日他闭关修炼的地方，其他僧人不得入内。禅房内有一小天井，天井的一方有一道矮墙。他带我去寺外看了矮墙方位，说是遇到情况紧急时可以从这里翻墙入寺。十多天后，果然不出所料，权奸们不等我辞官，已经罗织罪名在圣上那里把我告倒，并蛊惑圣上立即降旨到姑苏，将我们满门抄斩。那晚义士刀下留情，我从暗道逃出后，直奔了寒山寺。

爹爹，那个暗道是你请工匠挖的吗？危难中救了我们父女的命。

不是，那是祖上建造房屋时就在地下预留了这么一个秘密通道，以备急难之用的。

后来怎样了？

我逃到寒山寺外，寻到矮墙，惊异地发现，已经有一挂木梯在此！心里明白，是道一已经看见姑苏城里火光冲天，知道我家遇难，早早放下木梯在此接应。

上得墙来我拉起木梯放入墙内，从木梯下来时，见道一已经在我身后了，他说等我半个时辰了。道一爬上矮墙用烛火照了一遍，发现墙上沾有血迹，赶紧打来一桶水把血迹冲掉。随即，他用寺庙里的药粉、干净棉布，为我重新包扎伤口。又让我把血迹斑斑的衣服脱下，换了僧衣。第二天一早他又去矮墙外察看，把一些零星血迹掩盖了。然后他对庙内僧人说最近闭关修炼，勿要打扰。素常闭关时，小和尚只把饭食摆在禅房门外小桌上，任长老开门自己取食。这样，他轻易地解决了我养伤时的吃饭问题。第二天，道一便为我剃度了，取法号"了空"，是断绝一切尘缘之意。我们朋友关系之外又增加了一层师徒关系，但是我们更像朋友。两三月后待我颈上的伤口结疤，他把我移居崖洞，对外只称是一个远道而来的和尚借此崖洞闭关修炼的。

爹爹，你就在这崖洞住了十一年？

开始第一年是住洞里，声称闭关，整日关着木门没有露面。一年里，道一以各种方式替换了庙里的几个和尚，又新剃度了三个小和尚，待庙里的人员陆续全部换成了新人，他才让我自由出入后院。经历此次死里逃生的大难，加以剃了发须，我的面目变化很大，已经没有人能够认出我。但是我的主要住处还是那个崖洞。好在这崖洞十分干燥，冬暖夏凉。我常年在崖洞打坐，新来的僧人们看惯了，也就不奇怪了。但是庙内做法事等凡是需要接触外界的一切事务我完全不参加。

爹爹啊，这十一年你受苦了！——听完爹爹的故事，我心痛至极。

女儿，爹爹不苦。爹爹前半生在宦海挣扎、惶惶不可终日，那才叫苦！因遭此大难而得闻佛法，是我后半生的大幸！

但是你这样好寂寞啊！

女儿，爹爹也不寂寞。以佛法为生命之根本，时时刻刻佛在心中，这是人生最高境界哪！虽然身处崖洞，心里却有大光明。

爹爹虽然遁入空门，但是，其实你还是爱女儿的。

是啊，我们父女大难不死，十一年后在这寒山寺重逢，怎不教人悲欣交集？出家人并非六亲不认的，当年玄奘法师成为得道高僧之后，还专门回故里看望过他的姐姐呢。谁说出家人是无情无义的？

爹爹又问：雪儿，你是怎么找到这里的呢？

是孩儿来寒山寺自杀不成，被庙里僧人救下送到白衣庵，慧静师父带我来的。

爹爹忽然恍然大悟地说：

几天前道一说，慧静师父告诉他，有一个年轻的女施主要来庙里进香，到时候请长老派人把女施主送到白衣庵去。后来听道一说，女施主寻短见，僧人们救下了她，立马绑了竹椅抬她去了白衣庵。想不到，原来这位女施主就是我女儿哪！女儿为何要寻短见？你一定吃了许多苦吧？

我就把十一年前奶娘带我逃出、在姑苏城外枫桥与花妈妈相遇、妈妈收留我做了花月楼的小歌姬、十三岁时得遇杜公子、与公子情定花月楼、后来花月楼转卖、我流落金陵又逃出金家、金家追赶捉拿，以及杜公子为了昭雪爹爹沉冤，冒死进谏，得罪权贵，流放岭南，直至新皇登基，才得昭雪放还长安的故事简单地说了一遍。

女儿哪，想不到尚书家的千金小姐，沦为青楼女子、继而又沦落为逃跑的女奴！可怜的孩子，都是为父连累了家人啊！

爹爹不用如此自责。青楼里也有好人，也有许多侠肝义胆的女子，比如花妈妈、红妈妈都是。女儿这些年置身于民间，也遭遇过一些好人，比如黎公子，不计自己情感得失，患难中倾尽全力保护我。现在，一切厄运都过去了。慧静师父昨天说，三天以后有贵人来带我去长安，我就要见到杜公子了。杜公子为慕容一家伸张正义付出了惨痛的代价，以我现在的身份，不能连累于他，所以决心见他一面以后，把这段尘缘了结，然后回白衣庵出家当尼姑。当然最后这点打算我还没有告诉慧静，因为我也不敢确定自己见了杜公子后，能否把尘缘一刀两断。

孩子你就去吧，我们永远不要忘了杜公子冒死替慕容家洗雪沉冤的义举。不管你们姻缘如何了结，做事情应该有始有终。见了杜公子也代为父致谢于他，就说慕容一家永远不忘杜公子大恩大德！

爹爹，杜公子书信里说，新皇登基，权奸尽除，当今圣上已经把爹爹的冤案昭雪。爹爹你不必长年累月躲在崖洞、可以重见天日了。

爹爹已经知道。因为这寒山寺来往香客甚多，从他们口里，道一长老对天下事也知其大概。倒是爹爹这十来年的修炼，已经离不开这崖洞了——在俗世人眼里这里是画地为牢，在为父心里，这里其实是别有洞天的一块宝地呢。

说话之间，不知不觉过了一个时辰。

小和尚端来了一掌盆的素菜饭，叫我们用午膳。

这顿饭是同爹爹一块吃，仿佛仍然是在梦里一般，不过心里却是无限喜悦的。

告别了爹爹，又同慧静一起告别道一长老，走出寒山寺时，我简直就像变成了另外一个人——至少，我的心是已经新生了！

因为这半天的辰光里，我找到了这人世上唯一的亲人，我不再是孤单的柳含烟，我是慕容丰的女儿慕容映雪！我是有爹爹的人！

回白衣庵的路上，我问慧静师父：

你说三天后有人来带我去长安，不知道是一个什么贵人哪？

慧静默然，没有回答我。

你不告诉我，后天我见了就知道是谁了。

慧静忽然又开起玩笑：

小妮子，菩萨说你还有些宿缘未了，就让你玩到京城去！允许你和杜公子见一面。记住，只能见一面。

如果能够见得杜公子一面，平生心愿已了，回来后一切听从师父安排。

小妮子你可要记住你的承诺，到时不要反悔！

第十八章　白衣庵下巧逢神秘公子

这天我起得特别早，好久以来心情没有这样舒畅过了。我翻开包裹，找出一套粉色衣裙穿上、小蛮腰系了一条石榴红丝巾。这是我初见杜公子时的打扮，三年来我身量长高了，特地要求花妈妈为我照原样重新缝制了一套，这是特地为见杜公子准备的。不管离开花月楼还是离开金家，这套衣裙我一直带着。今天特高兴，权且拿出这套新衣裙试穿一回，将来去长安见杜公子，就穿这套衣裙，给他一个惊喜：柳含烟还是三年前的柳含烟！梳洗时，我特意把青丝挽了个好看的髻，脑后的散发柔柔地垂向腰际，还记得与杜公子初相见时，我鬓间斜插了一串茉莉花。可惜今天没有新鲜的茉莉！好想去摘朵野花戴。

雪儿，早上心思清静，随我去禅房打坐一个时辰吧。

自从来到白衣庵，师父有时也带我在禅房打坐。但今天不想去，深怕打坐时错过了重要的事情……

师父已经看出了我脸上的疑问，便说：

小妮子不必着急，来接你去长安的人还有一个时辰才到达呢。

只得随同慧静去了禅房。跏趺坐于蒲团、双手结印。

不一会儿，慧静很快入定了。我呢，真是俗话说的"小和尚念经，有口无心"吧，心里还在想着去庵下摘野花。我看慧静师父已经深深入定，便轻手轻脚起身，悄悄溜出了白衣庵侧门。

侧门一条土路通山下小溪。溪边有星星点点的小野花，但是花朵太小，不足以插鬓。忽然看见坡下有几株野生芙蓉，浅红淡紫粉白，花儿在晨光里开得正盛。一下子摘了一大把，跑到溪边，选了一朵粉白、一朵浅红的，对着清亮的溪水，把两朵花儿簪在发髻上。

自打从花月楼出来，我就没有好好照过镜子，没有认真梳妆打扮过。如今看见水里自己的影子，不说倾国倾城，起码也是楚楚动人！

忽想起杜公子赠我的诗"娉娉袅袅十三馀"，唉，那是一个多么令人沉醉又销魂的暮春哪！不由得轻轻唱起江南小调："日出江花红胜火，春来江水绿如蓝……"

好美的小仙女！

——忽然听见身后有男子的声音，要躲要藏都来不及了！

我在这里看你半天了！

这人笑容可掬地说。

这才仔细看他：是一个年轻公子，一身银灰色袍子，头上束了顶金冠，冠上有一颗硕大的宝石在阳光下熠熠生辉。虽然笑容可掬，脸上两道剑眉却是英气里透出一种威严。

公子取笑了。——我只得搭话，应酬一句，站起身，准备马上逃离。

谁知他又说：

这江南，真真是景美人更美呀，想不到深山里有如此美貌佳人！

我不再应答，提起裙摆，踏上溪边石镲，慌乱中脚滑了一下。

哎呀小心！当心摔着！

他一边说一边走过来：

要不，我来扶你一下？

他三步并两步已经来到我的身边，就要来拉我的手。我赶紧说：

多谢公子，我自己能走！

可是他已经很霸道地握住了我的手。只得任他牵着下了石鏪。

姑娘这里歇一会儿吧。——他指着溪边光洁的一块大石头说。

对不起，公子，今天我有点事。——我想起了慧静说的今天有人来带我去长安，千万不能误了。

姑娘是回白衣庵？

你怎么知道？

呵呵，这方圆几里地只有白衣庵一处庙宇嘛。

我仍然急急地要走。

他居然拦住我的去路，笑笑地说：

要走好办，姑娘把刚才在溪边唱的小曲儿再唱一遍。

说着，他从怀里掏出一支短短的紫玉笛：

这江南小调、吴侬软语实在好听，你是把白居易的《忆江南》翻成小曲儿唱的？我刚才听了好一阵，曲子已经会了。

他一边说，一边笑笑地拉我坐到大石上：

姑娘，我吹笛为你伴奏，你唱！

没见过你这么嬉皮笑脸的！

——看来实在脱不了身，再被他纠缠下去，恐要误了我今天的大事。唱就唱吧！花月楼的小花魁还惧怕唱小曲儿？

> 江南好，
> 风景旧曾谙。
> 日出江花红胜火，
> 春来江水绿如蓝，
> 能不忆江南？

说实在的，他玉笛还吹得满好的，笛声绕着溪水青山，浸润润地倚着我的歌声，清歌一曲，倒是比在花月楼那种地方更另有一番情趣。

就完了？多唱一段都舍不得？这么吝惜！

我站起来起身就要走。他忽然说：

喂，你头上的花快掉下了，来，我帮你别好！

我自己来！

没有镜子，你看不见。

他的手已经在我头上了，脸凑到我的耳际，嘴里热气一阵阵向我袭来。他柔声地说：

姑娘，你实在让我动心！

猝不及防的，他居然一把拥我入怀！我腾出右手，伸手便打——

不得无礼！——忽然灌木丛里齐刷刷地冒出几个武士，威严地逼视着我。

他已经放开我，呵斥他们道：

退下去！谁叫你们出来的？

武士们悄悄隐入灌木丛。

呵呵，姑娘吓着没有？他们是我的下人，不用怕、不用怕！我们走吧，我也正是要去白衣庵。姑娘请前面走。

我们一前一后地走在山间小道上。那些武士远远地跟着。

啊！——突然，我看见一只老鹰向对面山坡俯冲下去，山坡上有一只小灰兔在逃窜。

倏然，一道银色的光从我背后飞出，"当"的一声，那老鹰已被弹子击中，在空中盘旋折腾了几下，落在对面山上一棵大树丫杈上。

公子好身手！那老鹰死了吧？——我不由得敬佩他的百发百中。

没有，但是它受伤了。我只打了它的脚。

公子赤手空拳，刚才的弹子从哪来的？

这个吗，还不简单，衣袋里常常放着两三颗，防身用的。

公子京城来的？

你怎么知道？

长安口音，我听得出。——我想起了杜公子，那一口纯正的长安口音。

姑娘去过长安？

没有。

有亲戚在长安？

不是亲戚。是——

唉，我怎么可以对他讲杜公子的事情？便随口说：

是——也算是亲戚吧，我正准备去长安会这个亲戚。

那么我有幸与姑娘同行啦！——他开心地说：

我去白衣庵礼佛进香，事毕，马上启程回长安呢。姑娘和我一块走吧！一路上我会好好照顾姑娘的。

谢谢公子。今天有人来接我，带我去长安，也正好是今天启程。

有人接你？还是随我走吧！只怕，到时候由不得姑娘。——他忽然霸道起来，我感到他语气里有一股居高临下的威严。

难不成公子敢威逼我？

你倒试试看！——呵呵，开玩笑，我与姑娘开玩笑的！

说话间已经到了白衣庵脚下，远远望去，我吓了一跳：

——庙门两旁戒备森严地站立着两排武士！

我们还未到了庙门口，那两排武士已经跪下了。

我赶紧闪在一旁让公子先行。他只说了声：

不用怕，随我来吧！——忽然他语调里又恢复了刚才的威严。

我胆怯地随他进了庙。慧静师父大概打坐已毕，正在大殿前迎接。只见她双手合十道：

阿弥陀佛！施主光临小庙进香，贫尼未能远迎，还望见谅。

请问师父法号？

贫尼慧静。

师父，昨晚我得一梦，梦见姑苏城外白衣庵红光一片，寺旁开满了优昙花，奇怪的是，醒来后室内还残留着一缕异香。为此，把今天返回长安的行程稍稍后延，忙里抽闲，来宝刹礼佛进香。

贫尼知道。施主一脉，自祖上起就尊崇佛法、弘扬佛法。今施主对菩萨如此虔诚，唯愿佛法加持施主一脉繁荣昌盛，也祝愿我大唐帝国风调雨顺、国泰民安！

很快，公子在大殿礼佛进香毕。慧静对我吩咐道：

雪儿，客堂备茶伺候。公子请！

慧静把公子让进客堂，与公子分宾主坐了。

原来慧静早已经命弟子们用紫砂茶壶泡好了上等好茶，我只消端出、摆上，将茶斟满紫砂杯。正待要离去，慧静却说：

雪儿，一旁伺候。

我只好留下。慧静说：

公子你说今天返回长安？

是的，来江南已经几天了。看来必须风雨兼程赶回长安呢。

我托公子一件事。

请讲。

帮忙把慕容映雪带去长安好吗？

哪个慕容映雪？

就是她呀！

慧静用手指指我。

我懵了：难道昨天慧静说的带我去长安的人，原来就是他！可是看今天的光景，他们此前没有见过面，也没有商量过呀。

想来想去明白了：慧静是有神通的，对于此次我去长安的安排，预先她已经成竹在胸！

倒是公子喜出望外：

呵呵，你就是慕容映雪？名副其实哪！这么美的人也堪配这么美的名字。

随即又喜滋滋地说：

怎么样？我刚才说了叫你和我一块走，你还犟，现在，由不得你啦！

既然是慧静师父的安排，我遵命就是。——我讪讪地说。

公子起身向慧静告辞，出了客堂。

我留下悄悄问慧静：师父，你说的人怎么是他？

雪儿，非他不可！除了他，再没有合适的人能够带你去长安！不要忘了你的身份，你现在还是一个逃跑的女奴。带你去长安，只有他才是最合适的人选。

他是谁？

不必多问，到了长安你自然知道。

我收拾了仅有的行李：几件衣裙、一幅《枫桥夜泊》图。还有一包散碎银两，是作为到了长安食宿之用。杜公子的《赠别》诗却是被我掉船舱里，再也寻不回了。当然那串玛瑙佛珠是一直随身戴在腕上的。

公子和他的武士前面先行，慧静送我步行下山。

雪儿，此去好自为之！记住你承诺的：只见杜公子一面。

这个……师父，我……——我心虚，喏喏地说。我虽然承诺，但我怕到时候也是把握不住自己呢。

唉，情天恨海，宿命难违。凶多吉少啊。

你是说金家的人会追赶到长安状告公子？

金家的事情，以后你倒是大可不必担心了。

那还有什么值得担心的事情？

雪儿，且不闻"一顾倾人城，再顾倾人国"！

我哪有这等倾国倾城的美？

是的，你不是那种妖艳魅惑的女子，但是你楚楚可怜，是令铁石心肠的男人都会为之动情，愿意来保护你的。

保护我，只要不伤及别人就好，特别是杜公子。

小妮子记住，凡尘间的事情，不是你想象的那么完美，缘起缘落，都是因果……

慧静送我到山下路口，公子的人马已经等候多时了。

公子令武士牵来一匹马：

姑娘会不会骑马？

会一点儿。心里暗想：青楼女子，有几个不会骑马的？

前边有间小屋，去把衣服换了。——随即，武士扔过来一个包袱。

打开一看，是一套武士衣服。不由得开心一笑：又要扮一回男子了！

换好衣服走过来，公子看我时眼睛一亮：

好英俊的一个小武士！上马！

公子一行的坐骑，全部清一色的千里马。都说良马通人性，这是真的。我座下的这匹马儿，就十分知道体谅我，既跑得快，又尽量不颠簸着我，仿佛它知道我是个姑娘，特别关照。

公子预计以三天行程赶回长安。一路上，公子派他的下属尾随我驰骋，他反而不太专门搭理我。陡然间，与小溪边那温情脉脉的公子判若两人。

晚上驻扎驿站，公子的人马一到，随从只要亮出金牌，那些驿站官员兵士都赶紧跪倒在地，驻地周围马上派了重兵把守。

心里越来越奇怪：这位公子是一个什么重要人物呢？朝廷重臣？边关元帅？好像他有什么身份不便暴露。

驻扎驿站的两个晚上，公子的侍卫都令驿站给我安排了整洁舒适的小屋。这位侍卫还特意转达了公子的关照，叫我好生休息，天明一早好赶路。

看起来这位公子倒是好人，白衣庵下小溪边给我带来的小小不快烟消了。

只等一到长安城，我便辞别公子，去找一处客栈住下，再慢慢寻访杜公子。

还清楚记得杜公子的家是在长安城南的"杜曲"：

家在城南杜曲旁，

两枝仙桂一时芳。

禅师都未知名姓，

始觉空门意味长。

这是杜公子在连中两举那一年，游《文公寺》时，当场口占赠予禅师的一首诗。后来这首诗竟然不胫而走，传遍天下。那年在花月楼，花妈妈问及此事，公子曾经给我们背诵，并讲述了写这首诗的来龙去脉。

我在长安住下，只需到城南的杜曲去打听，定能够找到公子下落。

第十九章　糊里糊涂进了皇宫

快马加鞭，风驰电掣，第三天下午一行人便抵达京城长安。

远远就望见长安城那层层叠叠的房屋浸在浅紫淡橙的夕阳里。我们一队人马从南门入城，天色尚早，公子已经吩咐下属，令入城后缓缓而行，以免惊扰百姓。

公子仍然被武士们簇拥着，行走在队伍中间。

一路尾随我的那个武士，这时与我并辔而行，边走边向我介绍京城风貌：

长安城的街道很宽，我们行走的这条街，是正对皇城中央朱雀门的主干道，因此名叫"朱雀街"，又因为街道对着承天门，所以又称"天街"。这天街宽五十丈，两旁遍种榆树、槐树，绿树成荫，街旁有一丈多宽排水明沟。

是排水沟？我刚才还以为是小河沟呢！

你说它是小河沟也可以，因为水很清澈，既可以做饮水，也可以濯衣，失火时还可以做消防之用。

河沟隔着，过街的人怎么行路啊？

每个街口都设有小桥，以方便行人过街。

啊，看见了，那个街口真的有小桥。

武士又说：长安城南北东西街道整齐划一，呈田字格形状。格子之间形成许多"坊"，自成体系。晚间宵禁，各个坊要关门上锁，清早才开坊，所以一百多万人口的长安城，治安良好、秩序井然。真正做到了夜不闭户、路不拾遗。

一百多万人口？天哪，十个扬州都没有一个长安大！还秩序井然，没有盗贼，不简单啊！

这要归功于大唐严格的法典。凡晚上宵禁后还在街上行走者，无论平民百姓还是达官贵人，一律以有罪论处。所以，任是什么盗贼，也就无隙可乘。

如此，平民百姓之家可以夜不闭户、安居乐业；高门大户的那些宅院府邸，更不用说有多安全。

一路缓行慢走。只见道路两旁各种饮食店、手工作坊、绸缎铺、酒肆、客栈……连绵不绝；街上行走的虽然多是男子，但也不乏市井的女流之辈。行人一个个都衣冠整洁、气定神闲。

不由得惊叹，到底是大唐帝都啊，这长安城原来是如此的文明开化，又如此的热闹繁华！

说话间就到了朱雀门了。

那位武士对我说：进了朱雀门就是皇城了。这皇城东西长五里，南北宽三里。南北七街，东西五街，其间并列设置了台、省、寺、衙等许多官署。

哦，官署都设在皇城内？那么，御史台也在皇城内的？

是呀。姑娘还知道御史台？

我支支吾吾应了一声。此刻，我怎好把杜公子的大名说出来？杜公子就在御史台任职啊！

那武士却没有发现我的支吾，继续说：

进了皇城一直往北，便是承天门。我们马上要到承天门了，进了承天门便是宫城啦。

说话间已经远远看得见那巍峨的承天门了。天哪，这承天门就像一座山峰一样雄踞在斜阳里！单是那门洞恐怕都有数丈高，承天门前的街道宽阔得像一个广场。

武士说，此街名叫"横街"，百丈多宽，又称"百丈街"。虽然名之曰"街"，其实相当于一个巨大的广场。节庆大典，皇上就在承天门上接见他的子民、接受臣民朝拜。

心里想，皇上在承天门上接受臣民们朝拜时，不知道是怎样的万头攒动、欢声如潮的壮观景象呢。新登基的宣宗皇帝在这承天门上接见过他的臣民朝拜吗？我现在在长安住下了，有朝一日宣宗皇帝到承天门接见子民，我一定要来这百丈街亲自一睹当今天子的风采！

说话间一行人过了百丈横街，已经来到了承天门下。

承天门外有执戟卫兵把守，城门紧闭。只见刚才和我说话的武士掏出金牌对着城上一亮，那城门立即洞开，一队人马便鱼贯而入。

正想要在宫城门外告别公子，谁知他已经进去了。

我赶紧下马，对那个武士说：

我就此止步，烦替我转告，多谢公子！

谁知那武士却说：

姑娘请上马，随我进宫。

我急急地说：

替我多谢公子，亏他行方便，千里迢迢带我来长安！我本是来长安投亲的，要马上去客栈歇息，寻访亲戚下落。

嘿嘿，这皇宫里，有不要钱的客栈，可以任姑娘住。

他一边说着，只一探身、一伸手，便老鹰抓小鸡似的把我提上了马。我反身打马向宫门外冲，却被执戟的卫兵横刀拦住。

猝不及防，那武士迅速往我坐骑臀部一拍，那马儿便直奔宫门里去了！

往前一看，公子的人马还在宫门内等着。

天！这位公子究竟要干什么？

就这样我糊里糊涂地被"裹挟"进了皇宫！

只见数丈高的宫墙之内，矗立着数不清的亭台楼阁、巍峨宫殿。那些宫殿，单是台基动辄都高达数丈，加上殿宇，怕有数十丈高！琉璃瓦的飞檐翘角、五光十色的雕梁画栋、白玉石栏杆、红色丹墀，雄伟庄严得令人不可逼视。

我待要策马前去找公子说清楚，向他告辞，刚一打马又被那武士拦住。

也好，等公子到了目的地，停下再说也不迟。

谁知过了一个名"两仪殿"的地方，前面公子一行人径直往东去了，而那武士却要带我往西！

不行，不行！我要随公子去，给他讲清楚，请他放我出去！

你嘀咕什么呀？既来之则安之，你先住下，"公子"空了自会来见你！

说话间，公子一行已经不见了人影。

我要出去，放我出去！

我掉转马头就跑，那武士伸手轻易就把马儿拦住：

姑娘，这是宫禁之中，哪有随你乱跑的道理？请随同我来吧！

只好跟随这个武士往西，穿过许多回廊曲径、水榭亭台，拐弯抹角走了好一阵，来到一个精致小院前，小院黑漆门楣上非常气派地镌刻着"含烟"两个鎏金篆字。

奇了怪了，这小院的名字，怎么刚好与我在扬州花月楼的名字一模一样？忍不住问武士：

这个小院怎么叫"含烟"？

嘿，怎么叫"含烟"，本来就叫"含烟"嘛！这宫廷里，不单是大殿有名字，所有亭台楼阁、水榭回廊都有名字，所有小院也有名字的，比如"含烟"、"飞雪"、"栖凤"、"迎鸾"、"映月"、

"绮霞"……名字多得很，没有名字，这么宽的地方怎么找啊？

心里默然：这"含烟"小院，只不过一个巧合罢了！

武士说：姑娘暂且在这里住下。

说好了，我就住一晚，明天无论如何我要见你们公子，让他放我出去。

那武士笑起来：你怎么老是这句话？我说了几次啦，你的"公子"空了自会来看你的。安心住下来！

我下了马，武士把我的行李包裹扔给了我，而他自己却仍然在马上。

小院门口已经有两个小宫女迎接。

武士对她俩说：

这是江南来的慕容小姐，你们要好生伺候！

说完他就打马要走，我赶紧说：

喂，麻烦给你公子带个口信……

你啰唆什么，我说了，你的"公子"空了就……

话没说完，他掉转马头，已经扬长而去了，我的那匹坐骑也乖乖地跟着他跑了。

只得暂且住进小院再说吧。

院子虽小，前庭花园却种满了奇花异草，堆砌着嶙峋石山。正厅、书房，设备齐全。我注意到，书房里还摆着一架紫檀木的锦瑟瑶琴，用雪白的轻纱罩住。

走进正厅后的卧室，一阵异香扑面而来。这香味，我在花月楼偶尔也嗅到过。那是间或有做香料生意的富商送花妈妈的宫廷贡品，很难得一见的奇珍异香。

原来这卧室里熏着香，一个白玉香炉在竹几上，香烟袅绕；描龙绣凤的床上纱罗如烟、锦被高叠；梳妆台上铜镜锃亮，胭脂粉盒、珠花玉簪一应俱全。靠墙有一壁柜，拉开红漆洒金雕花木门一看，天哪，挂着数十套各色绮罗细软衣裙！到底是皇家气派，这里休憩一宿，也算得入温柔富贵之乡了！

忽然听得有人娇滴滴地说：

见过姑娘！姑娘好美貌！

我吓了一跳，问：哪里来的声音？

两个宫女都笑了：

姑娘不用怕，在这里呢，是鹦鹉在招呼你！

随她们去檐下一看，果然有一只红嘴绿羽鹦鹉蹲在一个别致的古藤鹦鹉架上！

宫女说，这鹦鹉原是安阳公主宫里的，她命我们带过来了。它不但会招呼人，还会吟诗呢！

这里原是哪位公主的卧室吧？

启禀小姐，这含烟阁是新近改装的一处庭院，原是为进宫的皇亲女眷们准备的临时歇息处。改装后还没有住过人，小姐是第一个入住呢！

你们叫什么名字？

我叫小杏儿。

我叫小桃儿。

她们说，原是安阳公主宫里的，新近被指派到这含烟阁当差。

安阳公主是谁？

就是皇上一母同胞的妹妹啊！安阳公主长得美极啦！

你们皇上，就是当今老百姓非常拥戴的宣宗皇帝？

正是宣宗皇帝，他可是最英明的皇上！

我知道、我知道。

我怎么不知道宣宗皇帝？正是宣宗皇帝力挽狂澜、清除奸党、平反冤狱，杜公子才得以从岭南放回长安，重新官复原职；也正是宣宗皇帝的英明决断，我爹爹的冤案才得以洗雪、陷害爹爹的奸人才被绳之以法、爹爹十余年的洞中生涯才得以重见天日！宣宗皇帝是我们慕容家，也是杜公子和我的大恩人哪！

可是这深宫里，皇帝好比在天上，我一个小女子，怕是永远也没有机会向皇上表示我的虔诚谢意了。好在杜公子已经在朝为官，我想，他会以自己的忠心好好报答朝廷的。

刚才送我来的人是谁？——我问小杏儿。

他是宫廷皇家卫队的。

哦——我突然明白，护送我进京的这个公子，可能是皇家卫队的总头目，侍卫队长。不然他也不会有如此大的权力。

晚膳送来的饭食有雪白的江南鱼羹、粉红的姑苏小酥饼。都是南方味道，非常适合我的口味。

掌灯时候，小杏儿俩把院内外所有的大红纱灯全部点上，整个小院像是覆盖了一层朦胧的红霞，温馨而美丽。那些奇花异草都浸润在轻纱般的烟霞里。

庭院有奇花的幽香。

正在书房叮叮咚咚试弄锦瑟，忽听小院外有响动：

免了，免了！记住，以后我来这里，你们无须按礼节行事！

是公子的声音！

我赶紧迎了出去。

公子已经换了一身天青色便服。忽然想起第一次与杜公子相见，他也是一身天青色衣服。只是，眼前这位公子的衣服，锦缎真是豪华大气得多，这种天青色，是雨后初晴万里无云的明朗天空才有的颜色。公子头上也是随便地束了个天青色方巾。

一见面，他就开心地叫了着：

雪儿你好哇！

——深邃的眼眸里透着无比的喜悦。

忽然觉得他又回到小溪边顽童的神态。我赶紧起身道一声：

公子万福！

只见那桃儿杏儿互相对望了一眼。难道我叫"公子"有什么错？今天我倒要好好盘问一下，这公子是宫廷里的什么官？

我把公子让进小厅，桃儿杏儿马上来上茶。

她们捧出的是一套精致的白玉茶具。茶壶、茶杯、茶盘，全部是温润通透的整块玉石雕琢而成，恐怕一只杯子都价值连城呢，到底是皇宫里的东西！

桃儿杏儿来伺候着把茶斟满、摆好。

你们下去，不用伺候。

桃儿杏儿乖乖出去了。

姑娘，这里可住得惯？

我客气地回答：

公子，这里是皇宫，人间天上，雪儿此生从未享受过如此富贵荣华呢！不过——

你是不是又要说来长安城会亲戚的事？稍安勿躁、稍安勿躁！多住几天，我会派人打听你的亲戚。这里的胭脂花粉、珠宝首饰，衣橱里所有的衣裙，你尽可随便穿戴使用。衣裙你试过没有？合身不？式样还满意吗？

倒是没有试过，翻了几件看看。不过我看这京城的服装比我们江南的更开放更大胆。

此话怎讲？

你们这里的女子服装好像时兴穿抹胸，抹胸外面罩广袖罗衣。抹胸领口开得那么低，低得都看得见……我不好意思说下去。

看得见什么？说呀，说呀！

知道你还问！

雪儿，这些衣服全是你的了。你随便穿！我们大唐的宫廷女子，都是这样的打扮。我知道你害羞什么，酥胸微露？酥胸微露有什么不好？

不想搭理他这些话，便把话题岔开：

公子，这里原是哪位公主住的地方？

哈哈哈哈！公主住的地方比这儿大得多！她们每个人都有自己

的宫。——他笑得很开心。

总之不会是专门为我准备的？

倒也不是。宫廷里面也要有客房啦，这是皇亲女眷和王公大臣们的女眷进宫时临时休息的地方，这种"阁"、"馆"，有好几处呢。这一处名"含烟"，是以旧翻新的一处庭院。还没有人住过，你是第一个住进的。

哦，公子你是这皇宫的什么官儿？

哈哈！——公子粲然一笑：

你倒猜猜看，我是皇宫的什么官儿？

我猜——你是皇宫卫队的侍卫长！

他一愣，忽然又哈哈大笑：

猜得对，猜得对！我就是宫廷侍卫长呢！

请问公子尊姓大名？

我么，姓李，排行老七，你以后叫我李公子、七郎，都行。你刚才在弄琴？会弹锦瑟？

自幼所学。公子还不知道，我是青楼女子呢。我在扬州花月楼的艺名就是柳含烟！——我突然使出了杀手锏，妈妈曾经告诉我，青楼女子是不能够嫁朝廷命官正式为妻的，这或许是我脱身的最好办法。

谁知他没有一丝惊讶，反而爱怜地说：

不必糊弄我，我也不在乎你过去是什么。即使你是青楼女子，也是那种卖艺不卖身的小歌姬，你的清纯、羞涩，已经泄露了你还是一个未被男人动过的女孩。

我脸红了。忽然想起杜公子赠我的诗"豆蔻梢头二月初"，心里荡起了涟漪。

你看你看，我没有说错吧？一提起这个事，脸都红了！我最爱看的就是你脸红低首的模样，就像一朵粉色莲花在雨中垂首，真是妙不可言！还记得那天在溪边吗？我拦住你，偏偏不让走，就是喜欢看你羞涩的那种窘态。呵呵，你艺名柳含烟，这里正好是含烟阁！这样看来，这含烟阁倒是专门为姑娘准备的了！姑娘，或许我们真的有缘分呢！

公子，你别开玩笑，这含烟阁只是一个巧合。

不是开玩笑，我是认真的。

公子千里迢迢带我来到长安，我还没有谢过公子哩。

那你怎么谢？我今天就是来讨姑娘谢的！

话还没有说完，他已经起身，一把拉我入怀，柔软的唇在我的面颊上印了一个吻。这次我倒是没有像溪边那样伸手就打，只无声地挣脱了他的拥抱。

他没有继续蛮来。只笑笑地说：

雪儿，我看得出你心里有人。但是，只要你没有和那个人洞房花烛完婚，我就有争取获得姑娘芳心的权利。我不会勉强你，我愿意和那个人公平竞争，直到姑娘真正爱上我，心甘情愿和我融为一体。

谢谢公子雅爱。我心里确实有人，他就是——

不必说出！

我原想搬出杜牧之的大名吓唬他，你一个宫廷侍卫队长，怎么可以和御史台的大诗人杜牧相提并论？谁知他竟然一口制止，瞬间又恢复了他的霸气！

他看我有点惊吓，随即又温柔地说：

今晚只是来看看你，其实我回来后还有许多事务急需处理。等哪晚闲暇了，我来听你唱江南小曲。

谢谢公子。公子，我寻访亲戚的事？

不要一口一个"谢"的，不要把我拒于千里之外好吗？访亲戚之事又何必太急？住些时日再说，好吗？

我无可奈何，只好等过些时候再说了。送公子出去以后，听见他在远处小声吩咐桃儿杏儿，大概是叮嘱她们好好伺候的一些话，但又夹杂着什么"不许胡言乱语"之类。搞不清这宫廷的清规戒律，我以后一定谨慎从事才好。

公子走后，我问桃儿杏儿：

刚才来的是谁？

桃儿杏儿互相看了一眼，说：

小姐知道了还问？

那么，他真的是皇宫卫队的侍卫长？

就是呀！

她俩神秘地一笑，马上又说：

是的，他就是侍卫队长。

第二十章　诡异的鹤顶红

一连三天，公子都没有来过含烟阁。可能是他刚刚回来，公务繁忙吧。可是这几天却发生了一些奇怪的事情：

一位名唤"丽妃"的娘娘，居然屈尊来含烟阁看我。

这是一位妖媚无比的娘娘，全身的花红柳绿，香气扑鼻。

她带着四个宫女，前呼后拥地走进含烟阁。

我拜见了她，把她让进小厅里上座。

杏儿捧茶献上。丽妃赐我坐了下首，四个宫女侍立两旁。

她关切地问我：

听说姑娘从江南来的？

回禀娘娘，小女子祖籍姑苏。

请问姑娘尊姓大名？

小女子慕容映雪。

哦，是慕容姑娘！你们江南女子真的长得很美啊！这两天听说含烟阁来了个江南美女，本宫好奇，路过这里特地绕道来看看。果然是又灵秀又娇媚！

谢娘娘夸奖！娘娘才是国色天香的美人呢！娘娘长安人氏？

本宫道地的京城人氏。你怎么知道？

听娘娘口音吗，一口标准的京城口音呢！

啊，姑娘熟悉长安口音？

我的……我的亲戚是长安人氏。

那么，姑娘是到长安寻亲的？

正是长安来寻亲。

你是怎么到这长安的啊？

是你们宫廷卫队顺便带我到长安，谁知糊里糊涂被他们带到宫里来了。说是住些天便放我出去。麻烦娘娘替我转告一下那个宫廷侍卫长，我是一定要出宫去寻亲的，越快越好！

侍卫长？哦，哦，是这样。姑娘就暂时安心住着吧，有机会我替你转告他。姑娘远道而来，饮食起居还习惯吗？

皇宫一切都极尽奢华，已经是人间天上了！

御膳房做得膳食可合口味？

他们专门给做了江南菜肴、姑苏点心。

喜欢吗？

最喜欢姑苏点心啦！

你们江南的点心确实精致，那种粉红的姑苏小酥饼，连本宫也喜欢吃。

那天，丽妃娘娘天南地北地聊了一些不着边际的话题，就走了。

第二天中午，桃儿去御膳房给我取来午膳。

她提着食盒进院子，我正在逗那只可爱的红嘴绿羽鹦鹉。

"千里莺啼绿映红……"

它居然会念杜公子的诗句！这陌生的长安城宫廷里，居然能够听到杜公子的诗句，真好比"他乡遇故知"了！

桃儿，今天午膳有姑苏香酥饼没有？

有的。御膳房照例为小姐配了江南小食。

你把那香酥饼拿过来。

这江南小点心酥软如雪，入口即化；面上撒了一层粉红，美极了！我掰了一小块放手心里，让鹦鹉啄食。它吃得很斯文，轻轻地、一点点地……

忽然鹦鹉喉咙哽咽地咕哝两声，便从鹦鹉架上跌下，两只脚用力一蹬、翅膀动了几下，死在地上了！

桃儿大惊，扑通跪下，磕头如捣蒜：

小姐饶命、小姐饶命！天哪，这是怎么回事啊？

杏儿已经飞奔去禀告安阳公主。

稍时，听门外喊：

安阳公主驾到！

我立即出门跪迎。

都起来吧！

我起身侍立一旁。

悄悄看这公主：她只有十七八岁年纪，真的是国色天香，美艳绝伦，骨子里更有一股凛然的高贵气质。

她一到就去厅堂坐下，随同的几个宫女排列两边。

桃儿还跪在地上，她一路爬行到公主裙下：

公主饶命！公主饶命！公主你是知道桃儿的，桃儿伺候您这么多年了，桃儿绝不会干这种事情！

狗奴才！我原以为，派你们两个到这里伺候，是极其放心的，为什么出这等大事？你把今天送午膳的事情一一讲清楚！不许有半点儿遗漏半点儿隐瞒！

公主，我从御膳房提了食盒出来，径直就回含烟阁的。

中途没有停顿？没有遇上什么人？

没有，绝对没有停顿，也没有遇见什么人！

这就奇了怪了！你是不是直接在御膳房提的食盒？

是的，是直接去御膳房提的食盒。哦，我想起了，我去提食盒时遇见了丽妃娘娘宫里当差的魏公公。

魏仁？他去御膳房干什么？

听说他是去交代御膳房，晚上给丽妃娘娘做一个燕窝汤。

明白了。你起来！

稍停，公主又问：

这几天还有谁来过含烟阁？

我说：

丽妃娘娘昨日来过。

她来干什么？

说是路过这里，顺便看看。

和你聊了些什么？

不过是问问饮食起居、问我家乡哪里、如何到的长安。

知道了。

公主吩咐把食盒里的午膳全部提走。转身对我安慰道：

姑娘不用害怕，谁也不敢对你怎么样！我会把这个事情查一个水落石出！

说完，宫女们簇拥着她扬长而去。

后来两天，听桃儿杏儿说，那个魏仁被遣送大理寺审问，一动刑就招了，是丽妃指派他去御膳房，假借吩咐晚餐，趁人不备，悄悄打开含烟阁食盒，只用预先准备的鹤顶红抹了一下那粉红的小酥饼。鹤顶红剧毒，入口一丁点儿即可致人死命。

此事一经禀明圣上，魏仁立即斩首，丽妃打入冷宫永不复出。御膳房主事疏于职守，撤职查办。

理不清个头绪，为什么丽妃要加害于我？

问问桃儿杏儿，两人面面相觑，都说"不知道"。

这宫廷里的事情，实在是诡异！

第二十一章　清歌一曲《忆江南》

鹤顶红之事过后的第三天晚上，公子来了，看样子他有些疲惫。

唉，到你这里来歇息歇息，换一换心情。

公子你很累吗？脸色不太好呢。

叫我七郎。

七郎，你是公务太繁忙吧？需要好好歇息一下。

他忽然开心一笑：

呵哈，雪儿，你终于知道体贴我啦！

不是不是，公子你别误会，我是看你有些疲倦……

叫我七郎。不用掩饰啦。其实，你还是在乎我的，是不是？

七郎话说哪里，就是朋友嘛，关心一下也是应该的。

喂，那你就来"关心"一下，帮我揉揉肩膀怎么样？我好累好累的。

我真的走到他身后，准备给他按摩。谁知他反手一把将我搂进怀里，放在他怀里坐了。

小妮子也有上当的时候！——他开心地喊着，此时简直像个恶作剧的孩子。

这次的事情吓坏了吧？

什么事？

你以为我不知道？这皇宫里，大大小小的消息都传得飞快呢。

哦，听说魏仁已经正法，丽妃打入冷宫。皇上圣明哪！

就是要严明法纪、惩处奸佞！如果连宫廷内部都不能够整肃，国何以国？

霎时，他好像换了一个人，声音里有一种居高临下的威严，我不由得打了个寒噤。

你冷吗？——轻轻地问，他又回到小溪边的那个公子了！一边说，一边把我抱得更紧。

七郎，你不是喜欢江南小曲儿吗？我为你弹唱一首怎样？

我轻轻地从他怀里挣脱，拉住他的手向书房走去。

他听话地跟在后面。

我在锦瑟前坐定，他紧靠在我的身后，手指在抚弄、缠绕着我耳鬓的头发。"素手缠青丝"？——心头忽一热，我今天怎么啦？

定了定神，我说：七郎，想听什么歌？

就唱那天你在小溪边的那首江南小曲儿吧！雪儿你不知道，长年累月关在这宫廷内，突然在蓝天之下、青山绿水之间，发现你这样一个美艳动人的小女子，无忧无虑地在溪边唱小曲儿，又是那样嗲嗲的吴侬软语，你令我感到从未有过的动心。说真的，我二十几岁的年华里，遇过的女子也不止一个了，可从未有人像你这样令我动心的。那天，我在你面前简直失态了！我把你弄得又羞又急，你嗔不嗔？

七郎，爱一个人是没有是非对错的。我不嗔。

雪儿，我知道你心里有他人。只不过，我愿意等，愿意以我的真爱换来你的真爱。我愿意等到你主动来拥我入怀的那一天。

不可能。

不可能？我们试试看！——他的声音一下子变得有些霸道。

公子，你还是听我唱小曲儿吧！

叫我七郎，你这个人怎么不长记性？再犯，我可要惩罚！

听凭七郎惩罚。

是吗？可是你说的！我罚你——

他柔软的嘴唇又印上了我的面颊，我赶紧起身：

七郎，你玩起来真像个孩子！再如此，我可不唱了。你好生规规矩矩坐了！

我边说边坐下揭开锦瑟上的轻纱。

他终于去窗下坐定：我正要远一点儿看姑娘弹琴呢。你呀，今天可要把《忆江南》三阕都唱完！这《忆江南》词牌，原名《杜秋娘》、《望江南》，到了白居易填词，才改为《忆江南》。倒是后来这《忆江南》词的名声忒大，人们反而把原来的词牌名给忘了。

七郎，你可真博学！难怪那天只唱一阕搪塞不了你呢。

今天我不吹笛，就慢慢地赏心悦目吧！——他笑意盈盈往椅背上一靠，温柔地说。

我端坐琴前，凝神敛气，手臂轻舒，指尖滑向琴弦，乐音便如一泓溪水从丝弦上涓涓淌出。此时我悄悄睨了他一眼，只见他正含情脉脉看我，左手搁在椅子扶手上轻轻击拍。

只轻启朱唇，那曼妙的吴侬软语便伴着一泓溪水流连忘返于江南的水光山色之中：

> 江南好，风景旧曾谙。日出江花红胜火，春来江水绿
> 如蓝。能不忆江南？
>
> 江南忆，最忆是杭州。山寺月中寻桂子，郡亭枕上看
> 潮头。何日更重游？
>
> 江南忆，其次忆吴宫。吴酒一杯春竹叶，吴娃双舞醉
> 芙蓉。早晚复相逢？

我唱得极轻柔，生怕高声喧哗惊动了宫禁。我的歌，原是为他一个人唱的，只需眼前这个人听得见就行。唱完了，我还沉浸于乐曲的九曲回肠，竟然不知所终。看看公子，他好像也半天才回过神。

江南好啊，人间仙境！你就是仙境里的小仙女，我永远忘不了在江南山水里第一次见到你的那一刻辰光！今天是仙女奏仙乐，我简直陶醉了！雪儿，你让我怎样奖励你才好呢？

说着，他已经走到锦瑟前，忘情地拥我入怀，说：

我的惩罚和奖励都是一样的啊！

七郎不要胡闹，你说过小住几日就放我出宫的！别忘了我来长

安是……

是来寻亲的！知道知道，你那个亲戚就这么重要？我对你这么好，难道都感动不了你？

七郎的好，我都知道。但是，这是两码事。

什么两码事？一码事！我只知道一看到你，眼前便是逍遥的神仙境界！雪儿，今天我好容易"偷得浮生半日闲"，再为我弹唱几曲吧！——他放开我，自己乖乖去窗下坐了。

那晚，我为公子弹唱了好几支江南小曲，他听得如痴如醉，我也唱得如醉如痴——"忆江南"啊"忆江南"，美丽的江南实在是值得一"忆"再"忆"啊，连公子这样地道的京城人氏，也爱煞了江南的一切！

他爱江南的青山绿水，更爱青山绿水里的人。

第二十二章　　蒙面人原来是当今天子

这几天公子没有来含烟阁，可能他真的公务繁忙。

我细细地回想这些天来的经历，觉得自从在白衣庵下的溪边邂逅公子以来，自己不知不觉中在渐渐堕入他温柔的情网。

不行，这可不行。我到这京城原本是来寻找杜公子，生死都要见他一面的，我不能背信弃义、不能辜负了曾经为我九死一生的恩人！下次公子来，我怎么也要提出这件事，请他网开一面，放我出宫。

终于，那天酉牌时分，来了几个武士穿着打扮的人，说是奉命来带我出宫。是公子愿意放手了？我心存感激，忙问来人：

是公子派你们来的？

正是。我们是奉了公子之命，前来送你出宫的。请赶快收拾行李，随我们走吧！

心里想，公子是宫廷卫队的侍卫长，他有权派人送我出宫也是

正常的。只是怎么没见护送我来长安的那一位侍从？来的都是些生
面孔。

他们见我迟疑，便说：

难道姑娘不想走了？

要走，要走！只是你们几个，我觉得好面生的……

哈哈哈哈！姑娘才来几天，难道宫廷里的人你都认得完？我们
是轮流当值，你当然不认识我们几个了。

见我似信非信，原地不动，其中有个好像是领头的便说：

姑娘不要犹豫了，你姓慕容，名映雪，是从江南过来的。你别
是不相信我们吧？

没有，没有。只是，为什么是晚上送我出宫？

哈哈哈哈！——那个领头的又一阵大笑：

姑娘你以为自己是什么大人物？一定要大白天大摇大摆前呼后
拥地走出宫廷？告诉你，我们当差的白天忙着呢，今晚的差事都是
临时委派的！

要不，让我去告别一下七郎？——我说。

不用，不用了！你以为你的七郎有那么多工夫见你？他忙得很
哪！刚才就是他吩咐的，叫我们马上送你出宫。你不是来长安寻访
亲戚的？难道不去找你的亲戚了？

他忽然提起我来京城寻访亲戚的事，这件事只有七郎知道。是的，
他承诺了的，叫我在宫里小住一段，一定放我出宫。他果然兑现诺言！
看起来，这几个人倒真像是七郎派来的。

桃儿杏儿待要细问，他们便厉声训斥道：

奴才滚开！不知规矩的东西！这里没有你们讲话的份儿！

那个领头的随即亮出金牌：

出宫的金牌在此，请姑娘随我们上马！耽误了时辰，上司追究
下来，我们担不了干系！

这进出宫殿的金牌，不是任谁人都可以拿到的。看来这伙人倒

真的是七郎派他们来执行公务的了。只是就这样走了，没有去告别七郎，多少有些对不住他。——我就这样一边想，一边去收拾了简单的行李，带上我的《枫桥夜泊》图、一包散碎银子、几件换洗衣裙，随同他们上马。

奇怪，出得含烟阁，却不是往南，而是一味往北。

军爷，怎么是在往北走？往北不是出宫吧？

怎么不是？这宫城南北都有门的。朝南是承天门，朝北是玄武门。你才来几天，当然搞不清的。

天已经黑下来，这是一个月黑夜，只有一点点朦胧星光。虽然是宫禁之内，但越往北越冷清，只见一幢幢黑魆魆的废弃旧宫殿群阴森罗列，如怪兽般的瘆人；地下的荒草湮没马腿，怕足足有半人多高！

一行人夹我在中间，只顾急急地催马前行。

心里越来越怀疑：怎么这境况好像逃跑一般？我勒转了马头：

停一停，我不去了，请让开道！

哈哈，由不得你啦！

前后的人已经围住我，一阵怪笑。

他们挟持着我往前又走了一段。

到了。——前面有人喊了一声。

他们把我拉下马，把我肩上的行李扯下一甩，提住我的膀子就往一口枯井里扔，我奋力反抗、挣扎、大喊"救命"。此时南面似乎有马蹄声急急而至，逮着我的人松了手。

有人低声说：果然来了！是他一个人？

另一个说：是一个人。五王爷这办法实在是高。

这小子是多情种子呢，果然上演一出"英雄救美"来了。这小妞倒是乖乖地成了我们政变的一颗棋子了！

天意呢，这小子活该命绝！我们且撤出，听我指挥。

那伙人呼的四散，退到几丈开外的荒草窠里，不见了踪影。

原来是一黑衣蒙面人驱马疾驰而来，瞬间只见一道黑影已经落在我面前。他只探身抓住我腰带一提，我已经在马上，坐在他前面了。只听得"呼"的一鞭子，那马射箭般离开枯井已是数丈远。

几乎同时，听得荒草窠里压低嗓音的一声喊：放箭！

前后左右万箭齐发。蒙面人打马疾驶，两只手同时左右开弓，流星般射出弹子，挡住雨点般的箭矢。噼里啪啦，周围只听见弹子碰响箭杆的一片响声。

与此同时，周围已经杀声四起，估计有上千名武士向这里包抄拢来，喊声震天：

冲啊！不要放走一个逆贼！

——原来，埋伏之外还有埋伏！

黑衣人一边射弹子一边带我疾驰，迅速甩掉了敌人。忽然有一支冷箭直奔我左边太阳穴，黑衣人从后面用手一挡，那箭头大概射到他的手上了。忽然坐下的坐骑也倒了——原来坐骑腿上已经中了无数支箭，刚才它是带伤前进，忍住剧痛把我们带入了安全地带！

黑衣人抱住我往半人深的荒草窠里一滚，低低在我耳边说：

雪儿不怕。我们暂且躲在这里。武士们已经包围了他们，马上就会全部生擒逆贼。

天哪，你是七郎！

我呜咽着一把抱住他：

你伤着手了？我看看。

伤了点皮，箭我已经拔掉了，没关系。

我在黑暗中抓住他的手，有黏黏的血！我一把拉他入怀：

七郎，来，躺在我怀里，我替你捏住伤口止血。

呵呵，我说过，总有一天你会主动拥我入怀！

都什么时候了？还开玩笑！

不是玩笑，我是认真的，我等这个日子已经好久了。

很快，包抄上来的武士们就把十几个逆贼全部解决了，有的击毙，有的生擒。

七郎带我站起，武士们一拥而上，齐齐地跪倒在他面前，那天带我进宫的那个武士跪着禀报：

御前侍卫官李胜禀报：陛下圣明，北苑政变逆贼已经全部拿下！

靖王府那边怎样了？

羽林军三千人适才包围了靖王府，逆贼全家上下三百余口，包括所有宫女太监全部缉拿归案。

逆贼全家交刑部审判、追查余党、除恶务尽。靖王府的宫女太监，除了主事的，其余可以释放，留在宫内，做杂役劳作。朕要以仁政感化他们。

陛下圣明。一会李胜就去传旨。陛下，龙辇就在前面，请陛下登坐！

又听见李胜吩咐：

前面拿人先行，速速传御医，陛下手上受伤。

我惊得半晌说不出话。舍生忘死前来相救的七郎，原来是当今天子！他就是那个万民景仰、百姓称颂的才登基几个月的圣明之君李忱？他就是那个诛灭奸党、为我父亲平反冤狱、为杜公子官复原职的大唐复兴之主宣宗皇帝？眼下，我怎么也无法把这辉煌耀眼不可仰视的形象，与眼前这个七郎联系起来！我简直头都晕了！

而此刻，此人就温柔地拉着我的手坐在龙辇上！我真怀疑这是在梦中！

稍顿，我才弱弱地问：

七郎，你原来是？——

他摩挲着我的手，柔情地说：

雪儿，要不是这场变故，我会让你一直住在含烟阁。你永远是那个江南来的小歌姬，我永远是你心目中的那个宫廷侍卫长、永远是你的"公子"、你的"七郎"，那样该有多好？

可是，皇上就是皇上啊！你让雪儿大不敬了！我要被万民百姓唾骂了！我如此对待我们大唐的圣君！

谁说的？民间还有个说法叫"不知者不为罪"，雪儿何罪之有？相反，你的出现，特别是在江南与你白衣庵下邂逅，你简直就是吹来的一股清新的风，令我耳目一新！你不知道，这华贵的宫廷里整日整日忙于处理公务的我，是怎样的羡慕平凡百姓的生活！只是为了大唐江山社稷，我必须去坐这把龙椅。好不容易有了这样一个雪儿，每每与你相处便使我暂时忘却了自己的身份，与你扮作一对平民之交的情侣，或者将来扮作一对平民夫妻，都是我倍感欣慰而美妙的事。唉，这心无芥蒂的交往，以后恐怕不能继续了。

七郎，不会的。只要你喜欢，雪儿不和你讲那些繁文缛节，仍旧称你七郎就是。

你不知道，我最厌恶皇后妃子们一见我就下跪，高喊"臣妾叩见陛下——"

她们是为的尊重你啊！一个掌握国家权柄的人，理应受到这样的尊重敬畏。

雪儿，想不到你这样明白事理！是的，她们理应如此，但是今后，独独你不许这样！

陛下你简直……

打住打住，不许你"三呼万岁"哈！"简直"什么？你说完！

七郎你简直就是一个大孩子！我以后保持原样，好不好？

就是要你保持原样！你可记住了，我的奖励和惩罚都是一样的！

——他掉转头便悄悄地在我的腮边亲了一下。

说话间龙辇已从北苑荒草湮没的车道驶出，上了宫廷辇道，疾驰一阵，很快到了紫宸殿。

这是皇宫的一个便殿。御医已经跪等在那里了。

第二十三章　童女的血

七郎手上满是黏黏的血迹。御医跪着给他仔细地清洗了伤口、包扎好，又拿银针试了血污。

御医说：幸好只伤了手掌虎口，没有伤到筋骨。从伤口的血液看，倒不像是毒箭。但是为了以防万一，还是必须服用解毒药。解药必须用童女的血配置。

那些宫女们都跪下，请求采她们的血。

我说：用我的血吧！

在场的人和御医都有点吃惊，似乎在说：难道你？你不曾？

只有七郎呵呵一笑，对我做了个会意的眼神：

就用雪儿的，我放心。

我知道他的潜台词，就是那天对我说的令我脸红的那句话。

御医给我消毒，割开我腕上的脉管，取了一小杯血，倒入一个乳白的钵内，以药粉调好，搓成小丸，然后吩咐李胜拿去御膳房稍稍蒸一下。

七郎又对我眨眨眼，我知道，他意思是说："从此我的身体里有你的血液了。"

你们都下去吧，今天辛苦了。明日还要早朝，我要亲自审理这一叛逆案。

武士们都退下，只御医还留在便殿。少顷，李胜捧了一个盒子进来，打开，是一个棋盘格子一样的方形白玉盘，每一格盛着一粒樱桃大小的丸子。御医跪着伺候他服下丸药、宫女端来白玉杯、盂盒，服侍他喝水、漱口。

所有人都退下了。

他把我带进便殿后面的寝宫。

我心里突突跳：难道，今晚他要？……

看我迟疑的样子，他又笑了——说实在的，他的笑真有一股撼人的魔力。

你不必紧张，我今晚不会对你下手呢！

他这一说，反而把我羞得满面通红。他又得意了：

你看你看，脸红了吧？我就喜欢看你这个样子！

那一晚，他让我住宫女的小房间，他说明晨一早五更要上早朝，睡不了多一会儿了。

是的，他是明君，即此一端，可以看出他是一代明君！

可是，他为什么单枪匹马一人来救我？他完全可以动用宫廷卫队解决问题的呀，明天下朝以后，我倒要仔细问。

第二天早朝是在两仪殿。七郎下朝后回到紫宸殿寝宫，已经是午牌时分。

他很疲惫地用了午膳，我悄悄躲在宫女小房间，让他好好午休一阵。

下午未牌时分，他让宫女来叫我去了寝宫外的书房。

奴婢叩见陛下……

免来，免来！——他有点生气地说。

我开玩笑的！

雪儿，我希望你保持原来的样子！

是！奴婢谢陛下隆恩！

又来了，惩罚，封住嘴巴！

说完拉过我就拥入怀里一阵狂吻，弄得我口齿不清地说：

开玩笑的，人家开玩笑的嘛！

好一阵，他才放下我，说：

昨晚把你吓坏没有？现在我来告诉你事情的来龙去脉。这次事件为首的是靖王，他是我同父异母的哥哥，排行第五，人称"五王爷"。

是了，昨晚他们把我往枯井扔时，听他们说"五王爷的办法真高"。

这个靖王纵情声色、不学无术、刚愎自用，且时常出宫骚扰百

姓，民怨极深。这样的人怎能继承大唐江山？但是按长幼，他又是
兄长。因此他对于没能继承大统，一直耿耿于怀、心存怨恨，加以
前朝奸党余孽窜缀挑拨，他便乘我新登基才几个月，政权还未稳固，
蠢蠢欲动，妄想发动一次宫廷政变，取而代之。我前次微服去姑苏，
其实就是亲自暗访一个人，通过他提供的线索，查清了靖王团伙及
其死党成员，预知了他们的政变阴谋。

这么说，他们把我作为诱饵？昨晚我成了他们宫廷政变的一颗
棋子？

太聪明了！他们伺机叛乱已不是一日了，你的到来让他们找到
一个下手的绝好机会。你一进宫就被他们盯上了。

那你每次来含烟阁，不是很危险哪？

小傻瓜，你以为我每次来含烟阁真的是一个人？我的卫士们都
在含烟阁周围布了暗哨的，只是你浑然不觉罢了。

就像那次在溪边，我刚刚一举手，那些武士齐刷刷地从灌木后
站出来？

是这样吧，身为人君，不这样不行哪。

那你让我住含烟阁，不是也很危险？

含烟阁四周，天天有暗哨保护。逆贼的目标在我、不在你，何
况他们要留着你做诱饵，你住那里暂时不会有危险。不过，丽妃要
加害于你，倒是我没有估计到的。这个愚蠢的女人，做的事情连尾
巴都遮不住！

啊，丽妃是他们同党？

不是，他们不会选择这个愚蠢的女人做同党。丽妃加害于你，
只是出于妒忌。

他们怎么知道我是到长安来寻亲的？

他们从丽妃口里探得的。那天丽妃从含烟阁前脚出，后脚他们
的探子便去找这个蠢女人了。他们既然盯上了你，自然会千方百计
试探、掌控你的情况。殊不知我更掌控了他们的一切动向。

这正是"螳螂捕蝉黄雀在后"！那么他们劫持了我去北苑，你的暗哨是知道的？

一切在我掌控之中。

他们怎么就算准你一定会来救我？如果你对雪儿采取放弃，他们且不白忙活了一场？

因为他们知道我深爱着你。他们算准了，一旦你被劫持，我是一定来救，这是他们宫廷政变极好的一次机会，他们要孤注一掷。一旦把我射杀，他们就把弑君的罪名嫁祸于别人，然后假传我的圣旨，立靖王为帝。他们自以为这计划天衣无缝。

你已经预先知道了他们的计划？

怎么不知道？我中虽有敌，敌中还有我呢！我只有让他们充分表演，才好一网打尽，昭告天下，包括靖王。

既然已经包围了他们，你也用不着单枪匹马来救我啊？差点儿……

雪儿，如果我仅仅带侍卫队把他们包围，当然是瓮中捉鳖。但是，你还在他们手里，他们会把刀架在你脖子上作为人质威胁我。我怕的是，虽然全歼了逆贼，却以雪儿的死、玉石俱焚为代价。

即使要救我，你也可以派手下武士假扮成你啊，他们一个个勇猛无比。

所以，雪儿哪，你就是我的软肋、你就是我灵魂中最容易被人击中的一环！这是我作为一个被人们称为"一代明君"的人不应该有的弱点！这正是我不派武士、不假手于他人、亲自来救你的原因——只因为我太爱你！另则，我也相信自己的武艺，我的流弹飞矢能够镇住他们所有的弓箭！

可是，这也太冒险了！如果你有三长两短……

你看你看，知道心疼我了不是？昨晚，我要不是亲自冲入敌阵，焉能够赢得姑娘芳心，让你主动拥我入怀？

你是万乘之君，要什么样的女人得不到啊？

当然，我如果勉强你，早就把你……这个办法可以拿来对付全天下所有的女人，就是不能对你！

为什么？

我说过了，你就是不长记性！现在再说一遍——你是我二十几岁年华里唯一真正爱上的女子！所以，我一定要让你真正爱上我，我才与你水乳交融、合二为一。昨晚能够拥我入怀，是你爱我的第一步。

还有第二步？

是的，第二步，我要你选择，在你过去的心上人和我，两个人之中选择。我不满足于仅仅得到你的身体，我更要得到你的芳心！

唉，你让我怎么选择啊！

好办，现在，你可以告诉我，小小年纪的你，究竟遭遇过什么样的爱情故事，让你如此痴迷决绝、千里迢迢赴京城来找他？那个人是谁？无论他在长安什么地方，我一定能够帮你把他找来，让你们见面长谈一次。记住，我尊重你的选择，如果你仍然选择了他，我放你出宫，成人之美。而且我向天下人承诺，绝对不会报复、加害于你们。

七郎啊，说起我的故事，虽然我仅仅十六岁年纪，经历的沧桑苦难也太多了。我先从一幅《枫桥夜泊》画说起吧。

第二十四章　《枫桥夜泊》话身世

哎呀，我的画遗失在北苑荒草里啦，被那些劫持我的人给扔了！

是不是这个？——他从书架上拿出一个卷轴：

你那个宝贝行囊，李胜当时就拾回啦。

正是，正是它。我从花月楼出来，唯一带的念想就是这是幅《枫桥夜泊》图。后来不管我遭受多大苦难，始终带在身边，不离不弃的，还有这串玛瑙佛珠。

他拉住我的手温柔地抚摸着腕上的佛珠，说：

为什么这幅画对你这么重要？

这幅画是我亲手绘制的，它寄托了我童年太多的哀愁和苦难。

于是，我给他讲了五岁时家庭遭的一场大难、童年里两次与枫桥在凄风苦雨中的遭逢，以及逃难至枫桥幸遇花妈妈收留、我一个官家小姐从此沦落为青楼女子的故事。

那么，你就是前朝礼部尚书慕容丰的女儿？

正是。

你知道你爹爹的冤狱已经平反了吗？

知道。七郎，自从你登基以来，平反冤狱、诛灭奸党、玉宇澄清，你是忠臣良将们的救星，也是我们慕容家的大恩人。为此，请受我慕容映雪虔诚一拜！

我认认真真地下跪、叩头。这次他倒是极其庄严地接受了跪拜：

雪儿，你的这一拜很珍贵，代表了民意。我领受了！请起。

他轻轻把我扶起。

我被花妈妈带到扬州的花月楼。妈妈给我取了个艺名"柳含烟"。

雪儿你艺名"含烟"，入宫正好住含烟阁，这事情也太巧了吧？或许你和我前世有缘呢！

七郎，入宫时初见"含烟"二字，我也惊心呢。但是，你还是听我把故事讲完吧。花妈妈是十里扬州的青楼名妓，花魁娘子。在她的精心调教下，我长到十三岁时，已经是琴棋书画样样皆精的小歌姬了。那个春天，我们十里扬州的歌姬们，竞相争睹打马而来的杜公子的英姿。

哪个杜公子？

就是新上任的扬州分司御史杜牧。

呵呵，诗人杜牧之啊！

杜公子对十里长街珠帘高卷的红妆翠袖不屑一顾，偏偏来到我们花月楼前。那时我垂下珠帘，正不管不顾地独自在楼上弹琴。

想来那楼上弹琴的，正是一位美妙的小仙女呢。

杜公子在楼下聆听多时，上得楼来，口占一首诗赠我。

呵呵，我知道了，可就是杜牧那首脍炙人口的《赠别》诗，"娉娉袅袅十三馀"？原来这首诗是赠你的？雪儿，也只有你才当得起这"娉娉袅袅"的诗句啊！

于是我把和杜公子怎样相知相爱，以及后来他奉命调任长安御史台、我们以三年为期相约……告诉七郎。

说到这幅《枫桥夜泊》图，请七郎仔细看，图上有杜公子题张继诗。杜公子题的《赠别》诗，却被我在逃难时丢失了！

七郎认真浏览了《枫桥夜泊》图和杜牧题诗，赞赏说：

杜牧之的诗文海内闻名，这书法也很精彩，潇洒中隐含着一股凛然正气。雪儿的画也不错。那么，后来呢？

杜公子去了长安，因他急于为我爹爹洗雪沉冤，冒死上书朝廷弹劾奸党而招祸。

当时杜牧上书朝廷，也不仅仅是为你慕容家，更为的是伸张正义、保我大唐江山社稷。

是的，杜公子上书朝廷不仅仅是为私，更多的是为公。但随即他被奸党罗织罪名陷害，撤职流放岭南，受尽百般折磨。

杜牧被奸党诬陷之事，那时我也有所闻。

他在岭南三年，九死一生。我天天盼望，公子的音信却如石沉大海。那时，我已经成为扬州小有名气的"小花魁"了。

小花魁？是的，你当得起、当得起！你是色艺双绝呢！

在扬州青楼，歌舞弹唱、琴棋书画，花妈妈数第一，我数第二。那时，追捧我的王孙公子不计其数，我却在苦苦等待杜公子，为公子保留着这清白的女儿之身。苦等三年后，恰逢花妈妈的知心人虞舒大学士厌倦官场，从长安提前告老还乡。

虞舒，我知道，前朝翰林院大学士，江南人氏。他是你妈妈的什么人？

他是妈妈苦苦等待了十几年的恋人。其时虞舒的正室夫人已经去世，他退隐后，要正式娶花如雪为妻。花妈妈要从良，花月楼也要转卖，而杜公子仍然杳无音信。万般为难中，我不愿意给那些纨绔子弟糟蹋，也不愿被那些粗俗的盐商赎买，实在无处可去，无路可走，才被江南才子黎永彦以二千两银子赎了去做妾。

什么？你被人赎去做妾？

七郎不要紧张，没有洞房花烛，也没有圆房。黎公子是金陵豪门金家的入赘女婿，金家赎我为的子嗣。黎公子景仰杜公子文章学问，更怜悯我的身世，对我秋毫无犯，愿意以三月为期，帮我找寻杜公子下落。

三月为期，什么意思？

三个月之内如果再也寻不到杜公子下落，就听凭天意，让我安心和他过日子。若是寻到杜公子下落，他帮助我逃离金家。

啊？天意待你不薄吧？——七郎有些紧张地说。

黎公子再度去扬州，得知新皇登基，打听得杜公子已经被新皇大赦放还，官复原职。七郎，说到此，我还得对你一拜！你不仅是我们慕容家的大恩人，也是杜公子和我的大恩人哪！说着我叩下头去——

免了免了，澄清冤狱、起用忠臣本是朝廷应该做的事。杜牧现在已经官升三品，任台院御史之职，是朕的重臣了。后来呢？

黎公子兑现诺言，帮助我逃离金家，让我去长安寻找杜公子。我刚刚逃到扬州，得知金家管家已经追来。他们以二千两银的赎金为据，以捉拿逃奴为由，禀报官府、追赶捉拿我。

说起买卖奴隶，到了我朝，这个制度以后倒是值得好好斟酌。奴隶也是人哪，怎能够当牲口一般任主人买卖、宰割？

我怕连累杜公子再度遭厄运，不敢去长安找他。我没爹没娘、无路可走、无家可归。想到这人世间已经了无牵挂，便去姑苏寒山寺祭拜爹娘英灵后，撞香炉自尽，谁知被白衣庵师父慧静相救。万般磨难中，意想不到却找到了大难不死的老爹爹！

你爹爹未死？

是行刑时，义士冒死相救、刀下留情假砍一刀。监斩官大概也不愿太过于认真吧，行刑后便立即撤出，放火焚尸灭迹。没有真正死去的爹爹，从后花园暗道逃出，寒山寺长老道一把他隐藏起来，爹爹随即剃度为僧。我离开爹爹时才五岁，与爹爹见面时已十六，爹爹却已衰老。父女们相见不相识，全凭这串佛珠的一朵莲花相认。

呵呵，这佛珠是你们父女重逢的信物吗？——他一边说一边托起我的手腕抚摸着。

当年母亲要我从家中暗道逃离时说过，若能够侥幸逃脱杀戮，以后一家人凭佛珠上的莲花相认。

你爹爹现在在姑苏寒山寺？不用怕，朕已经为他平反冤狱了！

爹爹在寒山寺出家已经十一年了，法号"了空"。

你爹爹他还愿意复出为官吗？

谢谢七郎美意，他老人家已经皈依佛门，不问凡间俗事。

哦，你们父女相认，历尽艰辛重逢，是值得庆幸的。那么，再后来呢？

既然自杀不成，我仍然一心要去长安会杜公子一面。慧静师父说，三天之后，会有一个人来白衣庵，他可以带我去长安。想不到这人就是陛下！

是了，这件事我也奇怪，来白衣庵之前，我和慧静师父从未谋面。带你去长安的事，也是那天临时相托。倒是那一晚我梦见姑苏城外白衣庵的优昙花盛开，醒来时屋子里一片异香，所以第二天临时安排了去白衣庵里敬香礼佛。菩萨保佑，要不是这样，如何得以溪边巧遇小佳人哪？

慧静师父有神通。她是知道天机的，许多话她至今不告诉我，她说"天机不可泄"。

那么，这天机……雪儿，朕和你恐怕才是有缘分的呢！是优昙花指引我们相见的？——他喜悦地说。

我无语了。因为我想起慧静师父说过我和杜公子是没有缘分的。那么，和七郎？……

再后来呢？

再后来，就不用问啦，就是白衣庵下小溪边……

第二十五章　天子戏说杜牧之

呵呵，是的是的，不用问了，白衣庵下那一幕，我如登仙境、如入灵山。雪儿，你的故事很感人。杜牧是我的爱卿，是国家栋梁之材，回长安复职以来，已经由五品官升到三品，任台院御史之职了。如果你同他已经是夫妻，我绝不会"君夺臣妻"的，我不会辜负臣民们赠我"明君"的美誉。但如果阴错阳差，老天不让你同他的姻缘成就，偏偏要把你送到我的面前，我一定珍惜此生难得一遇的真爱。我会给你一次选择的机会，过些天，我安排你与杜牧之见一次面。我再说一次，一定尊重你的选择，如果你实在不能舍弃他，我会为你们举办一个风风光光的婚礼，我还要向天下百姓承诺，一定不会报复、伤害你们！只是，这件事啊……

说到此，七郎忽然忍俊不禁，神秘地笑了：

我断定你和杜牧难以成就姻缘呢！杜牧的夫人卫氏，哈哈哈哈……

七郎此话怎讲？我不在乎名分的，此事我和杜公子早有共识。

你当真要听？——他此刻笑得像个小孩。

关于杜公子的一切，我都想知道。

七郎说：

自从杜牧之复任御史台之职，在肃整朝仪、监察纠举的公务中不谋私、不惧权贵，一再立功。朕除了给他加官晋爵外，因听说他只有卫夫人一妻，无妾，朕便赏一个美貌的宫女给他做侍妾。

他不可能答应的！——我说。我想起了与杜公子的三年之约。但仔细一想，杜公子回长安路经扬州时，已经知道黎公子把我赎去，三年之约已经不复存在。

七郎却说：

他是不答应。卫夫人与他是患难的结发夫妻，他流放岭南，卫夫人曾经陪同他去那蛮荒之地，也是九死一生，一年后因为身体实在支撑不住才回长安的。这卫夫人虽然是书香门第女子，却有奇妒的习气，她最反对男子纳妾。

是杜公子本人不愿意纳妾！

真的吗？我看是因为卫氏夫人不允许呢！不过，哈哈，朕倒是和杜牧开了个大玩笑呢！——说着，他又像孩子似的笑开了。

什么玩笑啊？

朕说这宫女是朕的赏赐，不接受就是"抗旨"。所以，杜牧对此事也就不好再三抵制。卫夫人却是"宁死不屈"。

宁死不屈？她以死相拼？或者，你要她死？

哈哈，你慢慢听。那天我在便殿召见卫氏，要她取消抗婚的成见，威胁她，如果继续抗旨，就御赐毒酒一壶。

她还是不屈服？

她不为所动。我命太监端来"毒酒"，反复再问她，是否收回成见，谁知她竟端起酒壶，义无反顾、一饮而尽！

她被你赐死了？天！亏你还笑得出！

如果真的这样，我还算什么"一代明君"、"中兴之主"？那壶里装的是满满一壶醋！卫氏情愿以死来抵制丈夫纳妾，这"吃醋"一词嘛，从此就在京城传开啦！哈哈，雪儿你想，圣命她都敢违抗，你要嫁给杜牧，恐怕卫夫人这一关是无论如何都过不了！杜牧能够忍心让卫夫人再死一次？所以呀雪儿，你和杜牧本是没有缘分的呢！

七郎说的倒是有理。如果成就姻缘是以另一个人的死来作为代价，我宁愿退出。但是我不会就这样心甘情愿地退出，必须见到杜公子一面，或许还要见卫夫人一面，看看事情究竟还有没有挽回的余地。

我承诺了的，一定要给你一次机会。这几天忙于清除叛党余孽的大事，然后，本月十五是我母后的六十大寿，等母后六十寿诞过后，我会安排你和杜牧之见面。

我说：

是郑太后她老人家的六十大寿吗？

是的。郑太后是朕的生母。我母后一向崇尚节俭，体恤黎民百姓，我的许多好品性都是母后影响的结果。我母亲没有什么特别嗜好，就是爱听点戏文。所以，她老人家生日那天，我不准备大操大办，小范围内庆祝一下，命梨园弟子给排练一些戏文。

七郎，我能够为太后奉献什么礼物呢？我一无所有啊！

花月楼的小花魁，还说"一无所有"？弹琴歌舞，任选一样吧？

七郎，这，合适吗？

怎么不合适？当年玄宗皇帝与杨贵妃，还亲自为梨园子弟排练歌舞，教授琵琶呢。那年在沉香亭，牡丹盛开，宣李太白上殿作《清平乐》三首，李龟年即刻谱曲，贵妃杨玉环举葡萄美酒夜光杯领唱、玄宗皇帝吹笛伴奏，一时传为天下美谈。唉，想我大唐，在那时是何等繁荣昌盛！

陛下不必慨叹，听宫女们说，现在民间称陛下是"小太宗"呢，想我大唐有陛下这样的明君治理，一定能够重振朝纲、再现辉煌。

好了，我们还是说说为母后献寿之事吧。我们宫廷梨园，把白乐天的《长恨歌》演绎成戏剧《长恨歌》了。母后最爱看的，就是这本戏文里明皇和贵妃在长生殿的《盟誓》一折。其终场时明皇和贵妃合唱的一阕唱词"七月七日长生殿，夜半无人私语时，在天愿为比翼鸟，在地愿为连理枝"是按白乐天原诗演唱。

《长恨歌》这个戏，我在扬州曾听说过。

雪儿愿意去演杨贵妃吗？

只要能够为太后的寿宴增添快乐，雪儿演什么角色都愿意。

这几天你可以去梨园排练此戏，与梨园的生角安秀姑搭戏。她是梨园出名的女须生，这明皇帝一角，非她不可。杨玉环一角，雪儿去演来，一定是风情万种。到时候，给母后一个惊喜。

七郎夸奖了。能够为太后演出，是雪儿的荣幸，我一定努力演好。

之后这十多天，七郎一直很忙，早上五鼓上朝，晚上常常批奏章到深夜，没有看见他召见任何妃子侍寝。我呢，白天参加梨园排戏，晚上仍然安排在宫女房间住宿。看起来，在女色这件事情上，他很能自律。自从知道我和杜牧这层关系，自从他承诺了让我与杜牧见面由我自己选择，他在我面前态度持重了一些。他说过"杜牧是朝廷重臣，是朕的爱卿"、"我不会君夺臣妻"。他的自律令我感动。我现在才真正理解认识了他作为明君的另一面——他确实是雄才大略的一代中兴之主，无愧于"小太宗"的称号。

第二十六章　宫廷寿宴惊现杜公子

大唐宫廷的梨园真真高手如云啊，这里汇集了天下所有水平最高的乐师、舞者、歌者和编剧。为庆祝郑太后六十大寿，这些天的梨园热闹非凡，正在排练各色歌舞、戏剧，丝竹管弦之声不绝于耳。

我的到来当然受到梨园弟子们特别的欢迎，有的叫我"江南小美女"、有的叫我"小谢阿蛮"，多数人直接称我"雪儿姑娘"。

教坊使特令梨园乐官加排了《长恨歌》里的《盟誓》一折戏，让我演杨贵妃，唐明皇一角由梨园女须生安秀姑扮演。

安秀姑是梨园的头牌角儿，梨园弟子们戏称她"安公子"、"安郎"。她扮相清朗持重，声音流利婉转，号称有"洞箫之美"，这次饰演唐明皇，更是铆足了劲，把一个才华盖世的风流皇帝演得惟妙惟肖。和她搭戏时，她处处体贴入微地帮衬着我，使得我们的合作珠联璧合，众人无不惊艳叫绝。

这出戏一开始是我饰演的杨玉环先一人出场，这一段唱由笛声引入。宫廷笛师吹奏的曲子真的有裂帛行云之态啊，倚着我歌喉婉转、舞步轻盈，一出场就把那杨玉环演绎得仪态万千。

凤冠霞帔的我轻移莲步，到达长生殿了。宫娥摆设下乞巧的瓶花香案。我在香案前跪拜，对天祷告牵牛、织女双星。

这时饰演明皇李隆基的安秀姑悄悄上场，在暗处静观他的爱妃祷告些什么。然后，明皇帝现身，这里皇帝与杨玉环有一段对白。

李隆基：妃子，朕想牵牛、织女隔断银河，一年才得一度，这相思真非容易也。

杨玉环：妾想牛郎织女，虽则一年一见，却是地久天长。只恐陛下与妾的恩情，不能够似他长远。

李隆基：妃子说哪里话，休要伤感。朕与你的恩情，岂是等闲可比。

杨玉环：既蒙陛下如此情浓，趁此双星之下，乞赐盟约，以坚终始。

李隆基：朕和你焚香设誓、共同祝祷。

二人共同跪拜：双星在上，我李隆基与杨玉环，情重恩深，愿世世生生，共为夫妇，永不相离。有渝此盟，双星鉴之。

李隆基：在天愿为比翼鸟。

杨玉环：在地愿为连理枝。

二人起立，携手且舞且唱"七月七日长生殿，夜半无人私语时，在天愿为比翼鸟，在地愿为连理枝"入幕，结束。

梨园弟子们都说，我和安秀姑活生生地再现了当年明皇帝和他的爱妃杨玉环的浓情蜜意、绝世恋情。还说是这江南来的雪儿姑娘简直赶得上当年的谢阿蛮，塑造了一个绝代风华的杨贵妃。

有一天，七郎有暇，来梨园看我们排练。当晚回宫后，他竟然拉着我开玩笑说：

爱妃！玉环！来呀！朕和你焚香设誓、共同祝祷。

他拉着我就要盟誓！

在天愿为比翼鸟，
在地愿为连理枝。

我笑道，七郎你一个人倒是把明皇帝和杨贵妃的道白都念完了！

别说，他模仿安秀姑饰演的明皇帝李隆基，身段、道白，还真有点像那么回事。

唉，他本来就是皇帝，皇帝演皇帝，还有演不好的？我们大唐皇帝，自玄宗皇帝李隆基以来，就喜好音乐歌舞，玄宗皇帝亲自排练《霓裳羽衣舞》的佳话家喻户晓不说了，他因擅击羯鼓，甚至亲自为梨园弟子担任过司鼓！杨贵妃娘娘擅弹琵琶，专门为梨园子弟教授过琵琶，这些都成了我大唐后世的千古美谈。这七郎，如今的宣宗皇帝，大概也继承了大唐皇帝们多才多艺的秉性吧？

他玩起来真像一个大孩子，一旦威严起来，却又是能够震慑天下的人君。真不知道他这人是怎么把这两种迥然不同的气质统一在一人身上的！

太后的六十寿诞日转眼就到了，宫里一派喜气洋洋、张灯结彩。

七郎说太后不主张奢华，因此庆典无须动用满朝文武，只在沉香亭举办一个小型寿宴，小范围地邀请一些三品以上的官员。他还说，到时候他会给母后一个小小的惊喜，不知他又会玩一个什么花样逗他母后开心？

沉香亭是当年明皇帝李隆基与杨贵妃娘娘赏牡丹的地方，这个地方因大学士李太白咏叹"名花倾国两相欢，常得君王带笑看"的诗句而闻名天下了。

　　而今沉香亭更建有沉香馆，供内廷设小型宴会使用。听人说，这沉香馆是明皇帝以后才建造的。

　　馆内有玉石栏杆隔出的舞台，地面铺了氍毹，模仿民间的"勾栏"，用以演出歌舞戏曲。厅堂不很大，横约十丈，竖约三十丈，约可容一二百人。厅堂最后，起一排描龙绣凤的金色阁楼，两边有扶梯。阁楼上有龙椅凤椅，是皇上、皇后的专门座位。寿宴之先，是百官向太后拜寿，然后是陪太后观赏梨园弟子的演出，演出完毕才正式摆寿宴。宴会仅数十名文武官员参加，这也是为了安全考虑。

　　听说今天沉香馆周围都布置了岗哨。

　　庆寿打头的节目自然是"麻姑献寿"、"天女散花"之类。由梨园最擅舞的"小飞燕"她们十来个人献舞。

　　我已经化好妆，悄悄从幕布缝隙里偷看一下厅堂里的太后。只见她老人家端坐在阁楼的凤椅上，旁边偏座上陪着的，大概就是皇后了，她们两旁侍立着四个宫女。奇怪，怎么龙椅空着，莫非七郎临时约见哪一位大臣去了？厅堂里有序排开文武官员的座次，每一个人面前一张紫檀木茶几，摆着一碟碟精致的小点心。小太监们在添茶续水。

　　突然，我看见第二排正中座位里——

　　我差点昏了过去！就在第二排正中，我看见了杜公子！

　　他今天穿着朝服、戴着官帽。才三年光阴，他老了许多啊！人也黑了、瘦了，下巴长出了胡须。他不再是当年无忧无虑的打马十里扬州的少年郎，他已经是一个神情凝重、干练成熟的朝廷命官了。

　　公子啊，不管你变成什么样，你永远是含烟情窦初开时，第一次以心相许的初恋情人；你永远是雪儿午夜梦回时，魂牵梦萦的那一个！公子啊，雪儿找你找得好苦，雪儿千辛万苦追你到天涯海角，想不到今天竟然是在这里见面啊！

　　此刻我竟然产生了一个冲动，想立即走出舞台、马上去见他！但是理智告诉我：这根本不可能！因为现在是文武百官济济一堂的庆寿场面，我冲出去见他，是大失礼仪的，也会给杜公子带来极大的尴尬。是否七郎安排我和杜公子在寿宴以后见面呢？我得忍着，七郎肯定是有周密安排的，我不能造次。

此刻我体味到"咫尺天涯"这个词的辛酸和无奈了！但我总要有所表示，让杜公子知道我柳含烟就在这里。

我对负责督办演出的乐官说：

能否让我加演一个小节目，自弹自唱一首？

乐官答应去请示"教坊使"，还好，很快得到了允许。

我立即找后台管理服装的宫女，马上换了一袭粉色衣裙，腰间系一条石榴红丝巾，发髻上斜插一支小海棠。这是当年与杜公子在扬州初相见时我的装扮。

上一个热闹的节目"天女散花"演毕，就安排我的锦瑟弹唱。舞台正中已经安放好一架装饰华美的锦瑟瑶琴。

场内极度安静。我轻移莲步来到舞台中央，礼了个万福，便端坐瑶琴前，只用纤细的指尖轻轻一挑、一划，那飘忽婉转的琴声便如一阵清风，倏然而至。倚着琴音我轻启了朱唇：

> 娉娉袅袅十三馀，
> 豆蔻梢头二月初。
> 春风十里扬州路，
> 卷上珠帘总不如。
> 多情却似总无情，
> 唯觉樽前笑不成。
> 蜡烛有心还惜别，
> 替人垂泪到天明。

此刻我仿佛回到扬州那个东风骀荡的暮春、回到与杜公子初相见的旖旎风光里。我唱得百转千回、柔肠寸断。

我把十三岁少女的青春萌动、苦等苦盼的相思、当日无路可走的辛酸以及今日蓦然相见的喜悦全部糅进我的歌声里。

全场的听者安静得屏住了呼吸，仿佛地下掉一根针都能听得见。他们为我的歌声所感动。

此刻，最懂我歌声的，应该是杜公子！

我边唱边用眼睛的余光去瞥杜公子，他已然认出了我！只见他颤抖的手紧紧抓住茶几的边缘，像要把那个茶几捏出水来；他的嘴唇在哆嗦、眼里噙着一包泪水。他是在努力控制，不让自己失态。

我唱完，已然心力交瘁！

恍恍惚惚站起身，致了万福，迷迷糊糊地回到后台，换上了贵妃娘娘的宫装。

第二十七章　却原是痛彻心扉一面缘

我闭目养神一会儿，努力控制自己，因为再隔两个节目，就是我和安秀姑的《盟誓》。我必须把《盟誓》一折演好，为了杜公子，也为了七郎。

该我上场了。我饰演的杨贵妃，千娇百媚、雍容华贵，缓步登场。笛音倏然而起，我倚着笛音，动情地且歌且舞：

纤云弄巧，飞星传信，银汉秋光暗度。金风玉露一相逢，便胜却人间无数……

仿佛梦回扬州、仿佛是花月楼里曾经的舞《霓裳》，此刻我分不清自己是十里扬州那个小歌姬，还是倾国倾城的杨玉环。

宫娥们摆设起了乞巧的瓶花香案。

我舞毕，去香案前跪拜，祷告牵牛、织女双星。

祷告念毕，此时该饰演李隆基的安秀姑悄悄现身。

妃子！

听身后一声呼唤，怎么不对劲？不是安秀姑，声音好似七郎！

我回头，待应答，心里一惊：确是皇上！虽然他化了浓妆、嘴上戴着髯须，我仍然一眼就认出了他。

却原来，他说的"要给母后一个惊喜"就是这个。虽然大唐皇帝从明皇以来，就时有参加梨园演出的雅兴，但此刻七郎的出现还是让我有些惊慌失措，竟然忘了答对。

他温柔地再唤一声：

爱妃！

我终于平静下来。起身答曰：臣妾叩见陛下！

爱妃平身。妃子，朕想牵牛、织女隔断银河，一年才会得一度，这相思真非容易也。

我答曰：

妾想牛郎织女，虽则一年一见，却是地久天长。只恐陛下与妾的恩情，不能够似他长远。

七郎继续饰演他的"明皇"：

妃子说哪里话，休要伤感。朕与你的恩情，岂是等闲可比。

趁七郎念白，我拿眼角悄悄去搜寻座中的杜牧，只见他脸色刷白，偶尔还用衣袖拭泪。

我差点忘了应答"明皇"，七郎机智，临场加词：

爱妃，你说是吗？

我回过神，答曰：

既蒙陛下如此情浓，趁此双星之下，乞赐盟约，以坚终始。

七郎道白曰：来来来，朕和你焚香设誓、共同祝祷。

如此谢陛下，请。

此时，七郎携我在香案前盟誓，共同祝告：

双星在上，我李隆基与杨玉环，情重恩深，愿世世生生，共为夫妇，永不相离。有渝此盟，双星鉴之。

七郎念白：在天愿为比翼鸟。

我念白：在地愿为连理枝。

对白还没有念完，突然我看见从厅堂最后一排的角落里射出一支飞镖！想都来不及想，我已经飞身挡在七郎身前！闪电般，第二支飞镖已经射出，忽然看见座里第二排有人腾空而起，用身体挡住飞镖。几乎同时，十数名御林军已经将逆贼踩翻在地生擒反绑。人声嘈杂中仿佛听说杀手是沉香亭一个打杂小太监，是原靖王府里的。

我明白，那个飞身挡住第二支飞镖的人是杜公子！御医已经来了，七郎命令立即把我们移到紫宸殿，他的辇车随后即到。

内侍们把我和杜牧分别放在两个卧榻上。御医查验了血水，说是毒镖。杜牧是额上中镖，镖还没有取出，但血水已经沁出，染红了他的眼眶、面颊。他向我微微一笑——这久违了的温馨笑容啊，此刻让我见了如万箭穿心！我喊了声：

杜公子！我是含烟哪！

知道，刚才你一出场我就认出了你。我知道，你的歌是专门为我而唱。

是的，我临时要求增加的献唱，正是唱的公子的《赠别》诗。

你的歌，让我想起了那个烟花三月的扬州，你端坐在珠帘内弹琴……刻骨铭心的那一刻啊！

公子啊，我等你等得好辛苦、找你找得好辛苦！

含烟，你不说我也知道。

这三年我经历了太多的事情，只要我们还活着，我会慢慢从头讲给你。

我愿意听。含烟，我们终于得见一面，杜牧此生死而无憾了。——杜公子说话已经十分吃力，他大概知道自己伤得很重。

公子，如果我们这次大难不死，你会娶我吗？

会的。你永远是杜牧一生至爱。

卫夫人会同意？

如果娶别的女子，她坚决反对。于你，她会同意。

为什么？

因为她其实是知书达理的女子，从我与她结缡之始，她便知道你在我心中的分量，她不愿意让我伤心一辈子。至于世间其他女子，她明明知道我是不屑一顾的。

公子，我至今还为你保留着清白的女儿之身。你相信吗？

我相信、相信。只是我意想不到……

公子的气息越来越微弱。

我也是倾尽全身力气在说话，似乎已经感到这是老天给我的最后一丝机会，所以我拣最重要的说了。

我忽然明白了慧静所说的令我和杜公子"只见一面"的真相——却原来啊，我们是在此时、此地、此种情况下"见一面"，这是在生命尽头、痛彻心扉的一面之缘啊！

命运待我们未免太残酷了。

我是左胸中镖，这时胸衣已经湿漉漉的，胸口穿心透骨的疼。分不清是伤疼还是心疼！

此时七郎已经到了紫宸殿外面。只听见他在对不知哪个大臣说：

不该心慈手软！必须除恶务尽！我已经下令将逆贼府里原来的全部人等通通捉拿归案，宫女太监一个也不放过，全部交刑部关押。杀手立即交大理寺审理后处以极刑！务必追查幕后奸党余孽。

七郎进来后余怒未消，他向两个御医咆哮：

这两个人你必须给我保住，若有差池，我杀了你们！

他一个箭步跑过来，双手抱住我的肩，俯下头忘情地说：

雪儿，想不到你是这样的刚烈女子！你居然为朕挡住飞镖，以生命来保护朕。我到底还是赢得了雪儿的真爱！

陛下，雪儿此举，非为私情，乃是为的天下苍生。陛下一代明君，国家社稷全赖你支撑。

雪儿，我明白了。你可千万要挺住、千万不要有个三长两短哪！朕答应过你，安排你与杜牧之见一面、允许你选择，这诺言还没有实现啊！你是做朕的爱妃，还是做杜牧的妻子，朕一定尊重你的选择啊！牧之——

他走到杜牧面前：

杜爱卿，你为朕受苦了！

杜牧努力挣扎着要起身，七郎按住他双肩：

爱卿躺着，不必多礼。有爱卿这样至死不渝的忠臣和雪儿这样的红颜知己，李忱此生也不枉为人君了！

杜牧喘息着断断续续地说：

陛下，今日之事，是臣心甘情愿……含烟，她是牧之一生的至爱；圣上，你是牧之一生的至尊……为了含烟、为了圣上，牧之愿意赴死，义无反顾。

此时御医正在为杜牧取出毒镖。毒镖一拔，额上顿时血流如注！

杜大人昏死过去了！——御医惊呼。

此时我的胸衣已经被血湿透。我弱弱地叫：

七郎，可以把我的卧榻移到杜大人旁边吗？

可以，可以。你们把雪儿姑娘卧榻抬过来！——他一边说，一边用手抱住杜牧的头呼唤：

爱卿醒来！爱卿啊，你千万不能走，朕的江山社稷需要你、黎民百姓需要你、雪儿姑娘需要你啊！

此时我已经被移到杜牧卧榻旁，我一把握住他的手，他的手好生冰凉！

公子，公子，含烟在这里！——此时我已经是泪血交流。

杜牧恢复了一点点意识，冰凉的手在努力与我互握，说话声音含混：

杜牧此生得遇真爱、得遇明君，已经值了。含烟，——他努力地做了个笑容：

含烟，你不知道，这三年来我一直没有忘记过你。

知道，知道。公子的情意我全知道。

含烟，我们此生没有缘分，等来世吧？来世我等你！等你一千年，直到……海枯……石烂、地老……天荒！——公子的声音好像从很遥远的地方飘来，越来越弱。

公子啊，你不要走，含烟陪你后半生——

含——烟，来世……一千年……

他的手慢慢松开，我痛彻心扉，拼着力气喊了声：

杜公子！

第二十八章　穿越千年续前缘

我痛彻心扉，大喊了声"杜公子"，哎呀一声，却见自己坐在蒲团上，慧静还在一旁闭目打坐，香炉上的篆香才燃去一刻！

我怎么是在白衣庵的禅房？

慧静从禅定中出定，她微微睁眼：

你原本就在白衣庵禅房。

不对，我明明被七郎带去长安了。那天，我与七郎在白衣庵下的溪边相遇，后来，是师父你拜托他带我去长安。我随他的马队飞驰、明明进了大唐宫廷……刚才，杜公子中箭身亡……哦，难道这一切全部是虚幻？但愿是虚幻，但愿只是一个梦！

相由心生。红尘之事，你说是真便是真，你说是假便是假。

那么，杜公子没有死？我没有去过长安、没有见过宣宗皇帝？——我一句接一句地问。

杜公子的确是中箭身亡了。你也受伤了，摸摸你的左胸。

我从领口伸手探入左胸，果然有米粒大一个疤痕，触到它时还有些许疼痛！

那么我去长安经历的一切全部是真实的了？杜公子是真的死了？可是篆香才燃一刻，我已经历尽许多悲欢离合？但愿这仅仅是南柯一梦！

仙家一霎，世间百年。不要去追问什么是真实、什么是虚幻。是你再三要求见杜公子一面，菩萨才让你穿越红尘去历劫的。

可是我怎么也没想到，这是生离死别痛彻心扉的一面之缘啊！

缘分如此。我也曾对你说过，缘分法则，谁也无法移动它半毫分。

我想起了，当初你送我下山时说过，我此去长安，凶多吉少。没想到杜公子果然为我而死！早知如此，我不该去的啊！

这是宿命。宿命如此，叫你不去你也不可能答应。

但愿七郎大唐江山永固。

李忱是大唐一代中兴之主，人称"小太宗"，可以复兴大唐社稷。但以后的几任皇帝就不行了，大唐只有几十年的气数了。小妮子，你是否对李忱动了感情？

我承认，在他面前我有点迷失了自己，他毕竟是人间最优秀的男人，气场太强大了。但是，若论我心中的至爱，还是永世难忘的初恋情人杜牧之！不过，我们也爱得太艰难太苦了。

知道艰难苦楚就好。娑婆世界的一切，归结起来就是一个字："苦"。生老病死、爱别离、求不得……都是苦。如今，你已经历尽繁华，去过人间仙境的皇宫、赢得过天底下最优秀的男人当今天子的倾心爱恋、与你至爱的杜牧也见了最后一面，一切夙愿已经了结，该随我回去了。

回哪里去？

这是仙机，不可泄露。当初去长安之前你对我有过承诺，"只要见了杜公子一面，回来后一切听从师父。"

是的我说过。但是，我怎么也没有料到结局是这么惨烈！杜公子临死对我重托千年之约，他说来生等我，等我一千年，直到海枯石烂。师父啊，人间天上，尘缘未断。我纵然同你"回去"，也只能是遗恨茫茫。

小妮子难道竟如此执迷不悟？

我怎能背信弃义？怎忍心让杜公子在无尽的轮回里白等苦盼啊！师父，原谅弟子。我要赴杜公子千年之约，不能随你"回去"。

真的？红尘这么令你迷恋？就为一个"情"字？看来小妮子已经痴迷到无可救药了！其实菩萨早就预言过，你现在是不可能回头的。倒是我高看了你，再三苦苦相劝。

师父，对不起，弟子辜负你的期盼了。

哪个是你"师父"？

你不是师父又是谁？

别问我，现在无法告诉你。你只说，是不是决定再次堕入红尘？义无反顾？

师父，请成全我。

如果前面是滔滔苦海，你也愿意泅渡？是万丈悬崖，你也不惜粉身碎骨？

愿意。只要能够赴杜公子千年之约，我愿意渡尽红尘苦海，粉身碎骨也在所不惜。

不可思议啊不可思议！看来菩萨的预言千真万确！拿来！

师父，什么"拿来"？

你的佛珠！

我从手腕上退下那串宝贝。慧静手持佛珠说：

你和杜牧下一次的相逢，当是一千二百年之后。

一千二百年？我怎么去得了？还要等一千二百年？

自然去得了，即刻可去。菩萨开恩，让你穿越一千二百年光阴，堕入红尘苦海去会那个杜牧之，践一个千年之约。菩萨还说，你的业报该当如此，非如此，不能彻底明心见性。没有明心见性，度你回去也是枉然。穿越就凭这佛珠，这是件仙家宝物。

天哪，仙家宝物却一直戴在我手腕上，跟随我这个凡人这么多年，我却全然不知！

你以为你真的是凡人？你以为这串佛珠真的是我慧静所赠？是

菩萨慈悲……唉，天机不可泄。我还是来执行菩萨指令，助你穿越，助你再次堕入红尘苦海吧！

慧静手持那鲜红的玛瑙，闭目专注念念有词。

屋子里忽然红光弥漫，那玛瑙珠一颗颗变得斗大，串成一个像圆门般大的光圈，其中最红的那颗珠子里的莲花冉冉飘出，变大、再变大，飘浮在红光里，把我的身子轻轻托住。

只觉得自己身轻如浮沫，毫无重量。

那红光罩住我，往圈里吸、吸……心里一阵发闷、头好胀痛。啊，头痛欲裂，周遭是一片汹涌的红。我的头像是被什么东西箍住，我用力拼命往外挤，忽然"哇"的一声哭出来——

第一章　我怎么变成了一个女婴

生了、生了！柳老师，是个女孩！

一个白衣女子把我托起，包好。

天哪，我怎么变成了一个女婴？

我托身在一千二百年以后的姑苏城（现在已经叫苏州了）一个姓柳的书香门第，听那些人称我父母为"老师"，父亲好像还是大学教授。

因为降生在春天，正是江南绿草如茵的季节，父亲便给我取名柳小青。又因为我左胸天生有一粒嫣红的胭脂痣，母亲便给我取了个小名"嫣儿"。

父母三十多岁才生下我一个独生女，自然爱如掌上明珠。

前尘往事的痛没有忘怀，我天天不停地哭。我知道左胸的胭脂痣的来历，那是我为七郎挡毒镖时留下的创伤。

父亲书房里有一幅《枫桥夜泊》图，说是他祖上做高官的曾祖的曾祖传下来的传家宝，我一看就认出了这是我在花月楼作的画，有我的留款、有杜公子题诗，画图被我投入火中烧掉了一角，焦痕犹在！

一千二百年人间沧桑，不知道此画怎么辗转到了柳家的？每当我哭得厉害，只要抱我去书房看这幅画，我就安静下来。

父母都说，这小孩长大一定爱好书画，说不定是一个艺术家呢，他们哪知道我看见这幅画时心中的悲苦？是慧静让我穿越一千二百年，来赴一个红尘之约。这《枫桥夜泊》画卷犹存，杜公子又在何方？茫茫人海让我哪里去寻？况我现在是一个没有行为能力的婴儿！

满月那天，来了许多客人，母亲抱着大哭大闹的我，没有片刻清闲。忽然我看见了慧静！她正在向我走过来。母亲向父亲介绍说：

这是我们苏州城外白衣庵的慧静师父。我还是年前去白衣庵许过愿才怀上小青的呢！

父亲连连点头：太感谢师父了！

阿弥陀佛！不用谢，一切皆是缘分罢了。

慧静合十答谢，将一串红玛瑙佛珠递与我母亲：

孩子满月，贫尼无物可赠，一串佛珠，戴在孩子身上，保佑她平平安安吧！

我认出了，这是我前世作为慕容映雪时佩戴了一生的宝物，看见它，真是百感交集，于是泪如雨下，哭到咽喉干哑哽咽。

母亲接过佛珠，谢过慧静。又对她说：

嫣儿这孩子一生下来就老是啼哭，不知师父有办法没有？

忘了，忘了！——慧静没有正面回答，口里却念念有词。

师父是有妙法的，怎么会忘了？师父帮帮忙吧！——母亲虔诚请求。

倒是我听懂了：慧静是叫我"忘了"前尘往事呢。

我试试看吧——

慧静取出一个拇指大的药葫芦，对着我的小嘴灌，我知道这是孟婆汤，紧闭着小嘴不肯喝，无奈已经被她灌进嘴角一小滴。

顿时，残留在大脑的一切前尘往事顷刻风卷残云般消失得无影无踪！脑子一片空白。我真正成为一个从零开始的婴孩。

第二章　无法破解密码的唐代古画

我慢慢长大了，到了十二三岁年纪，已经出落的像一朵小小的水仙花，长辈们当面背地都夸我长得"清秀"。

父亲柳元卓是研究古文学的，在大学里教书。母亲黄芳是中学教师。

父亲的书房是我快乐的天堂，因为那里有读不完的唐诗宋词、诗经汉赋。

书房里有一幅祖传的唐代古画《枫桥夜泊》，父亲说，这画是曾祖的曾祖传下来的。那可是一千多年前十里扬州花月楼一位名叫"柳含烟"的青楼女子手绘的水墨丹青，有"扬州花月楼柳含烟"的落款，还钤了印章。这古画虽然已经泛黄，而且烧掉一小角，但是，画面上那枫桥、古寺、客舟、渔火……在萧瑟之中无不透出一种深沉哀伤的静美，引人遐想。我爱用指头在画面行走：这里是船儿，我从船上登岸，过桥，顺着一溜小石梯，我爬山，一梯梯地上去，最后到了寒山寺。这寒山寺里有没有长老？他长得什么模样？有没有香客来敬香呢？有女香客吗？女香客一定很美，穿着唐代的服装，衣带飘香地行走在山路……哦，那个作画的柳含烟是一定来过这里的，她衣带飘飘行走在画里的山路，一定很美很美。

父亲笑我，小小人儿，想当唐代女子吗？

我便做了个飘水袖的舞姿：我就是扬州花月楼的小歌姬柳含烟！

每当这个时候，母亲就会笑我们父女俩是"老疯子加小疯子"。

父亲却总是向着我：

这有什么奇怪，大凡搞文学、艺术的人都是有点"疯疯傻傻"的呢，嫣儿将来适合搞艺术。

最珍贵的是，这古画上还有唐代著名诗人杜牧亲笔题写的张继《枫桥夜泊》诗，落款清清楚楚写着：

> "杜牧之恭录张继枫桥夜泊诗此请
> 扬州花月楼柳含烟姑娘雅正"

后面题有年代，也钤有印章。

父亲说这幅古画的珍藏价值，就在于有杜牧书法真迹和他的印章；而我感兴趣的却是，杜牧和这位花月楼青楼女子柳含烟是什么关系？

杜牧亲自为她题诗，应该不只是普通朋友关系吧？这幅画里究竟隐藏着什么神秘的爱情故事呢？这谜一样的故事湮没在一千多年的时光里、深埋在《枫桥夜泊》古画中，有谁能够破解它的密码？

家里有一本《杜牧诗集》，我最喜爱他的《赠别》诗：

> "娉娉袅袅十三馀，
> 豆蔻梢头二月初……"

杜牧把这个十三岁的扬州小歌姬描绘得如此楚楚可人，这个小歌姬应该就是花月楼的柳含烟吧？

父亲却说，这首《赠别》诗是杜牧赠予青楼女子张好好的，是流传了千年的爱情诗。

父亲还特地从电脑上调出杜牧《赠别》诗的书法真迹来给我看，上款题名真的是张好好。不过那笔墨的酣畅潇洒，倒是与我们家《枫桥夜泊》的题诗一模一样，看得出书法是出自一人之手。

但我偏说，这柳含烟与张好好或许本来就是一个人呢？千多年的光阴足以湮埋多少事实真相啊！

父亲说：

小青，搞研究可不能凭揣测和喜好哈！一切结论都建立在严密的考察证据之上。我的同事们倒是认为，我们家这幅唐画是后来文人伪托杜牧题词，"柳含烟"也未必真有其人，是文人的虚构。不过这古画一直没有请专家鉴定过，倒也很难说它的真伪。

要怎样的专家可以识别它的真伪呢？

除非北京故宫博物院的文物专家。

父亲又说，小青你这种锲而不舍的精神，将来倒是可以搞古文学研究呢。我们家有人"子承父业"啦。

母亲也说，小青禀赋好，杜牧的诗倒背如流呢。

我说，也不知道怎么的，杜牧的诗我好像与生俱来的就会。

父亲笑说，你是杜牧的"隔代粉丝"嘛！但他随即又说：

可惜你有点偏科，数学不太好。现在的一流大学，必须门门功课好才进得了，不像以前，以前北京大学文科曾经破格录取过一名才女，数学零分、语文一百分。这人就是沈从文夫人张兆和的妹妹张充和，北大红极一时的"小红帽"。我大学时的老师还是张充和北大时的同学呢。

我说：文科我是喜欢，但是如果让我自己选择，我倒是更喜欢画画。

是家里这幅唐画培养了你学画的兴趣吧？——父亲说。

可能是。这幅画老是给我一种前世今生的感觉，仿佛上辈子看见过的。

又在说疯话！那是因为你一生下还是婴儿时就喜欢看它，画面烙进你这小小人儿的脑子里了。——母亲又疼又爱地说。

等你长大成了画家，就把这《枫桥夜泊》唐画临摹下来，我们老柳家要出一位大画家喽！——父亲也开心地说。

那是一定！——我认真地说。

父亲倒是善于因材施教，从我三四岁起，就在他书房给我安放了一张书桌，任我信笔涂鸦；后来正式上学，这书桌就做作业兼画画用。在雪白的纸上浓墨淡彩、东涂西抹已经是我的家常便饭了。

书房里还有一架古琴，是曾祖父传下来的。听父亲说，曾祖、祖父，都弹得一手好琴。家学渊源的缘故，父亲的古琴也是"幼儿学"，自幼便会。他说后来选择学习古文学专业，大概都与爱好古琴演奏有关，其实一切艺术，到头来本是相通的。

由于我自小也爱摆弄这古琴，父亲便悉心教我。到十二三岁时，我已经弹得一手好琴了。

第三章　我的十三岁生日

江南的春天真美，到处草长莺飞，乱花迷眼。这年春天我满十三岁了，那天正好是星期天，父母特意为我订做了生日蛋糕，又多烧了几个菜，在家里为我祝贺生日。我们这一代人都是独生子女，所以父母把我的生日也看得郑重其事的。

母亲拿出一串鲜艳的佛珠给我戴在手腕上：

这是白衣庵慧静师父送你的满月礼物。你以前太小，我替你保管着。现在交给你，你要保存好，时不时地戴一戴，但愿佛珠保你岁岁平安。——母亲笃信佛学的。

我穿上了母亲特意为我新织的粉色毛衣，她打量我一阵，说：

嫣儿皮肤白，穿这粉色毛衣挺好看的。

我忙跑到穿衣镜前。这毛衣织得十分合体，恰到好处地凸显出我娇小的身材——原来十三岁的我，身材已经开始发育，我第一次发现自己还有这么好看的曲线！索性臭美一番，找出用一条石榴红丝巾，把柔柔黑发束了起来。

父亲喜滋滋地看我一眼：小青已经上初二了，十三岁，就不是小孩子了哈，以后应该更懂事。古时称女子年满十五为"及笄之年"，十五岁就可以谈婚论嫁，算是成年人了。

真是三句话不离本行。你这个学古文学的，什么都拿古人来比，古人太早熟了！我们嫣儿嘛，还是个小孩子呢！——母亲装着生气的样子娇嗔着，其实她一直都敬重父亲的博古通今。

我却是向来与父亲一气：

严重声明哈，我不喜欢谁永远把我当作小孩子！

一家人一边说笑一边摆上蛋糕、红酒、下酒菜。忽然有人敲门。进来的是父亲的三个学生。他们是去年秋季刚刚考进大学的。

父亲一个个简单地介绍了名字。徐彦和扬帆是眼镜，就是一般中学生装束。薛牧野，穿一件浅灰绒衣，像个运动员，人虽然高大帅气，却还是没有脱掉中学生的稚气。他们三个随我父亲学习古文学，都是父亲的得意门生。

看见桌上的生日蛋糕，薛牧野首先喊起来：

是老师过生日吗？我们正好赶上拜寿呢！

不是老师，是小青十三岁生日呢。来来来，请坐请坐，一齐顺便吃顿午饭！——母亲一边说一边招呼他们坐下。

徐彦说：

我们没有带生日礼物呢？

薛牧野说：

要不，我们去买一束鲜花？——说着，他便要起身。

坐下，坐下。——父亲说：

坐下，吃蛋糕。你们实在要送小青生日礼物，一会儿就每人吟古诗两句作为生日贺礼献给小寿星好啦。

你看你看，你们老师就是三句话不离本行！——母亲笑着说，言语间其实充满了对父亲的赞赏。

师哥们却说：

老师这个题目实在太好了！

于是大家坐下，母亲令我切蛋糕，每人面前盛了一小碟。

母亲又给每人斟了一小杯红酒。父亲提议，大家举杯。

徐彦端起酒杯喊着：

我们几个师哥祝小师妹天天开心、越长越高——

徐彦"高"字还没有出口，薛牧野马上抢过去说：

漂亮！祝小师妹越长越漂亮！

于是大家一边吃蛋糕一边开始吟诗"献礼"。

徐彦先来：

> 千里莺啼绿映红，
> 水村山郭酒旗风。

薛牧野便起哄：

徐彦你这算什么礼物？

徐彦说：

怎么不算礼物？第一句有江南美景，第二句有佳肴美酒。

父亲说：

好的好的，也算是礼物。杜牧的诗，原是小青最喜欢的。

徐彦说：怎么样？只要小青喜欢就好！

扬帆说，我想好了，我也来。他吟道：

> 将进酒，杯莫停，
> 与君歌一曲
> 请君为我倾耳听。

薛牧野又起哄：

这"酒"，倒是有。"歌"，却还没有哈。唱啊！

扬帆说，唱就唱吗，于是他唱了《生日歌》：

> 祝你生日快乐！
> 祝你生日快乐！

大家都跟着唱了起来。

父母也开心极了。

该你啦，该你啦！——徐彦指着薛牧野说。

好，看我的。我送小青的生日礼物是这两句诗哈，薛牧野站起来笑盈盈地看着我念道：

> 娉娉袅袅十三馀，
> 豆蔻梢头二月初。

该打！——徐彦在薛牧野背上一拍。

扬帆也起哄："罚酒三杯！"

徐彦说：

哈哈，薛牧野，你该打该罚！你这生日礼物，无酒又无歌，还胆敢拿青楼女子比小师妹，该当何罪？

徐彦你忒俗了吧？谁说的生日礼物就一定是物质的？我这是借用杜牧诗来赞美小师妹的美丽。难道这两句诗不是美丽清纯的小师妹的最好写照？

古诗里形容女子美丽的句子有多少？偏偏选杜牧这首赠青楼女子的！

青楼女子怎么样？那时的青楼女子其实就是能歌善舞琴棋书画皆精的艺术家。我要是生在古代，偏要娶青楼女子为妻！

扬帆说：

益发说得偏题了！牧野你酒还没有喝，就在说酒话了！

父亲看见爱徒们你一句我一句争起来了，便站出来"断公道"：

牧野的"礼物"也没有什么错。形容一个人，但凡传神就是上品。用早春二月的豆蔻花来形容我们小青，其实也是挺传神贴切的。只要形容贴切，不必追究其他。

薛牧野见有老师撑腰，更加得意：

怎么样，我的生日礼物，别开生面吧？

那天父亲和他的爱徒们喝了个尽兴。在几位师哥的热烈要求下，我还搬出古琴，为他们演奏了一曲《高山流水》。

十三岁生日留下了难忘的印象。

初二以后，学校建议学生在校住读，为升高中的考试提前做好准备。住校以后少有回家，与牧野他们极少见面了。

再次见到薛牧野是我上高二时。

第四章　曾经暗恋我的师哥

那是仲夏的一个星期天，我回家搞一些个人卫生。因为刚刚洗完头，长发披肩垂胸，一袭湖绿连衣裙，脚上趿着双绿色拖鞋。

忽然有人敲门，开门时，与薛牧野不期而遇的一瞬，我忽然发现了他惊艳的目光——这是我第一次感觉到自己近距离地被一个男人的热切目光包围，我无所适从。便说：

是找我父亲吧？爸妈都不在家。

哦，我可以进来坐坐吗？

对不起，我正要上街买水果呢。

一边说一边换鞋。

我害怕他那炽热的目光，想要逃离！

他却紧跟上我：

小青，我陪你走走好吗？

说话间他已经走到我旁边。

三年不见，你长高了呢！益发的亭亭玉立了！

我顾左右而言他：

你找我爸有什么事情吗？

我们马上毕业了，我堂兄给我联系了西安一家博物馆。我是来征求恩师意见的。

你堂兄是谁？

就是薛原野。

哦，薛原野是你堂兄？——我听父母偶尔闲谈过，薛牧野的父亲过去是本市的副市长，现在退居二线当人大常委会主任。薛原野大概三十几年纪，一直从政，是牧野的父亲一手从基层扶持起来的，现在已经干到副市长的位置了。

他絮絮地说：

堂兄在西安有人脉，有房地产生意。他给我联系了西安博物馆。西安是古城，适合我们古文学研究专业。

哦，可以搞自己喜欢的专业是很好的呢。——我不咸不淡地说。

应该承认，薛牧野确实是个英俊的大学生，特别是他的两道剑眉，有一种霸气的魅惑力。和他一路走来，我发觉引来了好几个年轻女孩的注目礼。说话间走到我家附近的小公园了。

我们进去坐坐好吗？——他期待地问。

我无言，默默随同他去了公园，找一处柳荫下的长凳坐下，他随即在我身旁坐下来。

第一次离一个男生这么近地坐着，近得闻得到他身上淡淡的清香，是那种茉莉花香型的香皂味道。他刚洗完澡？

哦，小青，帮我参谋参谋，你说我去西安好不好？

什么？哦，你不是说来征求我爸的意见？——我一下子没有回过神。

是的，恩师的意见对我的人生是有指导意义。但是，我也想听听你的想法呢！

我没有什么想法。这种事情，应该是你自己决定啊。

唉，小青，你还是太小啊……

他忽然叹息一声，仿佛自言自语：

我耐心等待了三年，等待你长大，等来我可以向你诉说我的心事的这一天。

去哪里是你的人生大事啊，我怎么可以参加意见？——我把话来岔开。

你的意见对我很重要，只要你说一声，不想我走，我马上可以放弃去西安。

我有点惊诧。半晌没有作声。

小青，还记得你十三岁生日？

记得。

那一天，你穿着件紧身的粉色绒衣，一条石榴红丝巾轻轻挽住你的长发，雪白的手腕上戴着一串艳红的玛瑙佛珠。你的娇小可爱让我想起了杜牧"娉娉袅袅十三馀"的诗句来。席间我吟了杜牧这两句诗，不知道唐突了小师妹没有？

没有呀！杜牧诗原是我最喜欢的，特别是这两句。

后来，扬帆、徐彦我们仨在一起时，谈论得最多的是你。你不知道，我们背后都叫你"小豆蔻"。他俩还经常开我的玩笑。

什么玩笑？

就因为我吟了杜牧那两句诗送你，他们干脆叫我"杜牧之"，又把你叫作"柳含烟"，就是你家唐画上花月楼的小歌姬。

师哥们的玩笑也开得太过分了！——我说。心里却暗想，把我比着柳含烟我倒是不反感。

那时你还那么小，我是完全不敢来打扰你，生怕影响你的学业。我暗暗给自己订了个三年计划，大学毕业时一定找你。

那，你今天也并非专门来找我的呀？——我怀疑这薛牧野是在油嘴滑舌。

是的，今天我是来找恩师，但我更期望能够撞见你。你不知道，这些天我已经悄悄在你们学校门口守候过多次了，希望看见你从校门出来，然后我假装是从那里路过，来和你打招呼，就可以和你好好谈一次。

谈什么呀？

小青，如果我真的去了西安博物馆，离苏州就很远，有些话，我想对你说了。

我知道他要说什么了，心里咚咚直跳，低头不语。

我是说，是说，我们能不能……

牧野，我一直是把你们这些师哥当兄长的，我还小，真的没有考虑过这些——我打断了他的话。

我可不是把你当亲妹子哈。小青，我不是要你马上答复我，只是让你知道，曾经有这么个师哥，他暗恋你三年，等了你三年。我只担心去了西安，离你太远了，事情会有不可预测的变数，像你这样的女孩子，追的人一定很多的。

我父母不主张我早恋，他们经常告诫我，女孩子家要好好念书。——还有一句话我没有说出口，学校里那些男生早就背地叫我"小美人"了，被我撕掉的情书已经好几封了，你说追的人多不多？

我知道，柳老师和师母的家教是严格的，小青，高二正是关键时刻，不能受干扰，你现在好好念书，毕业后争取考一个名牌大学。

名牌呢我倒是不期望，我的目标是上海的江南美院。我想画画，还想学习苏绣。我从小就有一个愿望，想把家里这幅《枫桥夜泊》临摹下来，制成一幅苏绣。

小青你天资聪慧，将来一定可以成为一代苏绣艺术家、一个好画家。哦，还是要征求你的意见，你觉得我是留苏州好还是去西安好？

西安呢，是有着几千年文化底蕴的古都，研究古文学的人自然是应该去那里的，何况去的是博物馆。留苏州呢？会是什么单位？

留苏州，搞本行最多也就是文化馆之类，父亲说我可以改行从政，薛原野说我可以帮他打理江南一带的房地产。

薛原野不是在当官吗？

外人都不知内情，其实他手下房地产有好几处，表面都不是以他薛原野的名义。

你愿意当官或者经商吗？

我讨厌商人，特别是那些房地产商人，满身的铜臭；当官呢，看人眼色巴结逢迎买官卖官这些潜规则令我反感。古文学研究是我自己选择的专业，几年来跟随恩师学习，我对这个专业有感情。

那么去西安是最好的选择？

西安，离苏州太远了。我担心小师妹会被别人追了去。

说些什么呀！你父母的意见呢？他们的意见才是主要的。

父母没有固定的意见，他们由着我。小青，我知道怎么办了。其实恩师也是这个意见，说去西安比较好些。

说漏嘴了吧？你已经征求过我爸意见的？

嗯嗯，是的穿帮了……其实，我本来就是来找你的。——他稍微有点尴尬，但是很快又恢复了他的自信，自顾自大包大揽地说：

小青你现在安心学习，还有一年多就高考了，希望你能够如愿以偿考上江南美院。等你成了大学生，慢慢长大了，我们再来说杜牧柳含烟那些故事。总之你记住了，有一个师哥暗恋了你三年，你可不要被别人追去了！——说到此他忽然拉起我的手腕，在玛瑙珠上亲了一口。

那天薛牧野和我讲了很多话，我心里虽然并不认同他就是"男朋友"，也不认同与他有任何瓜葛，但是起码我对这个师哥是不反感的。倒是那天他身上那股淡淡的茉莉清香以及大包大揽的男人气质，留给我极深的印象了。

牧野后来真的去了西安博物馆。我继续上高中。

第五章　父亲出车祸了

一年多以后，高考前一天，家里出事了。那天中午从西安来的电话，是牧野打的。我接到电话，觉得有些异样，因为他什么也没说，就叫我让母亲去听电话。我留了点儿心，从母亲与他对答中我听出——去西安考察的父亲出了车祸！好像是牧野本来是打母亲手机，不巧母亲手机正关机在充电。我背着母亲悄悄给牧野打电话询问情况，他却回答的支支吾吾，说是"一点儿轻伤"，叫我"放心投入高考"。

母亲立即收拾一下行李马上乘飞机去西安。看母亲仓皇的神色，父亲大概伤得很重。

高考这两天我度日如年，晚上通宵失眠，也吃不下任何东西。我知道，我报考的江南美院等大学是毫无希望了。虽然此前的专业考试，我交上去的几幅画还是不差，但文化课考试已经是一败涂地！

考完试我立即飞去西安。父亲住在医院的重症监护室，是颅内大出血，当天就动了脑外科手术，现在还一直昏迷不醒。

牧野左肩胛和左肋受了伤，正在打着点滴，他与伤得较轻的两个伯伯住在同一间病室。他见我来了，当着我母亲的面丝毫不掩饰他的惊喜：

小青你来了？快，坐坐，坐坐！高考考得怎样了？本来这件事不该让你知道的，但是不巧，那天师母的手机关机，事情太紧急，只好打座机。——他一见我就说了一长串话。

牧野，你伤得重不？

不重不重，我年轻体壮，经得起砸。肩胛和肋骨没有骨折，只是皮肉骨头受了点儿轻伤。医生说不用手术，保守治疗两个星期就行了。

听伤得较轻的两个伯伯说，他们与我父亲同来西安考察，工作已经告一段落准备回去。那天牧野开着他堂兄的车送他们三人去机场，父亲坐的副驾驶，他俩坐后排，从驻地出来进入主干道时，轿车被一辆转弯的大货车撞了。横祸来时，牧野用身体为坐在副驾驶的恩师挡住了砸下的一大块玻璃，父亲的头重重地摔在靠右的窗框上。坐后面的两个同事相对伤得较轻。

父亲还没有完全脱离生命危险，母亲一瞬间受到这样大的打击，身体有点支持不住，我一个中学生，也没有经历过世事。这些天牧野带着伤痛，担起了这个家内内外外的一切事务，请专家医生会诊、落实事故赔偿，他尽量办得妥妥帖帖。医院这边，牧野通过他堂兄找到医术最好的医生动颅腔手术，在挽回父亲生命的同时，还要尽量减少后遗症。

医生说我父亲必须住院一个月以上，母亲带去的钱不够了，牧野便从他堂兄处拿来一张十万元的卡，递与母亲说：

先花着，不用管，以后我还他就是了。

母亲说：

先用着可以，回去后我们一定要还的。

师母不要和我见外。如果恩师今后情况不好，我一定来保护好你和师妹。

我在一旁听到此处，禁不住热泪夺眶而出！忽然觉得，牧野那宽厚的肩膀、壮实的胸膛其实是值得我依赖和托付的。

一个月以后牧野陪同我们回到苏州。经过医生极力抢救和治疗，父亲捡得了一条命，但毕竟颅内大脑受损严重，落下了残疾，语言已经含混不清，腿脚颤颤巍巍，只能勉强支撑身体。

母亲说：

也算不幸中的大幸，好歹捡了一条命，全家人一齐回来了。

我的高考果然名落孙山，母亲说让我好好复习一年，明年再考。牧野说现在的大学都可以去读自费班，只要出高学费就行。他不由分说就给我联系了上海江南美院的国画专业自费班，学费也提前代我交了。他知道江南美院是我的第一志愿。

我说：学费我将来自会还你。我决定了，只读培训班一年，以后就搞苏绣，自己挣钱养家。

牧野尴尬地自我解嘲说：看起来我还不具备为我们的小豆蔻付学费的资格呢！

我忽然感到了牧野大包大揽之中有一种股"霸气"，但仔细一想，他何尝不是好心？他有大男子气概，愿意为弱小的我支撑起一片天空。

而且他自己也说，此时不宜谈婚论嫁，因为怕我和母亲觉得他是在乘人之危。

牧野回西安以后就辞掉了博物馆那份工作，接管了他堂兄在西安的房地产生意。

此前我听他说过，薛原野现在已经把房地产重点转移到上海一带，西安的工程，他早就想找一个合适的人甩了，现在有牧野接着，正好。

牧野不声不响办好了这一切，才打电话告诉我。

我说：

做生意原是你极反感的，为什么要放弃自己喜爱的专业？

哦，我想，凭我这点天资，在古文学领域也"研究"不出什么成果来吧。

你不是最反感那些满身铜臭的房地产商人的？

小青，现实与梦想差距实在太大了！博物馆工作，两三千元的月工资，连养活自己都困难。我一个大男人，该肩负什么责任，我心里清楚。

我明白他说的"责任"，我记得他在我父亲垂危时对我母亲说过"如果恩师今后情况不好，我一定来保护好你和师妹"。我理解他所有的牺牲和关爱。突然一股热流冲向鼻尖直达眼眶，我哽咽了：

牧野，我明白，我知道，我理解你的牺牲和付出！

不要哭，不要哭，我的小乖乖！

他第一次称我"小乖乖"，不由得心里一惊。

乖，我只要你开开心心。古人说："人生常恨欢愉少，肯惜千金轻一笑？"能够为你、为恩师做一些事情，是我的幸运，我不认为对自己有什么亏欠。你就安安心心去上大学，读满四年或者只读一年，都由你自己决定。

我进了江南美院国画系自费班学习。

第六章　桃花弱不胜罗衣

第一天给我们上专业课的，是一位姓杜的老师。那天他身穿一件蓝白格子衬衫、深蓝牛仔裤，笑意盈盈地站在讲台上，举手投足之间有一种玉树临风般的儒雅。虽然是夏末，他浑身却散发出一股春天般的气息。

可能是初上讲台的关系吧，他笑起来有女孩儿似的腼腆，甚至不敢看讲台下的同学们。但是随着讲课的深入，他的讲课变得行云流水一般顺畅了。

坐在我旁边的江玉兰悄悄告诉我说，杜老师是刚从中央美院毕业分配来江南美院的，他原名"杜斌"，因为搞绘画艺术，取了个笔名"杜柴扉"。现在许多人只知道他的笔名，倒是把真名给忘掉了。

你怎么知道这些的？

我是杜老师同乡，又先后是同学啊，我们都是南京人，以前同在金陵大学附中读书，他上高中时我才进初中。他在金大附中名气可大了，琴棋书画样样精，特别会吹箫。听说中央美院毕业他本可以留校，但他选择了来上海江南美院，为的离南京的父母近一些，他是大孝子。

杜老师今天没有作画，只是从中国古人的"琴棋书画"讲起，谈到一个人的学识修养、文化底蕴最能够在作画时体现出来，形成他自己的风格，所以作画就不单单是作画的问题。他更举了陆游教导他儿子的诗句"汝果欲学诗，工夫在诗外"，强调了"工夫在诗外"这句话同样适用于绘画艺术。

果然，我们国画系的课程不仅仅是绘画，也开了世界美术史、中国美术史、国画理论、古典文学欣赏，甚至音乐欣赏等课程。国画绘画基础训练，也不排斥学习西洋画的透视原理以及人物写生等技巧练习。

有一天杜老师教人物水墨素描写生，他说我们可以在同学当中找一个人当模特。听见下面有人窃窃私语，他马上解释说：

我们是画穿衣服的模特哈，因为国画人物除了要注重人体各部位解剖比例，更注重人物衣服皱褶的表现，所谓"曹衣出水"、"吴带当风"。

161

"曹衣出水"，是指北齐画家曹仲达画人物，笔法钢劲稠叠，所画人物衣衫紧贴身上，犹如刚刚从水中出来一般；而唐代画家吴道子，笔法圆转飘逸，尤善画人物飘带，所绘飘带迎风摇曳、盈盈若舞，所以有"吴带当风"的美誉。

一边讲，他一边打开画夹，拿出几幅复制的吴道子和曹仲达的画，贴在黑板上给大家分析。分析完毕，他征求意见说：

看哪位同学今天当模特，让大家临摹写生？

柳小青！——后排刘畅等好几位男同学一致喊着。

哪位是柳小青？站起来。

我从第三排最右边的位置起立，与杜老师的目光四目相对——瞬间，我感到他有一种触电般的惊诧，随之即刻平静：

哦，你是柳小青？可以。今天就麻烦你给大家当一次模特。大家带好画夹，我们去画室继续上课。

画室是阶梯式的小厅，正前方有一平台是供模特摆姿势的地方。平台顶上有灯光、后面有风扇，风一吹，可以制造出一种衣带飘飘的情境。

同学们打开画夹，在阶梯上就座。

杜老师把灯光开到适度，又把风扇开到微风，叫我把头上的"马尾巴"辫解开、梳散。然后令我身子微微后倾、右手拈一支道具柳枝、斜倚在一个古色古香的竹制花几旁。花几上有一盆盛开的秋兰，杜老师说是课前从他自己寝室带过来的。

灯光明亮而柔和，风扇微风习习。我今天是一袭藕荷色衣裙，头发散至腰际、垂在胸前，微风一吹，衣裙、黑发都飘动起来。

此刻我一定很美，因为我用眼角余光瞥见了杜老师异样的目光，那目光有一种魂不守舍的痴迷。

我赶紧把自己的目光收回，警告自己不能走神！我手拈柳枝、凝神敛气、面带微笑，尽量摆出最美的姿势让大家画我。

画室里静悄悄，同学们都在聚精会神地作画。我看见杜老师也打开了画夹，一边看我、一边飞快地在画纸上笔走龙蛇。他作画的速度很快，好像一会儿就换了几张画纸。

同学们的写生也陆续画好，杜老师叫各人在画上落下姓名，作业由班长收起交给老师，下次上课他要逐个点评。

江玉兰说：

老师的写生画可以给我们看一下吗？

他仿佛有点迟疑，但马上就说：

可以。——随即打开画夹抽出那几张宣纸，用磁铁粘在前台的专用画板上了。

我心里奇怪：本来老师现场作画就是为的给同学示范，为什么他的画不想给我们看？

一看那几幅画，我惊呆了——他把我画得太美了，他没有完全按照我摆的姿势画，其中一幅把我画成手执柳枝飘飘然自九天而降的仙子，周围还天女散花般地画了许多飞花，浪漫极了。题款是飞扬潇洒的草书：

柳枝甘露洒红尘
飞花慈雨落九天

诗句我懂，这是在把我比喻成手执柳枝向人间惠洒甘露的观世音菩萨，实在太抬举我了，我哪有观世音菩萨的美丽、慈祥、圣洁啊？

原来他不是按实写生，难怪他不想给同学们看，他是在凭想象和灵感在创作。

另外两幅，我的天，不得了！我算是真正领略了什么是"曹衣出水"！画上的我，薄如蝉翼的衣服紧贴身体，宛若刚刚从水里出来，那全身的酮体、每一处凹凸处在轻纱笼罩下皆纤毫毕现，透明得仿佛没穿衣服，不，比没穿衣服的裸体更加神秘诱惑，所谓"侍儿扶起娇无力"那"不胜罗衣"的娇弱性感。如果说，前一幅画把我比作仙女，后两幅却是把我写意成出水芙蓉般的凡间女子了。这两幅图也题了字。

一幅是：

娉娉袅袅

另一幅：

桃花弱不胜罗衣

曾经听人说过，画家看人时，是剥掉了衣衫的，也就是说，画家能够透过你的衣服看穿你全裸的身体，特别是夏天像我这样衣衫单薄的少女。

难不成，我的全身每一个地方已经被他透过衣衫一处处看了个遍？我一下子脸红了，低下头不敢看他一眼。

同学们却都在惊叹画面的美。有人说：

这美丽迷离的眼眸，实在太传神、太像小青了！

杜老师说：

晋代顾恺之说过："传神写照，全在阿睹之中。"阿睹，即是指眼睛，它是一个人精气神聚集之处。我们作人物画，一定要抓住眼睛里传达出的信息。

那么，柳小青眼睛里传达出什么信息呢？为什么经老师一画就这样美？——同学们七嘴八舌地问。

这就要有日积月累观察的经验。大家注意，小青同学这双眼睛，是标准的"桃花眼"，这种眼睛是极少见到的。我学画这许多年还从来没有遇见过，就连中国最有名的影视演员里都极少见到桃花眼。

是章子怡、林青霞那种？——江玉兰问。

不是。

赵薇、范冰冰？——几个男同学问。

范冰冰有一点儿桃花眼，但是不十足。中国近代史上有一对恩爱夫妻邵洵美和盛佩玉你们知道吗？盛佩玉就是天生的桃花眼。

同学们听得目瞪口呆、茫然无知。

这盛佩玉，其实我倒知道。父亲书房有一本她亲手写的传记，详细记载了她和邵洵美的世纪人生。书里附了许多照片，盛佩玉真的是天生丽质的大家闺秀，她那样的眼睛真的有一种非同寻常的魅力。——我心里默想着，却是没有做声。

杜老师继续说：

演员中，我只看见过演《刘巧儿》的新凤霞是真正的桃花眼。

哦，是了。中央电视台的女主播有一位是桃花眼——有个男同学说。

小青与她们相比，眼里还多了一种古典韵味，她好像是从唐诗宋词里走出来的，眼里有一种梦幻般的迷蒙。小青，你一定从小受古典文学熏陶？

我父亲是搞古典文学研究的，家里的唐诗宋词、诗经汉赋，都是我从小喜欢阅读的。

所以，一个人的眼睛里传达出的信息，与他的气质、爱好、经历、文化底蕴都有关。所谓"腹有诗书气自华"全是从眼睛透露出来的。

要描摹出小青这样的眼睛实在太难了。——同学们七嘴八舌地说。

当然，任何艺术的成功，都是需要人倾其毕生精力去奉献的。记住，绘画，功夫不是全在画笔上，更多的是要培养自己的艺术气质。所谓琴、棋、书、画，艺术本来是相通的。

难怪杜老师吹得好箫呢！听说，杜老师围棋也下得蛮不错，是不是？——江玉兰无限崇拜地说。

是的，会一点儿。但这些爱好最终都只为一点——磨炼我们的性情，丰饶我们的心智，从而使自己的绘画艺术更臻完美。

那天，我觉得学到许多绘画以外的知识，很敬佩杜老师的博古

165

通今和他的多才多艺。

此后，我的绘画水平提高很快，所谓"心有灵犀一点通"恐怕就是这样的。

第七章　最是那一低头的温柔

转眼就快到元旦了。学校通知，要以年级为单位举办画展，展示同学们的学习成果；以班级为单位准备文娱节目，参加全校"新年听钟"除夕大型文艺晚会。

我们班，江玉兰极力推荐杜老师表演洞箫独奏，她说这个节目拿出去一定会一鸣惊人。

杜老师却不答应。他说既然是代表班级，就应该是同学们出节目。江玉兰黔驴技穷，情急之下把我攀扯进去了：

让柳小青和你合奏，小青弹得一手古琴！

我心里大呼"冤枉"，原来有一次和江玉兰聊天，我无意间说出我会弹古琴。现在好了，我被她"出卖"了！心里只唯愿杜老师拒绝，谁知老师一听，居然惊喜地说：

小青会古琴？真是难得！

刘畅那几个男生一齐起哄：

同意，同意！我们同意小青和杜老师合奏！

那就这样定了吧。小青你古琴在苏州还是在上海？

没有在上海，在苏州老家。——我巴望以这个原因辞掉这差事。

正好，今下午周末没有课，小青回趟苏州，明天带了琴来，后天星期天来我宿舍练习。我住在学校绿杨村A幢七楼。这趟就委屈小青不在老家逗留了，因为元旦在即，除了后天就没有时间练习了。

真没想到杜老师会这么坚持。

我回了苏州一趟。父亲的伤病经过几个月的精心治疗和调养，勉强能够下床行走，简单的个人生活，吃饭上厕所能自理，但说话语言含混、思路不清，已经无法教书了，母亲只好替他办了病退。好在母亲就在本城教书，任的课时也不多，一日三餐全靠母亲在打理。

星期天，我抱了家里这架刻有铭文"九霄环佩"的古琴去杜老师家。

他的住所收拾得十分整洁，屋里好像熏着香，有一股淡淡的薰衣草香味——心里一惊：薰衣草原是我极其喜爱的味道，怎么刚好他也喜欢？

是那种单身职工宿舍，只有一室一厅，客厅即当书房。客厅里摆着宽大的画桌、靠墙有一张约两米高的画板，画桌画板都铺有白绒布。墙上镜框里装着他的画作——突然我一惊，镜框里装的竟然是那天他画的水墨写生，就是那幅出水芙蓉般的"桃花弱不胜罗衣"！

我一看这画就羞红了脸，想起了人说的"画家看人是可以穿透衣服的"这句话，心里有点慌乱。

他笑了，笑得很灿烂：

知道徐志摩赠日本女郎的那首诗吗？

最是那一低头的温柔，
像一朵水莲花不胜凉风的娇羞。

我最喜欢看你低头的样子了！

老师，我……

小青，我也是刚刚大学毕业的学生，比你大不了多少呢。我们单独在一起时，你叫我"柴扉"可以吗？——他天真地说，一反在讲台上的庄重腼腆。

这……不可以，老师就是老师。你永远只是我敬重的老师。

不要拒人于千里之外吗。

他一边说，一边招呼我坐了，给我沏了一杯浓郁的珠兰茶。

　　小青，这幅"桃花弱不胜罗衣"是我水墨写生画中最得意之作！——他很开心地指着镜框那幅画说。

　　知道为什么吗？是你激起了我的创作灵感。你身上的美有一种圣洁光辉，仿佛你不是来自红尘，而是来自世外仙境，但你确实又是凡尘女子。这一仙一凡的气质集聚在一个人身上，碰撞出炫人眼目的虹彩，使人面对你作画时有一种思绪如飞的畅达、笔走霓虹的奔放。一个画家、诗人，或者作曲家，一生中都难得遇到几次这样神奇的状况，只要遇到这种状况就一定会出好作品。

　　他滔滔不绝地说。平常上课时讲话不多的他，今天怎么向我倾诉这么多，甚至没有把我当作学生？是棋逢对手？还是酒逢知己？我也感激知恩：

　　谢谢老师夸奖。老师，只要你觉得小青可以给你带来灵感，今后多多画小青就是。

　　是吗？你愿意给我当模特？——他惊喜地问。

　　模特？模特我倒是没有想过。即便是叫作模特吧，我也只是穿着衣服的，就像那天给班上同学当模特那样。

　　这个自然，这个自然！我们在北京上美院时，其实也画过裸体模特，因为画家必须从解剖学角度掌握人体结构，不管是学西画还是国画，人体结构掌握好了，画各种穿衣服的人物才能准确无误。来美院当裸模的大多是职业模特，冷冰冰的面孔，男女模特都有。我们画他们时，你说完全没有冲动是假。但是，更多的时候我们只是把他们当作一件艺术品、一件静物写生的对象。

　　我们班今后会画裸模写生吗？

　　可能会有一两次，但人体结构这个课不是我上。就算要画裸模也一定是从外面请专业模特来，他们工资价位很高，偶尔也会有外校的大学生来美院当业余模特的。

　　啊？大学生？

　　他们仅仅把这个当作打工，挣几个零花钱或者学费钱罢了——

啊，我们还是"书归正传"吧。

他一边说一边帮我安排好案几、座凳，帮我把古琴摆在案几上。

这琴名叫"九霄环佩"？好美的名字！把琴音比作九天仙女的佩环之音，实在太美妙了。

我听父亲说过，这是架清代的古琴。

他找出手电筒往琴的龙池一照，惊喜地说：

啊，是乾隆年间的古琴！有两百多年历史了。是祖上传下的？

是的。听我父亲说，他的曾祖原是前清举人，为人风雅，爱好琴曲。是他曾祖从一个破落世家子弟手里购得的。

好琴、好琴！与我的箫很相配。

他打开书橱，拿出一个精致的盒子。打开，里面一溜排放着好几支紫竹箫，另有两支玉箫。一支紫玉，一支白玉。玉箫上各缀有鹅黄、淡紫丝绦。

这支紫玉箫是清代早期的。白玉箫年代要近一些，是清末民初的。

也是祖上留下的？

我可算不上世家子弟哈，没有那么有钱的先祖。我是喜欢吹箫、喜欢收藏箫。

很贵吧？

也不算贵，紫玉箫十多万，白玉箫仅仅一万多。

看见我惊愕的样子，他笑笑说：

小青不知道吧？我的画在京城至少要卖好几千元一幅，有的可以卖上万元呢。北京达官贵人多如牛毛，欣赏国画的有钱人不在少数，几千、万把块钱买一幅国画，对于他们来说只当零花钱。我的画只要开一回画展，很快就售完，供不应求。要不是父母不愿意去北京，我是不会来江南美院任教的。

是的，我听江玉兰说过，你中央美院毕业本可以留校的。

不过现在我也不后悔。不来江南美院，怎么有缘与你相识？又怎么画得出这幅《桃花弱不胜罗衣》？这幅画我是不卖的，任谁出天价我也不卖。

有人出高价还是可以卖，卖了重新作一幅就是。

艺术灵感的捕捉只是一瞬间的事，是可遇而不可求的。最好的作品是不能复制的。

倒是的。晋代王羲之作《兰亭序》，写于与文友们雅集之时，那一日天气晴和，茂林修竹、曲水流觞，文人们饮酒赋诗玩了个尽兴，公推王羲之作文以记，成就了这一篇千古第一的书法。据说后来他重新写过几次，再也不能写出当日那幅《兰亭序》的气韵了。艺术真是很奇妙的事情。

哦，小青你也知道这兰亭的故事？你对于书法也有研究？你真的有很好的艺术修养呢。

研究说不上啊。我父亲倒是博学，家里书籍很多，从小我也喜欢阅读。我们家，还有一幅祖传的唐代水墨山水画，是扬州一个名"柳含烟"的青楼女子画的，画上有"扬州花月楼柳含烟"落款钤印。更为珍贵的是，这幅画上有唐代大诗人杜牧为之题录的张继《枫桥夜泊》诗。

这幅画太珍贵了！唐宋的青楼女子，有许多是通音律、懂诗文、擅歌舞、琴棋书画样样皆精的艺术家。杜牧给她的画题诗，想必诗人与这青楼女子之间是有一段故事的。

我也这样认为。甚至我觉得杜牧那首著名的《赠别》诗也是赠柳含烟的。

就是那首"娉娉袅袅十三馀"？这首诗太有名了，人们又称它为《豆蔻》诗，这诗的真迹尚在，是杜牧赠青楼女子张好好的，我在网上查到过。

或许张好好与柳含烟本是一个人。

极有可能。因为"柳含烟"像一个艺名，"张好好"或许是她未入青楼时的本名吧？——哦，时间不多，我们还是"书归正传"。古琴曲你会哪些？

《渔舟唱晚》、《高山流水》、《夕阳箫鼓》、《阳关三叠》、《梅花三弄》、《凤求凰》……都会。

好,这些曲子我也会吹。你看元旦晚会合奏一个什么好?

就依老师的意见。

不要这么客气,干吗老师前老师后地叫个不停?——他又天真地笑了:

《凤求凰》……这个曲子我倒是喜欢,但是作为元旦晚会演出,不应景。我看,冬天来了,校园里梅花也快要开了,我们来个应景的,就《梅花三弄》,你看咋样?

好的,《梅花三弄》是真正的古曲,琴箫合奏,很好听的。就依老——"师"字还没有出口,他喊着:

喂,喂!再喊"老师",我就执行"老师"的"权威",先罚你弹琴三曲!

他取出那管紫玉箫,端坐在一个青花陶瓷镂空凳上,摆正了吹箫姿势。

今天他穿一件宽松的驼色毛衣,一条深咖啡色西裤,脖子上搭一条宽大的浅灰色羊绒围巾,那紫玉箫管缀着的鹅黄色丝缘柔柔地堆在他的膝上、顺着膝盖流泻下来。

此刻,他持箫端坐的样子,俨然就像一幅古代公子吹箫图。

听我为你吹一曲《凤求凰》怎样?

好,我洗耳恭听。

我说:《凤求凰》传说是西汉司马相如向卓文君求爱时弹的琴曲,其实流传至今的《凤求凰》琴曲与司马相如原著"凤兮凤兮归故乡,遨游四海求其凰"词曲相互不合拍,倒是与后来流传的琴歌"有美人兮,见之不忘。一日不见兮,思之如狂"完全合拍。

可见我们现今弹奏的《凤求凰》不是司马相如原著。

是后人假托吧。《凤求凰》其实不是箫的独奏曲,是古琴曲。不过琴箫合奏《凤求凰》倒是有先例的。

那就琴箫合奏一曲，怎么样？——他热切地说。

好啊，我们先把音调试一下。

我以古琴弹了几个音节，与他的玉箫对准了音调。

我以第一乐句开了个头，他的箫声倏然而至，和贴而悠远，缓缓融进琴声，随我的琴曲快慢粘连、高低俯仰、抑扬顿挫、两相依傍。琴箫和鸣里，时时体味得到箫声对琴声的体贴、依恋与眷顾。

这是一首爱情乐曲，随着乐曲旋律起伏跌宕，时而激情、时而柔美，真是旖旎婉转、风光无限！曲终，叫人好一会儿都还沉迷在那曼妙境界里流连忘返。

唉，我如登仙境！——他陶醉地说。

门外忽然有人拍手、叫好。

开门一看，来的是江玉兰。

我在外面听了好一阵啦，没有奏完是不敢打扰的哈！简直太好听了，珠联璧合！

看来江玉兰是这里的常客，她很随便地拉一张椅子便坐下了：

琴箫合奏，是准备的元旦节目？

这个嘛，是试奏的其他曲子——他没有告诉江玉兰这曲名是《凤求凰》。

元旦节目，准备合奏一曲《梅花三弄》。既然你来了，就给我们当一回观众。

于是又把《梅花三弄》合奏了几遍，估计元旦晚会也能够应付得过了，才罢。

征求江玉兰意见时，她当然是赞不绝口。

转眼练到中午，他请我和江玉兰去外面餐馆吃了一顿午饭。古琴就暂时留在他宿舍，他说这么珍贵的古琴，放我们学生宿舍不太安全。表演那天他会给我带过去。

第八章　江南饭店

这几天校园里的含苞红梅，次第绽开了，空气里到处弥漫着梅花的清香。各年级筹备的画展已经就绪，杜老师的那几幅"娉娉袅袅""桃花弱不胜罗衣"水墨写生画摆在展厅最显著的位置。我自己也交了一幅作业，画的江南水乡。

除夕那天牧野突然回来了，他是先从西安飞来上海，然后接我一道回苏州。为了要给我一个惊喜，他没有预先告诉我。

我带他去参观年级画展，让他看看我的作业。

他一进展厅就看见了杜老师那几幅画，一眼就认出那画中人是我。

小青，太美了，简直太美了！这弱不胜衣的性感里却透出无限的清纯。看到这幅画，我想起那年大学毕业去你们家见到你的一瞬：你一袭湖绿连衣裙，脚上趿着双绿色拖鞋，散着头发，小仙女一般让我惊艳，我永远记得那一刻。哦，这画的作者是"柴扉"，柴扉是谁？

是我们国画专业课老师，——话没说完，正是"说曹操，曹操就到"，我看见杜老师从门口进来了：

呵呵，小青在这里？今晚的节目要提前化妆，五点开始……

忽然他瞥见了牧野，

这位是——

来，我来介绍一下：这是我的男朋友薛牧野；这是我们国画老师杜柴扉。

幸会幸会！——牧野握住杜老师的手，热情地说。

杜老师脸色有一瞬间的尴尬和惊讶，但随之立即恢复平静：

欢迎到我们学校做客。随便看看，对我们的画作，多提宝贵意见哈！我还有点事，你们慢慢看。再见！

说完，他转身急急离去了。

他很年轻，是才从大学毕业的？——牧野盯着杜老师背影问。

他是中央美院国画系的高才生呢，本来毕业可以留校的，为的照顾父母，回南方来了。

他是上海人？

南京人。他父母不习惯北方。听我们班江玉兰说，他是大孝子。

才华横溢，将来一定是大画家。

人家在北京开画展，一幅画都要卖几千上万的。他的画供不应求。

几千上万有什么了不起？这两年房地产滚雪球一般涨价，我在西安随便一幢楼房都要净赚几百上千万哩！

我看出牧野好像有点醋兮兮，便问他：

大老板，中午我们哪里去吃？

你挑，西餐还是中餐？

就中餐吧。

那就江南饭店。那里的设施古色古香，菜式标准的江南口味。

于是打车去江南饭店。

这江南饭店果然名不虚传，大门的开间很宽，厅堂很大，白天里也灯火辉煌。转过厅堂进入一个甬道，甬道两侧全是包间，一色雕花暗红漆木窗，包间墙上挂着镜框，里面嵌着名人字画。

牧野要了一个包间。他知道我不会点菜，便拿起菜单点了几个菜，有"宋嫂鱼羹"、"西湖莼菜"，下酒菜他要了他喜欢吃的"南京盐水鸭"。

牧野说：这"宋嫂鱼羹"是用鲜嫩的鳜鱼或鲈鱼做的，女孩子吃了很养颜；"西湖莼菜"的名贵，完全在于它产量极少，因为它既不是长在湖的水面，也不是长在水底，是漂浮在水的中层，滑滑的很不容易采捞。

侍者来问：先生喝什么酒？

就来一支法国红酒，梦玫瑰吧。

侍者取来了红酒，打开，往两个高脚杯斟上。

法国红酒，很贵吧？——我问。

不贵，这梦玫瑰就千多元一支。现在流行喝拉菲，动辄上万。红酒中的极品是罗曼尼·康帝，有十几万美元一支的。

十几万美元？合人民币好几十万？

是的，那是亿万富翁们才消受得起的奢侈品。不过也有价位低的，略略放了几年的罗曼尼·康帝只值十多万人民币。

你时常喝这些酒吗？——忽然觉得牧野变得好奢华。

没有。只是为了搞公关，偶尔用过罗曼尼·康帝，但都不是陈酿。几万十来万的。

几万十来万？几瓶红酒就够在小城市买一套住房喽。

小青，话不能这样说。如果争得一项工程，赚到的就是几百上千万。当然，还不仅仅是一两瓶红酒就能够搞定的。

牧野，你现在商人气息很浓了。以前你可是最讨厌商人的。

那时是迂腐。小青，如果我现在还在西安博物馆工作，能够为你买房买车吗？哦，忘了告诉你，我在苏州近郊订购了一套别墅，户主写的你的名字，大概明年二三月就以后可以交房了。

户主是我的名字？这样不好吧？我们现在什么都不是！

写都已经写了，无法改了。难道你不认可我？

我默然。想起了他曾经为我们家做的种种牺牲、想起车祸发生时他为我父亲挡住砸下的玻璃。他走到这一步，初衷确实是为的我。

牧野，我永远感激你为我们家做的一切。

小青，我要的不是你的感激哈！我要你——

他说着便拉住我的手，在手背上狠狠地亲了一口：

我要你好好爱我！以后，我还要在苏州给你买个好车。在西安，我开的是奔驰，生意场中必须讲这些派头啊，不然人家不相信你的实力。那些官员们，胃口大得很，因为和他们打交道的动辄就是亿万富翁。我们这种小老板，夹缝里求生存，也很艰难。不过好在堂兄在西安有一定人脉，但归根结底那些官员还是认这个——

他做了个捻钞票的姿势。

牧野，这两年你也不容易。

小青，你什么时候变得这样客气了？我大老远从西安跑来，可不是来听你客套的。

席间他不断给我布菜：

这宋嫂鱼羹多吃点儿，含胶原蛋白，对皮肤好。不过小青你的皮肤已经够美的了。鲁迅形容江南的雪，说是"滋润美艳之至如处子的皮肤"，小青，你是当得起这样的赞美的，肌肤如雪！

你们男人是不是都喜欢长得美的女孩？

是的。如果谁硬要说他喜欢丑女，那是虚伪。但不是每一个漂亮女孩都可以让人动心——咦，你现在在美院又有一大帮追求者吧？就像上中学时那样？

心里忽然"咯噔"一声，想起了杜柴扉那灼热的目光。

那个杜老师，把你画得那么性感。当心他对你有意思呢？

你胡说些啥啊！人家是老师，不要胡思乱想。

一边说，不由得脸有点红了。我这是怎么了？自己又没有做什么亏心事！

牧野倒是好像什么也没有觉察的样子：

吃完饭需要去酒店休息一下吗？我住在万豪酒店。

万豪？住一晚怕要千多元的费用呢！

千多元有千多元的享受。到底大酒店设施好得多，现在都住不惯那些小旅馆了。

那你回酒店去休息吧，我今晚有节目，五点要化妆。已经三点多钟了，我看也不用再吃晚饭了。

那我打车送你回校。你去化妆，我回酒店休息。演的什么节目啊？

就是演奏古琴——不知为什么，我没有说出是和杜老师琴箫合奏。

牧野打车送我回校，他叫我明天上午十点去酒店找他，一起出去吃午饭。他的堂兄薛原野下午用车送我们回苏州。

第九章　漫天梅花下的古代绝色情侣

回宿舍稍稍休息，江玉兰便来叫我：

小青快起来！太好了、简直太好了！

什么事把你高兴的？

杜老师的创意，好创意。

什么创意？

我们美院有一个昆曲社，你知道吧？

知道的，我有一次路过，听见他们排练，那昆曲唱得好优美！听说是上海昆剧院老师亲自辅导的。

杜老师说，今晚你们的琴箫合奏，化妆成一对古代的才子佳人，由昆曲社的老师帮你们化妆。

哦，难怪通知我五点化妆，原来他早有安排。琴箫合奏化成古装倒是蛮适合的。

随江玉兰去了化妆间。昆曲社的老师同学们已经到了许多，化妆间挤挤攘攘的，热闹得很。

一个女老师过来招呼我：

你是柳小青吧？杜老师交代了，让我替你化妆。

谢谢。杜老师来了没有？

他可能六点过来。跟我来吧！

她带我进一间小化妆室，这里清静多了，有四面镜子、四个位置。我们来时已经只剩下一个空位了。

喂，我完成任务啦，告辞！——江玉兰调皮地做了个"抱拳"动作。

化妆老师姓田，她说是剧团派出常年对口支持大专院校昆曲事业的，如今昆曲大踏步走进校园，上海南京的许多院校都成立了昆曲社。

田老师一边给我化妆，一边不断称赞我的眼睛：

这么美的眼睛，标准的桃花眼啊，就是演员当中都很难遇见一个的。

老师您夸奖了。

你们今晚的节目只是琴箫合奏，不是表演昆曲，所以你和杜老师的妆，我不是按戏曲妆容化，而是按话剧的妆容，化成古代的公子小姐。

这样很好。

这也是杜老师的意见，他和我的想法刚好　致。

你的眼睛已经很美了，用不着过分修饰。只需用胭脂衬托出这桃花眼就行了。

田老师一边化妆一边说。

妆画好后，我端详镜子里的自己，第一次发现自己原来有如此美妙的五官！

这发型不用戏剧妆的贴片，就以你的真发散开，头顶加古代女子发髻。也不用满头珠翠，只需插一支步摇、一串小小的海棠花即可。这样，清清纯纯的——田老师一边说一边给我做发型。

镜子里的我，已经变成了一个长发垂髫的古代妙龄少女！

田老师又给我穿上一袭粉色衣裙，腰间系一条石榴红丝巾。我没忘戴上心爱的玛瑙佛珠。

背后有人说话：

哎呀，这丝巾系住小蛮腰，活生生一个唐代小歌女！

是杜老师！

杜老师你来了？——我转身回头招呼，一眼瞥见他惊艳的目光。

我站在背后看你多时了。小青，我怀疑唐代十里扬州的小歌姬就是你现在这个样子呢。

小青是天生的古典美，化古妆很上相的。唉，你如果去唱昆曲，很适合演天真活泼的小少女，《牡丹亭》里春香那样的——田老师端详着我说。

小青你随便找个地方休息一会儿。现在田老师给我化妆——杜老师满眼笑意地对我说。

那我就去看管乐器。我们的乐器呢？

江玉兰帮忙看着。

那，我去找江玉兰。

人多手杂，我是害怕古琴玉笛有个闪失。

保管道具的地方，是一个大房间，闹麻麻地挤了许多人。江玉兰躲在一个角落里，宝贝一般守着那盒子里的古琴和玉箫。

凭女孩的直觉，我感到江玉兰深爱着杜老师，不知道杜老师是否知晓？江玉兰这样的女孩子，嫁给谁都应该是一个贤妻良母。

哎呀，小青你简直是仙女下凡，太美了！——江玉兰惊叹。

杜老师在化妆，我来这里帮忙看着道具。

节目单在这里，七点开演。第一个节目照常是大型歌舞，庆新春之类，第二个节目就是你们的琴箫合奏《梅花三弄》。看起来学校对你们这个节目很重视呢。听说天幕上的背景还是杜老师亲自画的。

学校重视，主要是杜老师参加演出的缘故吧。

肯定是的，况且杜老师又是中央美院高才生、新分配来我们学校。今晚杜老师这洞箫一吹，不知又要倾倒多少女孩子、增加多少粉丝呢！

小妮子你一定是杜老师的粉丝了？

你才知道啊？我们一帮小女孩，上初中时就是杜斌的粉丝了。

杜斌？

是呀，那时他还没有取"柴扉"这个笔名。

呵呵想起了，你说过，他以前叫"杜斌"。喂，你看得起他，我帮你做个媒，怎么样？

江玉兰"啪"的就在我背上一巴掌：

好没正经的！不是看你化着妆，我撕了你的嘴！我看，是你爱上他了吧？

不要乱说，我有男朋友的哈。

有又怎么样？只要没有结婚，都有选择的余地。

俩人天南海北地聊着，不知不觉就到了演出时间。

喂，《梅花三弄》的道具——后台监督找来了：

节目马上开始了，第二个节目就是你们。琴交出来，前台监督安排专人摆放。箫给我，马上给杜老师送去。一会儿上场，你从右方出、杜老师从左方出，他持箫上场。

第一个节目在一通热闹的锣鼓声中结束了。主持人报告了下一个节目，场内突然异常安静。

我从天幕的右方缓缓而出，眼角余光瞥见天幕上画着大气的梅林、庭院、太湖石山……

少顿，杜老师出场。

不由得一惊：他一身天青色袍子，头上束了顶金冠，手执一管玉箫从容而出。忽然有一种前世今生的幻觉在脑海掠过！

定了定神，我轻轻在案几后的凳子上落座。他也在青花瓷凳上落座，与我呈四十五度的角相对。

演出礼堂大厅里座无虚席，过道上都站满了同学。

我只用眼神轻轻暗示一个"起"！琴声箫声便如一阵清风悄然而至。

山溪。月色。梅花临水。寒香清冽……丝弦箫管幻化出动人心魄的奇异美景。琴箫声里有无限的温柔婉转、风光旖旎，恍如高山流水伯牙对子期，又仿佛夜月寒香鸾凤相和鸣。

是漫天梅花下的一对古代绝色情侣，在以琴箫之声传递心曲。

场内的观众鸦雀无声，人们好像是屏住呼吸在听、在品。

他温文尔雅地吹着，时而以热切的目光注视我。我虽低头弹琴，为了音乐意境的交流，偶尔也抬眼与他对视。猝不及防的刹那，我感觉到那目光的滚烫。心里一惊，蓦然又有前世今生的感觉向我袭来。

忽然，我看见杜老师起身，吹着箫漫步向我走来，轻轻站到我身后——这可是原来排练时没有的队形，原设计是俩人相距两米，斜向对坐着演奏。

他离我很近，那玉箫的丝缘都垂到我的肩上了。箫声温柔地和着琴声，情意绵绵。

前世今生的感觉再度向我袭来——仿佛在唐代，我就是一个小歌姬，端坐锦瑟前弄琴，有一个玉树临风的美少年持箫站我身后，用箫声和着我的琴声……恍惚之中，现实与梦幻重叠了！

梅花有"三弄"。梅花一弄，声入太霞；梅花二弄，声入云中；梅花三弄，声入寒香。和贴悠远的琴箫声把寒梅夜月之景推到了极致！

我和杜柴扉沉浸在琴箫声里，沦陷了。

曲终。刹那间有余音绕梁的安静。

"好"！场内忽然有人叫好，随着便连续响起一阵热烈叫好声，掌声也如雨打芭蕉般响成一片。有人在拍照，闪光灯此起彼落地闪过不停。

他主动来拉住我的手，牵手到舞台正中谢幕。场内又是一片叫好声，有人高喊："再来一个！"甚至有人喊："亲一个！"

掌声不息，手牵手行了好几个礼，许久，幕布才拉上。

演出的成功令人欣喜，观众的热情又让我隐隐担忧：幸好今晚牧野没有来，要是他看见这场演出，不知道会怎么想呢。

第十章　酒店客房里事情终于发生了

第二天上午九点多，我抱了古琴打车去万豪酒店。古琴是要带回苏州的。

按照牧野告诉的房间找去，却半天叫不开门。

去大堂询问，大堂经理说，昨晚薛先生喝得烂醉回来，倒在酒店外的雪地里，保安发现他时，手都冻得冰凉了。是保安把他扶回房间安顿他睡下的。

服务生随我乘电梯上楼，帮我把房门打开。

一进屋就闻到满屋酒味，地上还吐了一些东西。牧野却昏睡在床，毫无知觉。

服务生立即把地上的秽物打扫了。

我坐在床上拍他的肩，边拍边喊：

牧野，牧野，你醒醒！

唔，唔——

他模糊地应着，眼睛慢慢睁开，醒了：

小……青，我……头好痛！

我伸手一摸他额头，天！烧得滚烫！

牧野你怎么了？陪哪个去喝了这么多酒？

一个人……一个人，喝完……一瓶茅台。

为什么？

小青，扶我起来靠着。

他好像清醒了些，我从储藏柜拿出一床备用被，帮他塞着后背，又把盖的被子给他掖好。

要不要去医院，请医生开点儿药？

不用。来，小青，陪我靠着。

我听话地靠在他旁边。他拉住了我的手。

你为什么去喝这么多啊？还倒在雪地里了！

他没有正面回答，却说：

小青，你会不会离开我？

说什么呀？没头没脑的！

我昨晚……对不起，我昨晚偷偷跑来看你演出了！

心里"咯噔"一声：难不成他昨晚就在现场？柴扉的热切目光、

场内的喊声"亲一个"，他全都看到听到？

我淡淡地说：

昨晚，就一个琴箫合奏，和那个杜老师凑合的。因为每班要出一个节目。

你不知道吧，场内许多人称赞你们是天生的一对古代才子佳人呢。

一个节目罢了！那些学生，高喊些什么，当不得真——我防着他说"亲一个"的事情。

那个杜柴扉，可能爱上你了！

说什么啊，没有的事。

他看你的眼神都写得明明白白了。他怎么样，我可以不管，可怕的是，你的眼睛也流露出对他的爱恋。

牧野，你说些啥呀！那是在演出，琴箫合奏本身，就是表现一对古代的才子佳人，难免有一些情绪的表达。

但愿事情就如你说的。但是小青，我预感事情没有你说的那么简单。我从江南美院出来后，心里好纠结，的士送我到了万豪，我没有进去，一个人跑到附近一家小酒馆喝了足足一瓶白酒！后来是怎么回酒店回房间的，我一点儿也不知道！

听大堂经理说，你倒在酒店外的雪地里，保安发现了，把你送回房间的。牧野，你何苦这样折磨自己？

小青，我太爱你，从你还是十三岁的小姑娘时，我就发疯地爱你！求求你，不要离开我，好吗？

他一边说，一边把头埋进我的怀里，像个小孩似的，很伤心地哭了。

都说"男儿有泪不轻弹"，何况他这样霸气的一个人？

我像哄小孩似的把手指插在他发间，抚摸着他的头：

我知道，我知道，牧野，你为我、为我们家做了那么多，我怎么能背信弃义？我保证不离开你，放心。

小青，我明明知道，你对我的爱，多少有些感恩的成分，但爱情就是这样的无法理智，明知这样，我仍然发疯地爱着你。你说让我放心，除非——

除非怎样？

除非现在就，给我，给我……

他一边说一边从被窝里翻起，重重地压在我身上，一只手急急地在解我的裤子。

我没有反抗。只听他呼吸急促，仿佛要把我揉成一团面团，吞进强壮的身体里。

事情就这样发生了。

薛原野的车来接我们时，已经是下午三点。

牧野中午饭都不舍得出去吃，在酒店房间里和我绵缠了足足几个钟头。

回苏州后，牧野开着薛原野的车带我去郊区看房。这是一个豪华的住宅小区，绿化地很宽，移栽了许多参天大树。房屋大部分是电梯公寓型，只有少部分别墅，一幢幢精致的小别墅安放在半坡上，家家门前有草坪、地下有车库。我们的别墅房在半坡上的第一家，因为周边环境还没有完善，所以要等二月才交钥匙，现在只能在外面看看。牧野说他不愿意按揭，已经一次性付清房款。

元旦第二天，牧野开车来接我父母，安排两家的老人在一起吃顿饭。我父母对牧野这个未来的女婿倒是蛮喜欢的，特别是父亲，他虽然语言不清、行动不便，看到牧野却是开心得眉开眼笑，他一直很欣赏这位爱徒。

席间，薛妈妈说：

我们牧野今年该满二十四岁了，小青多大？

今年十九岁。——我母亲说。

差不多可以操办他们的婚事了。我们还等着抱孙子呢！我看小青也不一定读满四年，自费生，学习一年半载就可以了。何况家里将来不用你挣钱养家，就在家相夫教子，当个全职太太，多好啊！

薛爸爸说：

十九岁，还没到法定结婚年龄。

年龄不是问题，在苏州，还没有我们薛家办不到的事情。——薛妈妈说。

要考虑影响——薛爸爸说话，始终端着个架子，大概当官太久养成的习惯吧。

不知怎的，我对薛妈妈的话有些反感，对他们的议论，我保持沉默。她见我默不作声，便转过头问她儿子：

牧野，今年把婚事办了，你说呢？

我吗？我尊重小青的意见。她愿意办就办。她若愿意读满四年，我等她。

天！那时你二十八岁啦！

二十八又怎么样？你和爸爸生我，不也是二十好几？

这孩子，没老没少！

牧野的话把两家的老人都逗乐了。

我心里很感激牧野对我的这份尊重。

不过，牧野私下里却对我说，他不希望我继续上大学，盼望早早结婚：

我实在不放心你。我怕有朝一日你会离开我。

人都整个儿给你了，还有什么不放心？

人给了我就放心了？结了婚还可能产生婚外情呢。

胡说些什么呀？我们家可是传统教育！你把我当什么人了？

小青，我绝对没有小看你的意思，主要是那个杜柴扉太有魅力了，我担心你招架不住。我承认，那个杜柴扉是我最可怕的竞争对手。

你不放心，我就只学满这一学年吧，下学期再学一些绘画的基本知识就行了，然后去苏绣研究所学习苏绣。

这样当然好，当然好，简直是太好了！亲爱的，我的小乖乖，还是你理解我、体谅我！

第十一章　梦里的烟花三月扬州

元旦小假过完，牧野回西安，我回江南美院。

从绿杨村路过的时候，碰见了杜老师。

他丝毫不掩饰他的惊喜：

小青你回来了？元旦快乐！回家玩得可好？

玩得好。杜老师你回南京老家了？

回了老家一趟，看望我父母。我昨天回校的。哦，元旦晚会演出的照片洗出来了，照得太好了！是我让刘畅他们拍的，有一张我已经放大装框了。走，上楼去看看吧。

我迟疑了一下，还是身不由己地跟他上楼了。

屋里仍然散发着淡淡的薰衣草香味。他一直喜欢薰衣草？

一进屋他就去开了音响，琴箫之声悠然而起，配着这袅袅暗香，使人仿佛回到古代。

小青，听见没？这就是我们元旦晚会的琴箫合奏。我有个朋友是搞专业录音的，那晚他亲自带了设备在舞台侧录制的。

啊，是了，我听出来了，是我们演奏的《梅花三弄》！没想到录制下来这么好听。刚才进屋，我还以为是专家演奏的碟子呢。

瞥见一帧大相框，在画板旁靠着，大概是还没来得及挂上墙的。

原来是元旦晚会的舞台剧照——华丽的灯光下，梅花盛开的天幕中，浮现出一对古代才子佳人：我一袭粉色衣裙，腰上系一条石榴红丝巾，头上松松地挽个髻，端坐案几前，十指尖尖操弄琴弦；他着天青色袍子、头顶束冠、散发垂肩、含情脉脉持箫站立我身后，俨然一个护花使者。那画面有良辰美景的圆融、有款款情深的曼妙。哦，照片右上角还有题字：琴箫知音。

是老师题的行草？毛笔字怎么题得上照片？

在电脑上预先制作好拿出去洗的。喜欢吗？要不要给你弄一幅？

谢谢，不必啦。——我忙忙地说。想起牧野醋兮今的目光，这情侣般的照片，我拿回去挂哪里？

喏，这里还有好多，都是那晚刘畅他们拍的。我加洗了两份，我们一人一份。

画桌上果然有两个白色纸袋。

来，坐着，慢慢看。——他把桌下的凳子拉出，我坐了。

一摞照片，怕有二三十张，张张都美极了！有一张两人斜对着演奏，我大概为了表情，目光从琴弦上抬起看他，与他的目光相遇的一瞬，被抓拍了，我的眼里居然流露出无限爱恋缱绻！这是不可思议的。还有，他拉住我的手谢幕的场景：他，欣喜若狂。而我，居然也满脸的陶醉痴迷！这简直不可思议！人哪，是否有时自己也不了解自己？我内心深处究竟有什么东西，是我不敢正视、不敢承认的？

他一直静静地在我身后，离我很近很近，近得感觉得到他的呼吸。

我不敢回头，害怕一旦看他时，我的目光会出卖了我，让他看透了我的心思。

我收拾起照片，急急地起身想要逃离，像小兽逃离猎人的追赶。

小青，难道你就不可以多坐一会儿？——他笑意盈盈的目光略带伤感。

我无法拒绝，去沙发上坐了。

他沏来两杯浓香的珠兰茶，递了一杯给我，自己在画桌旁坐下了。

沉吟片刻，他缓缓地说：

小青，你相信缘分吗？——仿佛声音来的很远，梦幻一般。

相信。

我们前世，一定有一段刻骨铭心的未了情缘，所以当我第一次见你，就有一种似曾相识的感觉，包括你手腕上的玛瑙佛珠。《红楼梦》里贾宝玉初会林黛玉时说"这个妹妹我见过的"，肯定不是曹雪芹杜撰。

蓦然想起那天在教室，他说"谁是柳小青，站起来"时，我与他四目相对的瞬间，他眼里流露出触电般的惊诧、后来在阶梯教室作画时他魂不守舍的痴迷的眼神。

如果有前世，我又是谁？你又是谁？——我觉得自己的声音如梦如烟。

我梦里有时会走进烟花三月的扬州，仿佛自己就是那个打马而来的杜牧之——

"春风十里扬州路，"那是怎样一个东风骀荡、繁花似锦的春天哪！——人有点恍惚，我仿佛被催眠。

梦里我看见一位身着粉色衣裙的小歌姬为我弹琴，我手持玉箫站她身后，温柔体贴地以箫声去和她的琴声。那小歌姬楚楚动人，长得简直与你柳小青一模一样。那晚除夕演出，我仿佛又走进这个梦境，不由自主走到你的身后，那水乳交融的琴箫声，令人失魄销魂、如登仙境，我陶醉于现实和梦境的美妙之中，差点失控……

老师你并没有失控啊，你只是略略改变了站位。

你不知道，在那朦胧氤氲飘飘欲仙的气氛之中，我站你身后有一种想要拥你入怀的冲动。

我静静地听，无法开口。

见我不做声，他有些腼腆了，羞涩地说：

小青，我说多了，唐突你了。

没有。老师，其实除夕那晚的演出，我也有某种前世今生般的幻觉——我身不由己地说着。

此刻，朦朦胧胧地，那梦里的烟花三月扬州、那东风沉醉里摇曳着的珠帘，珠帘下那玉树临风般的公子，以及那个一袭粉色衣裙"娉娉袅袅"的小歌姬……梦幻般地在我头脑里次第复苏、叠现。

忽然，我的手机响了，是牧野！

到学校了吗？我已经到西安了。

我到了。

西安正下大雪，一下子从南方到这里，感觉好冷。

你注意身体，感冒刚刚好。

知道。你也保重。亲一个——波儿！

手机挂断了。

我从催眠状态的幻觉中猛然跌入眼前实实在在的现实——

杜老师，我该走啦！

小青，我想，是你轮回时孟婆汤喝多了，不认识我了？

老师，你们搞艺术的人都是浪漫的，想象力太丰富——我口不从心地说。

小青哪，我想你我之间，恐怕不是简单一个"浪漫"二字可以解释的——他略带伤感地说，目光专注。

我不由得有些慌乱，想要逃离：

老师，我真的该走啦。

那，我送你下楼。欢迎你随时来玩！

二人默默地走着，他好像有许多话要说，却又没有说出口，他一直送我走出绿杨村。

第十二章　不期而至的意外

这年的春节来得早，是元月二十五号，因此学校二十号就放寒假了。实际上回校后就只上了两个多星期的课。

放假那天我径直回的苏州，也没有去和杜老师告别。因为我觉得，这么多年来，牧野和我们家的关系已经密不可分，成了一种定势，我实在找不出拒绝他的任何理由。既然已经决定了薛牧野，如果再与杜老师过从太密，对于他们二人都是一种不公。

牧野回苏州过的春节。他们工地放假，正月十五以后才开工。

春节期间他有好多应酬，有时拉了我去。我极不适应那些场合：许许多多虚情假意的奉承、形形色色不动声色的明争暗斗、贪得无厌见钱眼开的政府官吏、混迹于官场与商场之间的交际花式的不明身份的女人……

永远都是吃饭、喝酒……牧野说，不这样就谈不成生意。他其实也厌倦。常常自我解嘲地说：

非我所好、非我所愿。女怕嫁错郎，男怕入错行。我入错行喽！

我说，还是改回去干你自己喜欢的事情，搞古文学研究吧？

不行，不行，不行！搞古文学，一月几千块的那点工资，够做什么？车子房子、养家糊口哪来钱？已经习惯了现在的生活，叫我变回去做穷人，倒硬是不适应了。妈的，逼良为娼啊，我无法"从良"啦！

忽然发觉，牧野说话变得粗野了。环境、金钱真的可以这么快改变一个人？以前那个儒雅的薛牧野渐渐在消失？

不过他对我和父母实在是好：托他朋友在国外给我父亲带最好的药、给我母亲买了一尊几十公分高的玉石观音菩萨像。给我的，更是法国兰蔻、日本资生堂这些高级化妆品。他花了百多万元定做了一对白金情侣钻戒，说是等我满二十岁我们结婚时，婚礼上亲自给我戴上。牧野每次到我家，父母都欢喜得很，俨然已经把这个高徒当作乘龙佳婿了。

我虽然是一个甘于淡泊、对金钱没有多少概念的人，却也为他所做的这些事情感动。我想，就算是他没有钱、无法大把花钱在我们身上，这份情也是可贵的。

自从有了万豪酒店的那一次，牧野在这方面似乎更加饥渴，背人的时候常常抱着我悄悄对我说，"想死了！"

新房要二月份才交钥匙，两边的家都有老人，我们也不好当他们的面住在一起。好几次，牧野去本市的宾馆订了房间，得以和我亲热半日一日的。

我只答应白天和他亲热，不同意在宾馆过夜，怕父母知道了不好。

因为父母在这方面都是极传统的人，他们认为男女相爱、身体结合是神圣的事，对唯一的视若掌上明珠的宝贝女儿，他们不希望我草率从事。母亲常说，一个女孩在婚前轻易地以身相许，婚后容易遭丈夫的轻贱，认为你这人水性杨花。我父母都反感当今社会上的婚前性行为。

我不知道这样的迁就、满足了牧野，今后会不会遭来他的唾弃？

而且，他在性方面如此饥渴强烈，常年工作在西安，离开我的日子他会怎样来填补这饥渴？

唉，这就是一个纯情少女被变成"女人"产生的心理变化？想当初我一个无忧无虑的女孩，怎么一经变成女人，就有了这许多的牵挂和担忧？

还是学校生活好哇，突然怀念江南美院的校园生活，仿佛与之已经隔了一个世纪！

好在已经快要开学了。

可是，就在开学前夕，一件意外的事不期而至，打乱了我的人生计划——我发觉怀孕了！

每月信使般如期而至的那件事，春节以后居然杳无音信。去医院一查，才知道果然是真的。

我很惊慌，赶紧找牧野商量。他听了高兴得像中了五百万元的体彩大奖、把我抱起来转了好几个圈：

乖乖，我的小乖乖！是万豪酒店播的种子发芽了！我薛牧野就要当爸爸啦！我爸爸妈妈就要当爷爷奶奶啦！

这怎么成？我还有学业未完！

你原本就打算只学下学期一期的嘛。你可以去江南美院继续学习呀，反正生孩子是在下半年。

我们婚都没有结，你让我挺着个大肚子在江南美院走来走去？

结婚不是问题，马上都可以办手续。

我才十九岁，不到法定年龄。

你以为这点小事我都办不到？薛原野随便叫个人去派出所打声招呼，十九就变二十啦。

牧野，我不想这样早结婚。把他拿掉好吗？

你敢！——薛牧野一下子变了脸，显出他霸道的本性。

你敢这样，我就去恩师、师母面前告状！相信他们不会同意你打掉孩子！

他捏住了我的软肋：我不敢让父母知道未婚怀孕这件事。

现在唯一能够遮盖的办法是马上结婚，至于将来生孩子，怀孕八个月还是九个月，相差二三十天是正常的。

牧野安排了一次两边老人的聚会。宴席上由薛妈妈直接向我父母提出结婚的事情，说得言辞恳切的：

牧野这孩子，在你们家进进出出好多年了，喜欢小青也是好多年了。恩师、师母，你们是看着他长大的，不会有什么不放心。给孩子们办婚事总之是迟早的事情，他也二十好几的人了，又远在西安挣钱，不如现在就把婚事给办了。我们听牧野说，小青在江南美院也只有一学期的课程了。

我母亲仍然是那句话：看小青的意见。

她没想到，这次我居然同意了！

我说：我想好了，江南美院的国画不学了。以后直接去苏绣研究所学习苏绣。牧野等了我这许多年，他远在西安挣钱也不容易，反正结婚也是迟早的事情，我同意早些结婚。

牧野高兴得差点没有给我父母跪下：

恩师、师母，小青就交给我，相信我，我会一辈子对她好的！二老一定放心！

元宵节的第二天，我们去办理了结婚手续。

从民政局出来后，我对牧野说：

我有一个要求，能够答应我吗？

一个？十个百个都答应。说吧。

　　我们不举行那种盛大的婚礼好吗？我总觉得就像演戏一样，是做给别人看的。就通知两边的至亲好友简单地举行一个仪式，吃顿饭。

　　小青，我知道你是个淡泊的人，不喜欢招摇，这很好。但是我还要说服我父母，他们爱讲排场。我尽力吧。

　　大概牧野费了许多唇舌，终于说服了他父母。

　　牧野真的做到了我说的，只两边家长、一些至亲好友，总共摆了几桌宴席，婚礼就算举行了。

　　我很感激牧野对我的迁就。

　　也不管下学期开学是哪天，江南美院是下决心不去了——我情愿杜柴扉以为我人间蒸发、情愿他以为我无情寡义，也绝不愿意他看到我挺着大肚子怀孕的样子！但愿柳小青那"娉娉袅袅"的纯情少女形象永远定格在他心中！也默默祝愿，我的离去能够促成他找到一个真爱他的好姑娘。

　　这样做，也是为了牧野。

第十三章　绝尘而去

　　牧野原定正月十五回西安，已经超时了。请完客，他带我去了西安。

　　却原来修房子的人是没房子住的。在西安，牧野住在酒店，有时住工地。

　　牧野对我百般呵护，新婚的日子真是柔情似水、佳期如梦。

　　牧野说，自我十三岁生日与我初见，苦苦等待了我六年！他说他很珍惜这来之不易的爱情。

　　我相信他的真情，相信牧野那宽阔的肩膀是能够让我依靠一辈子的。今后只要他不出差错，我愿与他携手共度一生。

　　他的工作团队里也有女人，并非清一色男的。工地上有一个女监理工程师是西安交大毕业的，还有一个会计，叫什么"艳艳"的，是西安市规划建设局局长的一个什么表妹。

那个女工程师倒是正经人。这"艳艳"确实人如其名，妖艳无比，说话时声音那个嗲，女人听了周身会起鸡皮疙瘩，男人听了，不知会是什么反应。起码，牧野对于这样的"嗲"并不十分反感。难道天下男人都喜欢这个？

有时牧野带我去参加一些宴会，正式以夫人的名义把我介绍给那些合作伙伴或是官员们。我不善言辞，常常是和那些人打个招呼就再也无话可说，更不要说敬酒啊、打酒官司啊、奉承人啊，我通通不会。每逢这种场合，那个"艳艳"就大长精神，充分发挥她长袖善舞的本事。据说她有一斤酒的量，男人们都喜欢和她对饮。

我问牧野：

是否每个男人骨子里都是喜欢荡妇的？

不一定吧！我就喜欢小青你这种清纯的。

是的，牧野你对我这么多年始终如一，痴心不改，这我相信。但是，此前是因为没有得到，得到以后呢，还能永远不改初衷、不离不弃？

乖乖，我的小乖乖！才结婚几天就变得这样多疑，还学会了吃醋！

我吃醋？我吃谁的醋？乱说！

你以为我看不出来？你是看不惯周红艳。

原来这个女人叫周红艳！

我说：她是你生意场中的左膀右臂，我怎敢吃她的醋？

还说不是呢，句句话都酸溜溜！我要是喜欢她，何必同你结婚？何必苦等你这许多年？这种女人，贱得很，只要我稍加示意，她是一百个的肯嫁给我！

这我相信，你们男人是不会娶这种人做妻子的。我也清楚你和她之间什么事都没有。但是，将来……

哎呀，夫人要是不放心，干脆不要回苏州了，搞什么苏绣，绣什么《枫桥夜泊》，就在西安陪着我，我夜夜需要你……

三句话不离本行哈！难不成你对我的爱就表现在那件事？

那件事好哇，爱的极致就是两个人变作一个人……

话没说完，他已经扑倒在我身上！

一个月后我还是回苏州了。

因为新房交房后马上要装修。虽然是承包给装修公司，但是还需有人照料。另者，我准备趁生孩子前，抓紧时间去杭州苏绣研究所办的培训班学习一学期。

我的计划，以半年时间学习苏绣技巧，待孩子生下，以一年的时间抚育他。断奶后，我就开始我的鸿篇巨著《枫桥夜泊》的绣制，我要以针当笔、以线当墨，再现父亲书房里那幅唐画的精彩。

回来以后马上去杭州苏绣培训班报了名。培训班已经开学，我在杭州租了一处房子住下，开始系统学习苏绣。

装修事宜，牧野说了，新房装修的风格、样式由我全权做主。

这小别墅除了地下室有二百多平方米，连地下室共四层。地下室有小门通停车场，每户两个车位。下雨天开车回来，鞋都不打湿就可以从地下停车场直接到家。地面三层，共有好几间房，除了我和牧野的主卧，将来宝宝的睡房、两边父母的卧室、客房、保姆房，一应俱全。三楼有一间宽敞明亮的小厅，可作书房、画室。

装修公司拿出许多样图，有欧式、夏威夷式、东南亚式、中国现代式、中国古典式……我当然选择了中国古典式。那雕花木窗、中式桌椅是我的最爱。将来书房里要摆上一张宽大的画桌，还有刺绣用的绣绷。一楼客厅墙壁空出，以后《枫桥夜泊》绣成，是要装裱了挂在客厅正中的。

好在是承包给装修公司，到时候只需按照合同验收。所以我也不十分费心，托我母亲时常去盯着点，我偶尔回苏州看看。

苏绣班只有十八个学员，清一色的年轻女孩。授课都是请的江南一带的苏绣名家、工艺大师。教室里每人一个绣绷。

老师从苏绣的起源讲起：

原来苏绣有两千多年的历史，早在春秋时期，吴国人已经将刺绣用于服饰。清代是苏绣的鼎盛时期，出了沈寿这样的苏绣艺术家。

苏绣针法有几十种，常用的都有十几种，齐针、滚针、乱针……苏绣的绣线比毫发还细，一根细细的丝线要劈成十六根细到几乎看不见的丝，用这样细的丝刺绣，能够极准确地表现物体光影的变化、色彩的过渡，令描摹对象栩栩如生。

由于江南自古多才子，苏绣艺人常把文人的国画、书法移入绣品之中，复杂细微的刺绣技巧与江南才子的书画艺术相结合，出了许多巧夺天工的传世之作。当代著名的苏绣作品《富春山居图》合璧版，就是以元代画家黄公望《富春山居图》原创为蓝本绣出的山水画长卷，绣品共十几米长，估价在三千万元以上。平常一幅小小的苏绣换一辆奥迪也是稀松平常的事。

老师的讲课大大提高了学员们的学习兴趣。我自己呢，虽然不看重金钱，但除了完成绣《枫桥夜泊》的心愿，将来有一技之长能够挣钱养家也是好的。

每当我和牧野在电话里说到此，他总是哈哈大笑：

哎呀，我的小乖乖，谁要你养家啦？我挣的钱你一辈子都花不完！

我喜欢花你挣的钱，更希望自己也能够挣钱，这是一个女人的成就感！我不愿意变成一个庸庸碌碌的"全职太太"，一个女孩子，也应该有自己的事业。

你呀，"事业心"也太强了点儿。——他无可奈何地说。

是呀，将来等我成了苏绣大师，买一辆奥迪送你！

不用你买，我马上给你买辆奥迪。

我不要，不要哈！现在学习这么紧张，哪有工夫练车考驾照？

那，就生完孩子再说。

生了孩子我更没有时间学车了。何况我一门心思要绣我的《枫桥夜泊》，其余一切事情都缓缓吧，学车真的要花许多时间。反正你回家少，都是用薛原野的车，他上海苏州都有车的。

他没有再坚持，他向来尊重我的意见。

新房四月底就装修竣工了。牧野"五一"回家一趟，我们把新房内的所有家具设施添置齐全了，请两边的父母过来住了几天。

搬家的时候，我把家里的唐画《枫桥夜泊》图带过来了，还带上我喜爱的书籍、玛瑙佛珠以及在江南美院与杜柴扉琴箫合奏的一包照片。

照片就藏在心底做纪念吧，我把它悄悄夹在一个私密的笔记本里了。这算是保留我少女时代的一缕霞光、一个恍惚的梦。

我早已换了手机，切断了与江南美院的一切联系，包括江玉兰。好在我们班原只我一个苏州人，他们谁也不知道我的住址和其他一切信息。这一离开，没有人能够找到我。我们这种自费班，本来就是松散性质的结构，来去自由的，谁来管你？

做完这一切，心里有些隐隐作痛。杜柴扉啊杜老师，你就忘掉我这个绝情的女子吧！我如果藕断丝连，对于你、对于薛牧野，都是一种不公。但愿我的绝尘而去，会促使你找到一个称心如意的好女孩！

第十四章　桃花劫的预言

时间过得真快，转瞬就是三年多！

我们的儿子小牧已经三岁，长得活泼可爱，会跑会玩了。我和孩子住在苏州郊外的别墅，请了个小保姆帮忙照看孩子。我父母有时打车过来陪我住上三两日的，牧野的父母很少过来。

我的《枫桥夜泊》已经绣了近两年，是完全按照家里这幅唐画，绣制成一幅四尺宣规模的画卷，现在只差绣上题字就可以竣工了。面对这幅精美绝伦又略带感伤的绣品，我百感交集：仿佛，我是在圆一个前世今生的梦！

父母也为之欣喜，说小青这孩子有毅力有志气，终于完成了自小以来就许下的志向，把家里这幅《枫桥夜泊》变成了一幅精美的苏绣。小青将来可以做一个苏绣艺术家！

都说婚姻有"七年之痒"，我无法确定自己的婚姻是否也如此？可我们才三年多啊！

儿子的降生曾经给牧野带来过极大的快乐，但最近一年多他回家的次数越来越少了。想当年我怀孕期、哺乳期，他体谅我不便旅途劳顿，有事无事都爱回苏州与我聚聚的。

我自省，是否太痴迷、太投入这幅《枫桥夜泊》而或多或少忽略了牧野对我的需求？一个男人，特别是有钱男人，孤身在外会是什么结果呢？我不敢往坏里想，但有一点是肯定的，牧野经常参加或主持各种酒宴饭局，一直是那个周红艳作陪的。都说喝酒乱性，经常的红灯绿酒、夜夜笙歌，一个常年在外的单身男人，能够自律吗？何况那个周红艳，妖艳无比！

我不是那种心机很深的女人，无法探听和印证我怀疑的事情。我只知道，牧野近来是节假日都借口工作忙而不回家了，这次国庆长假居然也没有回来！

有时，晚上一个人静静地在灯下读唐诗宋词。

> 嫁得瞿塘贾，
> 朝朝误妾期。
> 早知潮有信，
> 嫁与弄潮儿。

读到李益这首《江南曲》，我流泪了。十八九岁的年龄，还是太年轻啊！我分不清当初自己对牧野的情感是感恩还是真爱，总之十九岁就走进婚姻，是否太年轻了！

当然，平心而论，牧野当初对我是有真爱的，只不过如今变了！

国家之间的盟约都可以撕毁，何况男女之间的海誓山盟？

诗经里说"执子之手，与子偕老"，人世间究竟有没有至死不渝的爱情？抑或那些描写爱情的极致，其实是诗人和小说家编出来哄人的？

时至深秋，屋外下着淅淅沥沥的细雨，像极了我此刻的心情。

满打满算，我离开江南美院已经三年零十个月了。

忽然想起了杜柴扉，想起了那一晚的琴箫合奏，他那温暖痴迷的目光。

打开尘封的笔记本，翻看那些华美精致的舞台剧照。

那是怎样的一幅美妙场景啊：华丽的灯光里，漫天梅花的天幕下，我长发垂髫，一袭粉色衣裙，俨然一个唐代小歌姬，端坐案几前操弄丝弦；他一袭天青色袍子，头束金冠，一边吹箫一边含情脉脉地凝视我……

琴箫合奏的这些照片他还保存着吗？他为我画的写生画，"娉娉袅袅"、"桃花弱不胜罗衣"，那些画他还保存着吗？他曾说过那是他平生画得最好的画。那时的我好年轻啊！如今忆起，竟然恍如隔世！

我老了、老了吗？眉头居然有了些许皱纹！如果，此刻老天安排我与他再度相见，也怕是如苏轼说的——

"纵使相逢应不识，尘满面，鬓如霜！"

心情极度不好。

母亲笃信佛学，与城外白衣庵慧静师父有交情。她看我气色不好，薛牧野也难得回一趟苏州，猜想女儿心里有什么苦楚，便叫我同她去白衣庵礼佛，换换心情。

这慧静师父我见过，白衣庵，却还是第一次去。

我把孩子交给小保姆照顾，同母亲打车去至郊外的枫林古渡口，又步行一段山路，才到达白衣庵。

慧静已经迎在庵门口。她好像知道我们要来？

她用审视的目光上下打量我，叫人好生奇怪！

慧静把我们让进客堂，小徒弟奉上两杯香茶。

蓦然间，一种前世今生的感觉无端涌上心头——

这客堂，好像我来过。是一次梦境？还是某个影视剧镜头残存于头脑中的画面？总之觉得好生熟悉的！仿佛我是一个唐代女子，我急着要去长安，慧静托一位英俊男子带我去了京城……

一闪而过的念头。

慧静冲我笑笑：

似曾相识？

我无端地点头，又摇头。

小青，这佛珠还戴着？——慧静一眼看见我手腕上的玛瑙佛珠。

母亲说：

小青一直不喜欢戴首饰，这玛瑙佛珠，她倒是很喜欢，差不多都戴在手上。这佛珠还是慧静师父在你满月时送的！

母亲给我说过多次。谢谢师父。

只不过物归原主罢了——慧静淡然地说。

慧静的话叫人难懂。"物归原主"？难道说这玛瑙佛珠与我有什么机缘？某种遥远的回忆又在心头一闪，扬州……花月楼……佛珠，对，好像这串佛珠我是曾经戴过的，在扬州花月楼，有个公子和我琴箫合奏……不对呀，是元旦晚会，我戴着佛珠和杜柴扉琴箫合奏，他还说我是"活生生一个唐代小歌女"。扬州、江南美院，两个影像重叠了。

是呀，这手腕上戴着佛珠，操弄琴弦时大有古韵，确实"活生生一个唐代小歌女"哩——慧静闲闲地说。

我心里一惊：师父你说什么？

我是说你戴着佛珠操琴像古代小歌姬——又在想你是柳含烟吧？我看你是被家里那幅《枫桥夜泊》图迷住了。

师父怎么知道《枫桥夜泊》图？

哈哈，你问你母亲。

母亲说：慧静是我老朋友，你满月时她还来过我们家。你一生下就大哭大闹的，还是慧静师父给你喝了药水，从此就不闹了。她当然看见过《枫桥夜泊》图的。你这孩子从小就爱待在那幅图前扮演柳含烟，慧静师父也知道的，有什么奇怪？师父你倒是给看看，小青近来心神不宁的，人也消瘦了。你给看看有什么灾难没有。

小青今年有劫难呢。

母亲有点紧张：

是吗？今年都过了大半了，但愿——

该来的都要来，不论早与迟。今年小青命犯桃花。

不会吧？小青婚都结了、孩子都有了。何况我们小青向来是规规矩矩的女孩。

世人以为，"桃花"就一定是指男女之间的风流韵事，错了。小青遭逢的"桃花劫"，发端于一个"情"字。万事都从这个"情"字上来，"桃花劫"就是"情劫"。

什么"情劫"，我们小青，自小与薛牧野青梅竹马，不会有事的。——母亲自顾自地说，显得她自己都没有底气。

我不作声。心里默想，难道"情劫"是指杜柴扉？我和他之间还有什么瓜葛未了？我们可是什么都没有说过、什么都没有做过啊！如果真有什么情劫，我倒希望是他！只不过我这为人妻为人母的残枝败柳，好时光都已经错过了、错过了啊，我连遭逢这"情劫"资格都不具备了，没有这缘分了！

唉，缘分是要付出代价的，有时甚至是惨痛的代价。——慧静又接过我的心语。

我一惊：怎么我刚刚想到"缘分"二字，她就接了过去？

只听她继续絮絮地说：

既然愿意堕入红尘，就只得自己去面对。有人为了赴一个千年之约，可以痴迷神往，甘愿泗渡红尘苦海，纵身万丈悬崖粉身碎骨也在所不惜呢。情迷中人，何尝认为这就是劫难？

慧静的话令人半懂不懂、云里雾里——她在说什么"千年之约"？谁"堕入红尘"？

母亲对慧静这些高深莫测的话倒是没有介意，还是追着她问：

如果真的有什么劫难，师父可以帮忙化解一下吗？

这是宿命，无法化解。不用担心，这对于小青来说，未尝不是件好事。因缘了结，自有彼岸。

母亲说：既然师父说不用担心，看来也没有什么大不了的劫难。只要是"因缘了结，自有彼岸"就好。如此，我们只有求菩萨多保佑了。

慧静带我们去观音大殿礼佛。

观音菩萨佛像是那么庄严慈祥，跪拜时突然热泪盈眶，有扑到菩萨怀里痛哭一场的冲动。

慧静用赞许的目光注视着我。

师父，这佛像手里的柳枝好像折断了，我们出功德把它修复好吗？——礼佛完毕，母亲说。

不用不用，时光未到。只等机缘成熟，功德自然圆满，一切自会还原本相。

慧静一边说，又拿眼睛看看我，弄得我莫名其妙：莫非她是说这个功德钱应该我来捐？

我就说：

慧静师父，等我那幅绣品《枫桥夜泊》大功告成，一定来白衣庵烧香还愿，来给菩萨塑金身，修复菩萨手里的柳枝。

好的。修复柳枝不靠金钱不靠劳力，只需大智慧。

心里暗自思忖："大智慧"是什么意思呢？

慧静只是冲我会心地点头一笑。

第十五章　重逢在祸从天降的时刻

从白衣庵回来近一月了，什么事情也没有发生。看起来慧静预言的"劫难"，我是躲得掉了？但心里又有些好奇，甚至有些期待这"情劫"的到来。

时至深秋，《枫桥夜泊》的题字绣完最后一针，整幅绣品圆满完工了！端详着这幅绣品，我百感交集。这是可以与家传的那幅唐画媲美的一幅作品，为了它，我倾注了太多心血，甚至忽略了与牧野的感情！但是啊，它好歹总算圆了我少女时代的一个梦！

下一段，休整一段时间，明年开始绣一些名著，准备把陈逸飞的名画《故乡的回忆》里的江南水乡周庄移植入我的苏绣作品。

是一个星期天，小保姆回乡下看她父母去了。小牧缠着要去公园玩，我也该去放松放松了。

我准备带着小牧打的士进城，随手带上画夹，顺便在公园画几幅写生。

小牧正在玩我的首饰盒，玛瑙佛珠被他扔地上了。

我拾起佛珠戴手腕上，给小牧换上他最喜欢的"变形金刚"T恤，然后背了画夹，牵着小牧的手儿，到小区门口的马路打的。

车上我给母亲打了一个电话，告诉她我和小牧中午回家吃饭。

我带着小牧在公园走了一会儿，在湖边选了个僻静的草坪坐下。草坪上有一些小小的白蝴蝶，草丛下，间或还能够寻到蚱蜢。小牧高兴得什么似的，追着蝴蝶蚱蜢玩。

我打开画夹，对着湖心亭、柳树、游人写生。一边用眼角时不时看小牧，不让他走出我的视线。

画完两幅写生，正准备画第三幅，手机响了。

喂——是一个嗲嗲的声音。

你是——

我是周红艳。

哦，你好！找我什么事？

也不是什么大事。我想说，你很少到西安来，薛哥的日常生活都是我代你照顾。

是吗，那就谢谢你。

可是，这人与人，特别是男人与女人，相处久了，会日久生情的。

你什么意思？

你不要急嘛，我慢慢告诉你。薛哥是不是很少回家了？

他回不回家关你什么事？

他已经不爱你了，他下不了决心告诉你，还是由我来充当这个恶人吧！

这是我和他之间的事，用不着你来管！

可是，有一件事情，我有这个资格告诉你哈！

我没有兴趣听。

请不要忙着挂机，我说完你自然有兴趣。我怀孕了，怀了薛哥的孩子！

你胡说！薛牧野不是那种人！

胡说不胡说，你男人回来你问他就会知道。他今天回苏州，此刻恐怕快到了。他答应我，这次回来与你办离婚。我劝你还是放手吧……

没等她说完，我挂断了手机。

顷刻天旋地转，头脑一片空白。不知愣了多久，忽然听见有人喊：

有人落水啦！快救人啦！

我一看，小牧不在，他几时离开我的视线的？天——

湖边围着一群人，我拼命朝人群飞奔。远远地看见有一个男子在水里沉浮，几经周折才从水里捞起一个孩子，他抱了孩子艰难地涉水往岸上走。天哪，我看见孩子背上的"变形金刚"，是我的小牧啊！

我哭喊着奔过去，跑得鞋都掉了一只。

突然我迈不动脚步，天！抱着水淋淋的孩子站水里的人正是他——杜柴扉！他也愣住了，停在了原地。

此刻我一定很难看，披头散发，光着一只脚。

只几秒钟吧，他定了定神，涉水上岸后放下孩子说：

快，救人要紧。

他抓住孩子的脚倒提起，令我拍孩子的背，尽量把呛在肺里、气管里的水倒出，然后把孩子放平在地上做人工呼吸，我赶紧打电话找120急救车。

上了急救车，只见孩子脸色煞白、嘴唇乌紫。我无助地求司机"快点、再快点"。

他轻轻在我耳边说：

亲爱的，不怕，不怕，有我在。我找你三年多，这苏州的大街小巷、公园庭院、上海的大专院校，哪里没有走遍啊，你就像从人间蒸发了一样。三年过去，我已经不敢抱希望了，无望中，今天却终于找到了你，是在这样的情形下……老天！

事情来得太突然，我既惊惶又心急如焚，全身发抖，牙齿打战，竟说不出半句话。

好容易到了医院，孩子被抱进门诊急救室。我马上打了个电话给母亲，让她赶紧来，并叫她把小牧的衣服和我父亲的衣裤都带一些过来，柴扉全身湿透了，儿子抢救过来也需要换衣服。

急救室不让家属进去，里边孩子不知怎样了？柴扉不断安慰我：

小青，不会有事的，不会有事的！

我听出他声音有些颤抖，其实他也很害怕。医生给出一份抢救病历，我已经手抖得无法写字，我口述了患儿姓名、家庭地址、联系电话等基本内容，让他帮忙填写。后来我才知道，慌乱中我把家庭地址说成了父母那边的地址。

母亲来了，她说已经给牧野打了电话。

她要冲进去看外孙，医生哪里准进？

我叫柴扉去换了身干衣服。

每一分钟都度日如年。

又过了好一会儿，医生终于出来了：

对不起，我们已经尽力了！家属请进去吧。

我不相信医生的话，我冲进抢救室，抱住我儿子嘴对嘴给他做人工呼吸，母亲在一旁已经大哭出声。柴扉从身后抱住我双肩：

小青，小青！事情已经这样了，你可要节哀啊！

突然背后响起了薛牧野的吼声：

这是怎么回事？你们？

母亲说：

小青带孩子上公园，孩子掉湖里了。

牧野一步直奔孩子床前，抱住孩子，他大概也不相信孩子死了，用嘴唇去感知他的呼吸，用手去摸他的心跳。终于，他放下孩子，顺手就扇我一耳光：

贱人！你是去公园会你的野男人，孩子你都不顾了？

薛先生，你误会了——柴扉站了出来。

误会？我清楚得很！妈的，你给老子滚出去！

薛牧野上前就给柴扉当胸一拳，柴扉还想要给他解释，牧野咆哮着，当胸又是一拳：

老子打死你！你们这对狗男女，害死了我的儿子！

我死死拖住牧野腰上的皮带，恳求柴扉：

柴扉，你快走，快走呀！

小青，我还会来看你的。

柴扉一边说一边退出了病房。

薛牧野回过头来又扇了我两耳光，母亲拦都拦不住。

婊子，听见了？他还会来看你！这件事我绝不善罢甘休，我要把你们这对奸夫淫妇告上法庭！

　　此时门口已经围了一大堆门诊看病的人，许多人在对我指手画脚、议论纷纷。

　　我抱住死去的儿子，心如刀绞，大喊一声：

　　天哪！天理何在？良心何在啊？

　　我昏厥了过去。

第十六章　冬眠

　　此后许多天的事情我完全不知道了，待我真正醒来，已经是第二年早春时候了。

　　母亲只告诉我"你是病了一段时间"，但我从她的神情看出，大概我这一段时间神经已经出了问题，因为我发现她给我吃的药，药瓶上分明写着的是治疗精神分裂症的。有的药包上有南京医学院的字样，母亲说是柴扉专程去南京找他医学院的同学处方的，柴扉和她都坚持没有把我送精神病院，一直在家调养、请医生诊治，他们相信我会醒过来。

　　柴扉怎么找到我们家的？

　　你忘了，抢救小牧时填写家庭住址，你让柴扉填成我们这边的了。他是循着这个地址找来的。

　　踱进书房，书桌上赫然一幅《枫桥夜泊》图！

　　哦，这是柴扉临摹的。小青，你看像不像？我去你们别墅把那幅《枫桥夜泊》唐画和你的《枫桥夜泊》苏绣取回来了。

　　像，临摹得太像了。简直跟这幅《枫桥夜泊》唐画一模一样！

　　母亲说：柴扉照顾你一个冬天了。稍有闲暇他都在作画。这幅画他大概弄了许多天呢，这图章也是他自己刻的。

　　他们搞国画的人都善于治印，何况有这原画的印章在画面摆着，他当然模仿得不差毫分了。人家本身就是中央美院的高才生，是很有发展前途的青年画家。

说话间我踱进父亲房内，只见父亲的床空着，心里顿有不祥的预感，忙问母亲，只见她支支吾吾。

告诉我，是不是父亲他……

母亲忽然泪如泉涌：

孩子，你病刚刚好一点，就不要问了。

不行，你必须告诉我，相信女儿，通过这场灾难，我什么苦难都能够支撑得住。

你父亲他，已经亡故了。本来他已经是风烛残年，哪里经得住外孙死、女儿疯、亲家上门吵闹？

怎么？薛家父母？

小牧遗体虽然被薛家人带走，他们却扭住你父亲，叫嚷还他们孙子。你父亲哪里经得起这样的折腾，一口气上不来，送医院都来不及就过去了。

忽然动了杀机，想拿起刀去找薛牧野拼命。但这仅仅是瞬间的念头，我明白，我这样一个弱女子，除了为人鱼肉，任人宰割，此生是无法复仇了！

母亲见我沉默，又接着说：

哦，忘了告诉你，自从那天出事，柴扉就回江南美院去请了长假，搬到离我们这教师宿舍很近的校招待所住下了。家里出了这么多的事，我已经支持不住，快要崩溃，你又病了，不省人事，这个家太艰难了。这段时间多亏有他，你父亲的后事都全仗他帮忙料理的。这两天他回南京去了，一来看望父母，二来去南京医学院帮你拿药。

他居然放弃工作、顶着闲言碎语来照顾我们？

他说，三年来一直在找你，好不容易找到了你，恰好遇到出了这天大的事情，他不能一走了之，他必须站出来担当。

母亲啊，你是不知道，他什么都不欠女儿的，女儿和他之间清清白白。

是吗？我还以为，薛牧野那么狂怒，不完全是捕风捉影呢。我以为现在的年轻人，都很随便，不像我们这代人的观念。

母亲，你是不了解自己的女儿。我从小接受的是你和父亲的传统教育，自从我和薛牧野结婚，我就从江南美院退了学、躲起来，三年来不让杜柴扉找到我。其实我们之间什么都没有表白过，但我看得出我在他心目中的位置很高、很重要。我躲开他，本意是要好好和薛牧野过日子，也希望我的消失能够促成杜柴扉找个好女孩、成个美满的家。

哦，他留了一个日记本在你寝室梳妆台的抽屉里，说是你醒来后给你看。抽屉锁着，钥匙放在你书包里的。

我打开抽屉，看见一个深蓝封面的笔记本。

打开扉页，是一行清秀的竖写毛笔字题词：

献给我生命中的至爱

柳小青

第一页日记从他初见我，画写生那天记起。他的惊艳、他的第一次为一个女孩子狂乱不已的心跳，甚至他的生理反应都写进去了，末了他写道：

　　从见她第一眼我就知道，我完了、我沦陷了、此生无药可救。除非她！

　　这是我前世的恋人、是那三生石镌刻着我俩名字的恋人、是我前生亏欠过许多的生死冤家，找我索债来了！

　　无法抵御的蛊惑如鸩酒。但我心甘情愿被她下蛊、饮下她奉上的爱情鸩毒、在这一世的轮回里抱着她化成火，化一缕青烟，燃烧出我们爱情的舍利子！

我心里一热：这是一个用生命来实践爱的男人啊！

这一页，记了那次我去他家的琴箫合奏，文末赋诗一首：

> 九天而降的仙子啊
> 《凤求凰》淌出你环佩叮当
> 溅起前世跌落的思恋
> 你恍若一朵彼岸花
> 摇曳在红尘对岸
> 我泅渡而来，超越生与死的誓言

厚厚的一摞全是日记，我挑些主要的看。这一页夹着一张照片，哦，就是元旦晚会我们合奏《梅花三弄》的舞台照。好一幅古代公子小姐的琴箫图！天幕上那大气的梅花、庭院、太湖石，是他亲手绘制的。日记上写着：

> 今晚的演奏太成功了。我置身舞台，已然忘了时空。我仿佛撞入了前世的一个梦境，眼前这位一袭粉色衣裙、腰系石榴红巾、素手操弄琴弦的绝色女子，是在某个暮春时刻为我弹奏过瑶琴的！此刻的舞台，仿佛是穿越了时空重现昔日景象，我如入仙境如饮甘霖！
>
> 梅花临水，寒香清冽……丝弦箫管幻化出动人心魄的奇异美景。我持箫站立她身后，玉箫的丝绦柔柔地泻落在她的香肩，此刻我真有拥她入怀的冲动。
>
> 梅花有"三弄"，小青啊，人有三生三世吗？如果有，我愿意与你生生世世结为夫妻！

这后边记的是我突然失踪以后，他去过上海许多大专院校、来过苏州的大街小巷，找寻这个从人间"蒸发"了的女孩子。一次次满怀希望地来、一次次无限失落地去：

> 绝尘而去的女子啊，我含泪合十，祈求你给我一个理由！说走，就走，从此相思打结，我的圣地没有了圣女守候。
>
> 我哽咽着呼唤你归来，伸出双手，握住的是无限虚空；我竖不起一块碑文，写不出我们的曾经，我无法让你听到我的声声呼唤！我只有用毕生的等待，等待你回头！

这一篇记的是那个惊天动地的日子，他狂呼：

> 老天！你为何如此不公？为什么我与她的重逢，要以她儿子的死为代价？如果这件事真的互为因果，我情愿此生永不与她相见！我情愿孤苦独居、终老一生！
>
> 哈哈哈，他骂我们奸夫淫妇！这世道，容得下贪官巨贾、屠夫淫贼，却容不下冰清玉洁的爱情！既然老天让我们重逢，今后我就是顶着千夫所指、万人唾骂，也决心对她不离不弃！

这后来的日记，是我神志不清的病中：

> 我的爱，就让我天天这样守着你、看着你，为你求医问药、为你洗衣做饭、为你梳头洗脸。这是我极致的快乐、这是老天慈悲的恩赐！哪怕你从此永远昏睡不醒，我也要守着我的睡美人走完一生；哪怕岁月吞噬了你如花容貌让你形容枯槁，你在我心中永远是梅花夜月下那个身着粉色衣裙、素手操弄琴弦的及笄少女！

我已热泪盈眶。坐梳妆台前，忽然抬头看见镜子里的自己——

几个月光景，竟然变得面色憔悴、目光呆滞，昔日的桃花眼已成了一双泪泡眼，眉头原有的浅浅的皱纹更加深了，一头乱发像一蓬干枯的荒草。

母亲说：

这几个月，柴扉除了偶尔去南京办事，多数时间是整天陪着你。你有时把他当作薛牧野，又打又踢，他都默默忍受，从不生气。他说不管你将来是否好得了，只等和薛牧野办了离婚手续他就娶你。他说这三年来找你找得好苦，以后再也不让你离开他半步了！

母亲啊，你想女儿现在这个样子还配得过人家吗？他是那样优秀，不能拖着一个病人过一生啊！他越是对我们好，我们越是不能误了人家。他应该有他的事业、他的天地，不该为我这样的病人葬送一生。我想，等我把婚离了，还是离开苏州走得远远的躲起来。我会把你一起带走，我有苏绣手艺，天涯海角都可以谋生，从此母女俩相依为命。

小青，你就忍心让我再为你死一次吗？——忽然，柴扉在客厅里答话，不知他几时已经回来了。

哦，柴扉回来了？来，快进里屋坐坐。小青今天好多了，和我说了许多话。——母亲说。

小青，没有你的日子，我失魂落魄，像行尸走肉一般，跟死了有何区别？这一次，我无论如何也不让你离开我了！记住，我对你的感情，绝不是可怜、怜悯，更不是什么情操、道德！这些冠冕堂皇的词汇通通不要安在我的头上！就一句话，我需要你，没有你我会干死、渴死、枯死！小青，你如果忍心让我再死一次，你就去"远走天涯"吧！

我忽然放声大哭，哭得天昏地黑，几个月来积累在胸腔的悲愤，此刻喷薄而出。

柴扉抱住我的头，像哄小孩一样地轻轻拍打我的背：

哭吧、哭吧！哭出来就好了。

母亲悄悄退出。

他拉我在身旁坐下。

小青，来，说说我们的将来。薛牧野已经通过法院起诉离婚，法院传票都到了，只因为你在病中，此事就拖了下来。不管怎样，他与你已经是覆水难收、恩断情绝。待你离了婚，我们立即去办结婚登记。结婚后，我想带你离开苏州这个伤心之地。

去上海江南美院？

也不想再回江南美院。我们接了伯母，一起去南京生活好吗？南京有我的父母，我们家还算宽敞，有三室两厅两厕。

我母亲还有两年才能退休。

那就两年以后接她。我们在南京可以开一个画廊，你搞苏绣、我作画，凭我们的作品，生计不会成问题。我们就做一对为艺术而生的自由职业者、一对隐居闹市红尘的陶渊明。闲暇了，你抚琴、我吹箫，过一种与世无争的平静生活，生儿育女，执子之手，与子偕老。小青，你说这样好吗？

柴扉——

柴扉？你叫我"柴扉"？再叫一次，我喜欢听！

柴扉，你还没有问我，当初为什么不辞而别？

是呀是呀，自从那天公园重逢以后发生了这许多惊心动魄的事情，我还没来得及问你呢，这是一个困惑了我几年的谜。

薛牧野是我父亲的学生，在我还是十三岁的小姑娘时，他就暗恋我了。后来我父亲出车祸，是他一手替我们支撑起这个家，为了让我和家人过得好，他甚至放弃自己所学专业，去当一个他最厌恶的房地产商。元旦晚会的琴箫合奏，他竟偷偷跑来看了，我们珠联璧合情侣般的演奏让他受不了。他去喝了个烂醉，回酒店时倒在雪地里，第二天发高烧大病一场，都为的不放心我。我感恩他对我们家做的一切，对他的痴情动了恻隐之心，就和他有了第一次。谁知寒假过后开学前，我发觉怀孕了！你知道，我和你之间从未有过任何表白，更无海誓山盟，但不知为什么，此时竟然觉得有愧对你的感觉，很害怕你知道此事，不敢以不洁之身来面对你，更不敢前来与你告别。我怕，只消那"我爱你"三个字从你口里说出，我会把持不住自己，所以只有选择决绝地离开。我很快和他办了结婚手续，私心只有两个愿望：一是从此安心与薛牧野好好生活；二是促成你另找一个好姑娘。

小青啊，感谢你把这些隐私都告诉我。真正的爱情是超越婚姻、超越肉欲、超越年龄、超越财富的。我何尝在意你是否已经为人妻、为人母？说什么"不洁之身"？不管你变成什么样子，在我心目中你永远是那个及笄之龄的清纯小少女！当年自从你把薛牧野介绍给我认识，我就知道你是有男朋友的。我愿意和他公平竞争，但是没有料到事情急转直下，你的突然消失，让我一脚踏空，陷入无边无际的绝望里。你以为你的离开就促使我另找女朋友？错了！

江玉兰对你是一片痴情，只是她没有说出口罢了。我知道，美院里还有许多女孩子也暗恋着你，她们都比我条件好。

江玉兰，无论她对我怎么好，我最多把她当成小妹妹。是的，从我在北京上大学、到后来去江南美院任教，崇拜我的女孩子"粉丝"们倒是真的不少。但爱情这东西确实非常微妙，看尽了繁花千朵毫无感觉，不经意间却被一个眼神、一个身姿、一次邂逅便攫获去了整个灵魂，从此无法自拔。就像我日记里写的，那种感觉是一种无可救药的沦陷，是一种甘心情愿的被蛊，更是一种如入仙境如饮甘霖般的美的极致。

柴扉啊，像你这样以生命去爱的人，应该找一个干干净净的痴心女子才配得过，这样才公平。我已经是有伤心史的一支残花败柳……

不许你这样糟蹋自己！你糟蹋自己也就是在糟蹋我！这件事不容商议，你说我霸道也罢、傻气也罢，这辈子就只爱你，无可救药！你若不允，我就在你家赖着不走，天天给你端茶送水、帮你求医问药，耐心等待。亲爱的，知道闻一多的《贡臣》吗？

> 我的王！
> 我从远方来朝你，
> 载了满船你不熟悉但必定中意的贡礼。
> 我兴高采烈地航行到这里，
> 哪知道你的心……唉！
> 还是一个退潮的海港！
> 我悄悄地等着你的爱潮膨胀，
> 好浮起我重载的船只……

小青，这是闻一多写给他妻子的诗，它正好代表我此刻的心情。

柴扉热情的、滔滔不绝的诉说，使我冰凉的心像遭逢缕缕和煦春风，化作一泓春水汩汩流淌。

我终于投入他温暖的怀抱，答应和他携手，面对今后的人生。

第十七章　琴箫和鸣终有望

柴扉仍然住在校招待所。他说一是为了还我以公正清白，二是为了不让我母亲觉得他草率从事，他必须风风光光地迎娶我，不能让我有半点委屈。我已经给法院打电话，告知我已经病愈，可以安排审理我与薛牧野的离婚案了。

等你离婚手续办了，我们马上就在苏州登记结婚，然后请上伯母同我们一道回南京。两家的老人加上我绘画界的老师、朋友，订上几桌酒席，我要明媒正娶！我要让所有的人知道柳小青在我心目中的分量！

你说今后我们开画廊？

215

　　我准备辞去江南美院的职务，当一个专业画家。先在南京秦淮河区租一处门面开一个画廊，那一带有许多大学，来往的文化人很多，不管你的苏绣还是我的绘画，自会有知音懂得。过几年等攒够了钱，我们去南京郊区我外婆乡下简简单单盖一个竹篱茅舍小院。

　　你外婆是南京郊区的？

　　是呀。外婆还健在，与我舅舅住在一起。他们建了新房，旧房院却是没有拆的，空着个废旧院子在那里。以后我们把那个废旧小院改建成竹篱茅舍的庭院，小院旁边还有一口塘，我们可以种些荷花，再搭建一个荷塘水榭。白天我们潜心绘画、刺绣，到晚来，明月荷塘，凉风水榭，你弹琴、我吹箫，那是何等的世外桃源、何等的神仙境界！到时候把两边的老人接了来同住，让他们颐养天年，我们还要生许多孩子，起码要两个吧？小青，你说这样的生活可好？我们彻彻底底忘掉过去的一切不幸，让生命重新开始，好吗？

　　柴扉，我喜欢与世无争的田园生活，特别是受了这许多打击之后更是愿意逃离红尘。我理解你的苦心、你的体谅、你的牺牲。甚至你为了让我生命重新开始、带我离开伤心之地，而甘愿辞去江南美院的职务。

　　不是牺牲哈！是获得。上天终于把你重新赐予了我，我就是天底下最富有最幸福的男人！我说过，不许把那些冠冕堂皇的词汇安在我头上，是我需要你！

　　柴扉，你要记住，你是中央美院的高才生、是一个如日中天有前途的青年画家。我担心辞去美院职务后，你的绘画事业从此萎谢。

　　哦，小青你是不了解，搞艺术创作和搞教学完全是矛盾的。待在大学校园里怎么出得了好作品啊？能够当一个专业画家才是我们这些人梦寐以求的理想！教书，只不过是为生计所需罢了。现在城里许多专业画家都跑到城外租农家房，一住就是几年，身心与大自然融为一体，与劳苦的百姓融为一体，画大自然、画老百姓，创作了不少接地气、有分量的好作品。我相信有你在我身边，在青山绿

水的大自然里，我不愁画不出好画来。到时候我还要再为你画许许
多多的写生呢。

你这样说，我就安心了。不然你的辞职总是让人难以接受的。
乡下去建一座竹篱茅舍、两边老人接了一起住、画画、刺绣、弹琴、
吹箫、生许多孩子……这一切都是我向往的。可是需要钱哪！

钱不是大问题。我可以托在北京的师兄弟们帮我卖画，我的画
在京城供不应求呢。一年卖上几十幅，二三十万是可以挣的，还有
南京这边经营的画廊，加上你的苏绣，一年总有四五十万收入吧。

让我想想，看能不能想出个主意，为将来的家出点什么力。

喂，不许胡思乱想，薛牧野的钱我是一分不要的哈！

当然不要！他起诉离婚，无非要把婚姻破裂的缘由归罪于我，
特别是小牧……当然，小牧的死我有不可饶恕的责任！

小青，不要再往伤口撒盐了。以后我和你共同面对！

薛牧野起诉离婚，无非是生怕我在财产上占他的便宜。殊不知
他还是没有真正了解我柳小青哪，我早就想过，如果真的有分手那
一天，我一定净身出户，身上纱都不会沾他一丝！

好！小青有志气！多少人离婚时为了财产争得你死我活，我们
不屑做那样的人，真的是不稀罕薛牧野那几个钱！

我说的想想主意，是这样：昨晚我在电视里看见，北京故宫的
考古专家已经来苏州，鉴定了一幅唐代宰相苏味道的书法作品，已
经鉴定出是真迹，估价在一千万左右。

我明白你的意思了，你是想把家里这幅唐画《枫桥夜泊》卖掉……
不许你打它的主意！

不要紧张吗，难得故宫的专家到我们苏州，鉴定一下总是可以
的吧？我们家这幅画，父亲的同行们都说是伪托的赝品，说查遍史
料只知道杜牧有个红颜知己张好好，哪有个青楼女子柳含烟？父亲
在世时就有个愿望，希望这幅画能够请北京故宫的文物专家鉴定。
母亲已托人打听到北京来的专家住的宾馆和电话，她电话联系过了，

专家们还有几天才离开苏州，约我们明天九点钟左右拿了画去宾馆鉴定。我们可以顺便请他们给估个价。

估价可以。我们有言在先，不许你动卖它的念头！当然，以前这幅画不为世人所知，鉴定后如果是真品，就必须把它借存在银行保险柜，放家里不安全。

所以我说还是让故宫收购了去安全些。家里不是已经有一幅你临摹得惟妙惟肖的《枫桥夜泊》了？越是宝贵的文物越是应该交国家收藏才能够传世。在民间太容易损毁，损毁了且不太可惜？

将来作何打算是将来的事，总之我不赞成你为了我们未来的生计而卖掉这个传家宝。我是男子汉，让我来撑起这个家！"牛奶会有的，面包也会有的"！

正说话间，电话铃响了，我去接，却是法院通知明天上午开庭。

明天我正好有事，后天可以吗？

已经安排了。你不是病已经好了吗？薛牧野那边已经通知了。明天上午十点钟准时开庭。

柴扉在一旁悄悄说：

十点可以。鉴定文物要不了多久，来得及。

那好，就十点吧，明天我准时到庭。

母亲做了一锅肉馅面：

小青，明天是什么日子，你都忘了？

什么日子？

明天你生日啊！你都满二十三岁了。今晚我们吃寿面哈！

呵呵，生日快乐哈！明天我们买个大蛋糕，好好庆祝一下！——柴扉高兴得像个小孩。

第十八章　血溅《枫桥夜泊》图

这天早上我们起得早，柴扉从招待所过来一起吃完早饭，就张罗着把《枫桥夜泊》取下。

有盒子没有？

没有，就宣纸裹一裹吧。

哈哈，我想起一个亿万富翁用破布袋子装钱的故事。

我们一会儿骑自行车抄小巷去宾馆，只十多分钟的路程，比跑到大街打的还快一些。法院也正在这条路线上，顺路。鉴定完毕，如果是真品，我们就把画寄放在宾馆贵重物品存放处。然后……

然后我陪你去法院。

柴扉，你去，岂不更添薛牧野口实？他会向你泼脏水的。

不怕不怕。记住，薛牧野说什么我们都照单全收。我不认为那是"泼脏水"，相反，我以与你柳小青有"私情"为荣耀！无非他就是不要你分财产嘛，我们何尝稀罕他的几个钱？你看，我们越是辩解，他会益发猖狂；若是"照单全收"，反而会让他气急败坏！就是承认我们有私情、就是承认我们好得来如胶似漆，他便要怎样？

也好。是的，在他面前我已经无须辩解。

柴扉骑上我的自行车，我坐在后座上，怀里抱着《枫桥夜泊》画卷。

母亲追到门口说：

注意安全。事情办完回来好好吃顿午饭，我准备了许多好吃的，给小青过生日。

我们回来时去买一个大大的蛋糕！——柴扉在车上向母亲开心地喊着。

我在后座上侧身坐着，给柴扉指路，穿过小巷，倒左、倒右、再……
到了一条僻静的小街。我告诉柴扉：

　　这条小街可以通到法院的。一会儿我们回来，从这小街转一个岔路就到法院了。

　　好的，我开船、你掌舵。我听你指挥就是。

　　小街很冷清，几乎没有车辆行走。柴扉骑着车在街心飞驰，孩子般地喊着：

　　小青，带着你飞奔，好爽呀！好幸福呀！

　　忽然从街口迎面驶入一辆蓝色越野车，柴扉把自行车往右一打，应该是躲开了，可是那越野车却不单没有减速反而发疯似的冲了过来！电光火石般，柴扉右臂朝我猛力一推，我重重地摔到马路边上，他和自行车却撞到车头上了！我赶紧爬过去一看：柴扉倒在车轮下，头上已经有鲜血汩汩浸出！这时车上的人也下来了——天！这人居然是薛牧野！

　　是你？你杀了他？

　　快，快！救人要紧！

　　他弯腰抱起软瘫的柴扉就往车里放。一边说：

　　我不是有意的，我看见是你们，心里一慌，刹车时却错踩了油门。

　　我胡乱拾起地上散开了的《枫桥夜泊》画卷，跟进车去，抱住柴扉，把他的头轻轻安放在怀里。

　　柴扉，你忍住，忍住，我们马上去医院！

　　嗯，嗯，小……青……

　　他含糊地答应着，嘴里冒出血泡。

　　我用嘴唇、舌尖舔去那些血泡。他满足地闭上眼睛，努力做出一个笑容，眼角却沁出泪珠，泪珠和着血水掺在一起。我心痛如刀绞。

　　柴扉，柴扉，你挺住，不会有事的……啊？

　　他只是无力地"唔，唔……"一路上，意识好像已经模糊，但一只手仍然紧紧抓住我。

　　我不断催促薛牧野开快点，这段路仿佛好长的。我怕他昏死过去，不断喊着他的名字：

柴扉，马上到医院了，进了医院就有希望了！柴扉，你挺住……

忽然，他神智好像一下子清醒了些，眼睛睁得好大，吃力地说：

小青，我好悔……悔，没有给你……留下……孩……子……

最后一个字说完，他的头耷拉一旁，握住我的手松开了！

柴扉，柴扉！

我用手探他的鼻孔，已经没有气息！眼睛睁得好大。

终于到医院了，薛牧野把他抱下车，马上有担架来抬到抢救室，放在检查床上了。

我感到天旋地转，眼前直冒金星，只听见有人说：

病人已经停止了呼吸。脉搏没有了。

我两腿一软，跪下去了：

医生，他没有死，你救救他！听说刚刚停止呼吸的人，打强心针是救得活的！强心针，给他打强心针！医生，治病救人的医生，我求求你们！——我爬着去拉住了医生的腿。

冷静点，冷静点，病人血液已经没有循环，怎么还打得进强心针？

孩子啊！——母亲忽然来了，大概是薛牧野给她打的电话。

妈呀！——我一下子扑倒在她怀里，哭昏死过去。

我是第二天下午醒来的。睁开眼睛后，只希望昨天的事情是一个噩梦。但从母亲的表情我知道，惨烈的现实已经永远无法挽回了！

母亲说，薛牧野从柴扉手机里找到他父母家的电话，打电话到南京，通知他们来处理后事，他父母昨天下午已经赶来了。

我要去为柴扉送行。

孩子，你这样虚弱，怎么去啊？

母亲，你就依了女儿吧！不要让我遗恨终身！你陪我去一趟吧。

我撕了块黑布做了个黑纱缠在臂上。母亲搀扶着我去打的，找到了柴扉父母住的宾馆。

薛牧野也在那里。

柴扉尸体今天上午已经火化，好像是薛牧野帮忙去处理的。见我们母女来了，薛牧野给让了座，然后当面向柴扉父母下跪：

我罪不可赦！我马上就去投案自首。如果今后还有弥补的希望，我愿出狱以后奉养二老终身，永远当你们的儿子，孝敬二老。如果判我故意杀人，我甘愿伏法。我的财产有两千多万，分为三等分，一份给二老养老，一份给我父母，一份给小青母女。

薛牧野，钱财现在对于我还有用处吗？我不要你的钱，只要你给柴扉偿命！

小青，我不是企图以钱财来祈求你原谅。出了这种事，我也无法原谅自己。如果法律判我偿命，我一定伏法，毫无怨言。先是小牧的死，现在是柴扉的死，两次事件让我把人世的金钱名利全部看透了。我现在都觉得人活着没有什么意思。

你以起诉的方式离婚，难道不是为了财产？

不是，不是啊，小青你不知道我心里的苦！我是为的报复。我恨你把小牧弄丢了，恨你与柴扉……你不知道，我曾经偷看了你秘藏的舞台演出的照片，我怀疑你心里一直有他！当然，是我对不起你在先。

周红艳又是怎么回事？

自小牧出事，我回西安就和她分手、把她从公司解雇了。是她自己告诉我，她给你打电话的内容，这个恶毒的女人！我后来推测那天小牧出事，与你接了她的电话，扰乱了情绪有关。

她不是已经怀了你的孩子？

哪里有什么孩子？分手时我专门带她去做了检查。她深知，在我面前，她只不过是一个供我临时消遣的对象，所以来了最恶毒的一招离间你。当然，我承认自己也有普通男人的弱点。

你那次回苏州，不是来找我办离婚的吗？周红艳说的。

这恶毒女人的话你也信？你知道，平时我就有这个习惯，我是想不声不响回来，给你一个惊喜。可惜"离婚"二字倒被她一语成谶！

小牧出事那天，我因撞见柴扉在场，顿时就失去了理智，有许多过激言辞和行动。其实回西安后我就后悔不该这样冲动，曾经不止一次给你打过电话，你手机始终关着，打电话到你家座机，刚好是柴扉接到。于是我更加妒火中烧，这才真的就起诉离婚了！因为我知道，我们之间真的完了！

现在说这些还有什么意义？

是啊，是啊，已经毫无意义。我把柴扉的后事安顿好，马上去投案自首。我不想申辩，哪怕判我为故意杀人，我也无法辩解，我也不愿辩解。因为当时确实是我错踩了油门，我与柴扉又有过节，哪个法官来审理都会这样结论。我甘愿以死谢罪！

薛牧野说话时面色苍白、心如死灰的样子。

柴扉父母悲痛得没有任何言语。

我恳求柴扉父母，让我护送柴扉骨灰回南京，被他们婉拒了。我明白，他们把我看成悲剧的根由：儿子在江南美院教书教得好好的，为一个有夫之妇跑到苏州来，最后死于她丈夫车轮之下。老人家无论如何也无法原谅我！对柴扉的死，我也确实难辞其咎！

第十九章　白衣庵的召唤

我不知道是怎么回家的。

家里一切让我触目惊心。柴扉临摹的《枫桥夜泊》还摆在书桌上，椅子上搭着一件他出门前脱下的外套。仿佛他只是上街耽搁，一会就回来，孩子般的笑着喊："小青，我回来了！"

可是这幅溅了他斑斑血迹的《枫桥夜泊》古画，却分明告诉我——他永远离开了，再也不会回来了！

柴扉，如果追随你到阴曹地府，能够找到你吗？黄泉路上，你一定还没有走远，我且能让你孤单一人行走？我要来陪你！

母亲见我怔怔忡忡的样子，生怕我再犯病，她班也不上了，请假在家整天陪着我。母亲啊，你经受的苦难也太多了，女儿此番即使决心离去，也一定要为你安排一个归宿，让你脱离这红尘苦海。

我对母亲说：

母亲，这幅古画《枫桥夜泊》虽然溅了血迹，但仍然是一幅珍品，你拿去宾馆，交给故宫博物院的专家，不必估价了，就捐献给国家作为文物收藏。这幅柴扉临摹的《枫桥夜泊》，你去邮局寄给柴扉工作过的上海江南美院，留着做个纪念，地址我一会抄给你。我的苏绣《枫桥夜泊》，你拿去捐赠给我们苏州的苏绣博物馆。

孩子，你安排这些，你要怎样？你可千万不要寻短见，妈妈已经伤不起了。

母亲，女儿不寻短见。我们商量一个事。

什么事？只要你不寻短见，什么事妈妈都可以依你。

你一生笃信佛学，现在家里遭逢了这许多苦难，你愿意提前退休，随女儿去白衣庵，做一个带发修行的居士、了断这红尘的烦恼吗？

愿意，愿意。只要你好好活着，妈妈愿陪你到任何地方，何况是皈依佛门。

我不敢说出自己的真实想法，先安排母亲去了白衣庵住下再说。

母亲按照我的要求，把三幅《枫桥夜泊》一一作了交代，去学校办理了提前病退手续。

我们只简单带了些换洗衣服，带走了慧静送的玛瑙佛珠。

离开家时，母亲还仔细锁好了门。我惨笑说：

母亲还是对红尘留有一丝挂牵啊！难道出家修行还要回头顾盼这个俗世的家？

母亲只苦笑，没有回答。

登上了去白衣庵的路，心里一下子轻松了许多。

慧静已经在山下的路口等待，这里原是一个古渡口，一块风蚀的残碑隐约刻着"枫林古渡"四个字。母亲说过，慧静是有神通的，她一定知道我们要来。

果然她说：

知道你们今天会来，我一早就在此等候。

她把我们让进客堂，小徒弟奉上茶水。

佛门不是遭受重创的人的避难所，这一点你们一定要搞清楚。学佛的宗旨是"明心见性"、"了断生死"。

慧静什么都没有问，我们什么都没有说，但我相信我们遭遇的一切她全都知道，所以她才会说这么一番话。

她给我和母亲各安排了一间房。我们每日里打扫佛殿、朗诵经文，有时去种植果蔬、帮忙做厨。

母亲脸上渐渐有了红润。慧静以前就说过，我母亲是有慧根的人，悟性高，容易度化。

我却是精神恍惚忧心忡忡地度日如年。

慧静说：

小青，你现在还是没有走出情天恨海啊！

师父，"桃花劫"的预言，不幸让你言中了。

这是情劫，劫数如此，无法逃避。

发生了这么多事情，我实在无法面对……

"五蕴皆空"，"四大皆空"，一切都是幻相。想开些，慢慢放下吧！

师父，叫我如何放得下啊？一个活生生的人就这样死在我的怀里！

慢慢来吧，"迷"和"悟"也在一念之间，强求不来的。

我自己，一生都弄得这么糟糕，还谈什么"迷"和"悟"啊？于今放心不下的，唯有我的母亲了！

你母亲你倒是不必担心，她一生笃信佛学、为人良善，最终会有善果。

慧静的话使我放心了些。我在悄悄等待，等待母亲彻底抛弃红尘烦恼，安心在白衣庵住下来，时候到了，我自会追随柴扉而去。

就这样晨钟暮鼓中度过了一个多月。

那天和母亲谈起诵读《金刚经》和《心经》，她老人家大概为的开导我吧，委婉地说：

《金刚经》说，"一切有为法，如梦幻泡影，如露亦如电，应作如是观"，人生真是无常，来也空空，去也空空，不要太执着于红尘的虚相。

是的，《心经》说得好：五蕴皆空。所以，女儿在你面前，其实也只不过是幻相罢了——我也在用佛学来劝解、暗示她老人家。

相由心生。你也应该在心里慢慢放下柴扉……

"柴扉"二字像一记重锤，猛击到我心中最柔弱处，心剧烈的一痛——我知道，我并未真正忘记，或许从来就没有忘记。

不过，母亲倒是逐渐开始明心见性了。只要真正明心见性，就可以超越红尘一切痛苦。我想，我若离去，佛法也会伴她颐养天年的。

我要追随柴扉而去。柴扉，你是为我丧命的，让我到黄泉路上找你，不能让你独自一人在黄泉凄苦无伴啊！

那天，慧静师父有事去寒山寺了，母亲在她的房中独自打坐。我悄悄去换上那件"曹衣出水"的藕荷色连衣裙，戴上玛瑙佛珠，这是柴扉初见我、为我画"桃花弱不胜罗衣"时我的装扮——我要让他在黄泉路上认得出我！

我偷偷从白衣庵侧门溜了出来，往山下走去。

太阳荒荒，那《枫林古渡》的残碑在阳光下白得刺眼。

渡口有一路石梯通向水里。既然是可以停船的"古渡"，这里的水一定够深。

柴扉，我们曾经的竹篱茅舍、荷塘月色、琴箫和鸣、相伴到老的誓言，都成了水上的泡沫一般烟消了吗？怎样的代价才能够换得爱情地老天荒？如果以我的生命可以换取你复生，我愿意为你死一千次！

如果这样也不能使你复生，就让我到黄泉找你。柴扉，等着我！我这就来陪你，我要为你再弹一曲《凤求凰》！

我从石梯往下走，脚踩到水里，往下，再往下，水齐腰时，我奋力往水里一扑——

小妮子你干啥？

突然一只手从后面抓住了我的右臂！

回头一看，是慧静！

我奋力挣扎：

你让我去，让我去！我要去陪他！

如果你此去找不到他呢？岂不白送了性命？

我相信他在黄泉路上还没有走远！他会等我。如果过了奈何桥、喝了孟婆汤，就来不及了，他就认不出我了！你放开手，不要耽搁我的时间！

你认为他会等你？如果真的是这样，车子碾过来的一刹那他为何要把你推开？他为何不拉着你一起死？

你？你什么都知道？

我当然知道。我不单知道你与他的今生今世，我还知道你与他的前世因果。当然，你现在最想知道的是杜柴扉去了哪里。

师父你是不是编故事哄我开心，让我断绝寻死的念头？

何必"编故事"？我会让你亲自看见你曾经的一切。

看电视？庙里没有电视机啊？

哈哈，电视剧难道就不是在"编故事"？我说过，不会是"编故事"哄你。我要让你亲自看见，让你知道所有因缘际会的真相。

顿了顿，她又说：

不过，这是有条件的哈。

什么条件？

先要你回归本性。

不就是佛家说的"明心见性"吗？我知道。

"知道"未必"做到"。你以死来殉红尘之恋，便是没有真正"明心见性"的表现。

怎样才算是真正"明心见性"呢？

看破红尘幻相，彻底斩断尘缘。

见我无语，慧静又说：

死，你都不怕，难道还害怕斩断尘缘？

我承认，我是丢不开柴扉，他死得太惨了。

一切都是无常的，一切都在刹那当中生灭。你丢不下，是因为你红尘劫难还没有受尽。小青，一步步地回归本性吧。

我乖乖地跟着慧静回到庙里。

母亲还在她的房中打坐，刚才发生的一切她全然不知。

慧静说：

你母亲一生笃信佛学，为人良善，慧根很好，而今虽以居士身份修炼，但将来是能成正果的。

我们没有打扰她。

慧静把我带进了观音大殿，自己出去了。看见慈眉善目的观世音菩萨，好像离散的孩子忽然见了娘亲，我终于忍不住嚎啕大哭，拜倒在菩萨面前，心里有一种想投入菩萨怀抱的冲动！经历了刚才古渡口的一幕，仿佛此刻已是二度人生。

菩萨啊，我曾经发愿修复你手里的柳枝，可因为凡尘俗事太多至今未能如愿。慧静师父曾说，修复柳枝不靠金钱不靠劳力，只需大智慧。这是怎样一种"大智慧"呢？红尘太多的苦难，此刻我多愿意化为你手里柔软的柳枝，被你法指拈住，去红尘为人间播撒慈云法雨！

小青，你的这种想法就是大智慧！——慧静不知几时已经站在我身后，她已然知道我心里所想，接过了我的心语和我对话。

此刻，她拿出一领僧衣、一把剃刀，分明地摆在桌上。

我什么都明白了，这是慧静说的斩断尘缘的第一步。

我们什么都没有说。我在菩萨莲台下落座，闭目垂眉，心如死灰。慧静师父站我身后，剃刀凉飕飕，一寸寸地刮尽三千烦恼丝。柔柔的青丝渐渐落满双肩、落满胸前……青丝落满一地。

忽然想起《红楼梦》里的一支"寄生草"：

漫揾英雄泪，相离处士家。
谢慈悲，剃度在莲台下。
没缘法，转眼分离乍。
赤条条，来去无牵挂。
那里讨，烟蓑雨笠卷单行？
一任俺，芒鞋破钵随缘化！

　　母亲不知何时已经来了，她专注地着看我换上僧衣，合十道了声：
　　阿弥陀佛！此生能够得闻佛法，是我们的福分。但愿我们母女从此离苦得乐，将来往生极乐，永远超越红尘的生死轮回。
　　慧静师父给我取法号名"清然"。
　　每日里打扫佛殿、晨昏诵读经文。慧静叫我诵《心经》。
　　师父，《心经》"色即是空"的道理，我还是没有真正接受啊！我虽然身入空门，心却还在红尘之中。我忘不了杜柴扉鲜血淋漓地死在我怀里的那一刻！是我害死了他，我罪孽深重！"心无挂碍"，我实在做不到啊。
　　慢慢来吧，待你明白了一切因果真相，你自然就会放得下了——慧静缓缓地说。

第二十章　禅定中看到的前世因果

　　那天师父问我：
　　清然，出家人的禅定，你知道吗？
　　知道一些，好像就是打坐时进入的一种状态。
　　禅定是明心见性的归宿，是解脱人间一切烦恼的菩提。明心就是不迷，见性就是悟证本真。也就是说，禅定可以追究生命的真实和它的本来面目。

能够看到前世今生？

是的。有一种人，天生的有慧根，无意之间看到了自己的前世，在现实里得到印证以后，从此走进了佛学研究，甚至皈依了佛门。但多数人学佛，是抱着各种动机，比如祈求菩萨赐福或者免灾祸，这样的人不管怎么修炼都进入不了禅定的状态，即使打坐时看见了什么，也并非真相，而是走火入魔。

师父，你看我呢，我有慧根吗？

你岂止是有慧根，简直就是有仙根。

师父，我惹你不高兴了？

对你说真话呢，你以为在骂你？

那，你为什么一直没有教我禅定？你知道，我期待着了解真相……

你堕入红尘沾染了太多恩怨情仇，积习太重，要挣脱红尘羁绊，必须经过几番大悲大苦的历练，方能机缘成熟。要知道，许多人修炼了一辈子都不能进入禅定状态，但是你，不一样，刚才我说过，你是有仙根的，只不过被红尘习气迷了本性。

我是什么仙根呀？

这个，现在暂时还不能告诉你。好了，随我来吧。

师父把我带进禅房，室内已经幽幽燃起一炷篆香，这种篆香有刻度，可以计时。地上已摆好两个蒲团。

师父和我各坐一个蒲团，她令我像她那样跏趺而坐、双手结印，然后缓缓地说：调整呼吸、平息杂念、关注内心……

师父喃喃地说着，渐渐地我已经听不清师父说话……

是唐朝，我降生在姑苏城慕容丰家，父亲在朝廷为官。我降生前一天，下了场雪，母亲说，都春天了，还下雪，好吉兆啊。降生那天早上雪晴了，阳光映照瑞雪，很美，父亲便给我取名慕容映雪。

满月那天，来了许多客人，城外白衣庵师父慧静送我一串玛瑙佛珠，母亲替我收藏了。

那一年我已经五岁了。爹爹从长安回来了，那是一个肃杀的深秋，爹爹带领全家去城外寒山寺敬香，祈求神灵保佑一家平安、免遭奸臣陷害。但是爹爹还没有来得及返回长安，朝廷圣旨已经降下，慕容一家满门抄斩。

仓促间母亲把我交给奶娘从后花园暗道逃生，随手给我戴上那串玛瑙佛珠。我和奶娘逃到城外寒山寺的枫桥脚下，遇见扬州名妓花如雪正在登船，万般危难中，她接受了我。

花妈妈给我取名柳含烟，隐去我的家世，对外只称我是张姓人家女孩，原名"张好好"。转眼我已经十三岁，我长成一个亭亭玉立的美少女，在妈妈花如雪的调教下，琴棋书画样样皆精。

那是怎样一个迷人的暮春啊！那天东风骀荡、柳絮如烟、繁花似锦，十里扬州沸腾了，那么多歌姬热切企盼着打马而来的诗人杜牧的眷顾，他却从天而降一般，选择了不管不顾地在珠帘内弹琴的我。还即兴作诗一首为我吟诵：

娉娉袅袅十三馀……

那是我们的定情诗。原来两情相悦是这样的美妙，可是美妙的爱情却逃不过宿命。

公子升职、上调长安，临行再三叮嘱花妈妈，以三年为期，他一定回来赎我。

公子一去三年杳无音信，妈妈花如雪要与心上人团圆，从良去了，花月楼也要转卖。我无处可去，万般无奈中被金陵黎公子赎去做妾。黎公子敬重杜牧文章学问，同情我的遭遇，对我秋毫无犯。一个月后他去扬州打听到杜公子消息：却原来啊，杜公子上调长安后，急于为我爹爹洗雪沉冤而激怒权贵，三年前就获罪发配岭南了。三年来杜公子无法与我通音信，更无银子为我赎身。所幸三年后新皇宣宗登基，权奸尽除，公子官复原职。杜公子回京复职时专程绕道扬州找我，惊见人去楼空，且又与去寻他的黎公子失之交臂。

在黎公子掩护下，我女扮男装逃出金府，乘船去至扬州寻找杜公子，谁知公子已经带着满腔悲愤拖着病体回长安去了。金府却以捉拿逃跑的女奴为由，追杀至扬州并报知官府捉拿于我。我携《枫桥夜泊》图和杜公子赠诗逃至姑苏，去寒山寺祭奠爹娘后自尽，却被白衣庵老尼慧静救下。

想不到在寒山寺巧遇了屠刀下逃生的爹爹。虽然新皇已将爹爹冤案昭雪，但爹爹已经皈依佛门再也不问政事了。

慧静劝我了却尘缘，我却一心要去长安寻找杜公子。

慧静叫我打坐。我偷跑去白衣庵山下，巧遇一位年轻公子。

慧静说年轻公子就是带我去长安的人。我莫名其妙地被带进了皇宫，只知道年轻公子是"七郎"。

我被叛军劫持，七郎冒死前来相救——却原来，七郎就是当今圣上，就是平反杜公子和我爹爹冤狱的新皇宣宗皇帝！

七郎对我百般怜爱，我却向他袒露了与杜牧的海誓山盟。七郎同意安排我与杜牧见一次面，尊重我对爱情的选择。

谁知太后生日宴会上，有人谋杀皇上，我为七郎挡了毒箭、杜牧又飞身为我挡毒箭。我与杜公子，两个濒死的人在悲痛欲绝之中终于见了一面。杜公子临死许我千年之约。

我魂归白衣庵，又见慧静。慧静说，境由心生，一切皆是幻相。如今俗缘已经了结，该随她"回去"了。

我不明白也不愿意去理解慧静所说的"回去"，执意要泅渡红尘苦海去赴杜牧千年之约。

慧静见我执迷不悟，便说："菩萨念你一片痴情，允许你穿越一千二百年红尘，去与杜牧之践一个千年之约。"

她从我腕上取下佛珠，我被玛瑙里的莲花托住，穿越千年——

"哇"的一声大哭，我变成了柳小青……

"哇"的一声，我忽然从禅定中惊醒！

却原来，是在白衣庵的禅房！

睁眼一看，禅房的篆香才烧去一个时辰的刻度！

慧静师父已经出定，安详地看着我：

清然，你现在是在白衣庵。看到你的前世了吧？

大结局

DA JIE JU

SE JI KONG

色 即 空

第一章　真相大白

　　许久我才回过神——前世因果终于了然于心，多年来埋在心里的疑问、猜想，终于有了答案。

　　却原来啊，多年来潜意识里那如梦如幻的烟花三月扬州，头脑里几番呈现的如痴如醉的前世今生幻觉，并非偶然！

　　原来我前世真的就是那个青楼女子柳含烟！我和著名诗人杜牧在如诗如画的大唐王朝，上演了一出惊天地泣鬼神、凄美决绝的爱情故事，陪我们上演爱情故事的居然还有大唐天子李忱！那春风十里的扬州花月楼、那玉树临风般伫立于珠帘下吟诗的杜公子、那华美的大唐宫廷，以及寿庆时飞矢的毒镖……太唯美、太壮烈了！

　　杜公子临终重托千年之约，我不惜粉身碎骨泗渡红尘苦海，穿越千年而来，此生变成柳小青，为的是来践一个千年之约？——我问慧静。

　　是的。

　　那么，杜柴扉就是转世前来践约的杜公子？

　　正是。他正是来践千年之约的杜牧之。

　　难怪他说我是他三生石上的前世恋人，难怪他说离了我会渴死、枯死！难怪他不管我柳小青已经为人妻、为人母，甚至憔悴破损、形容枯槁、精神错乱，即使顶着千夫所指、万人唾骂，也对我不离不弃，直到以生命来保护我。

　　这是前世的因、今生的果。

　　既然菩萨许我穿越红尘来赴杜公子千年之约，为何要让我嫁给薛牧野？

　　那是你的劫数。

　　劫数满了，总应该让我和杜柴扉花好月圆，让我心痛不已的是，柴扉死得这样惨。

杜柴扉的死，是你心头过不去的一道坎吧？

是啊，这道坎我怎么过得了？只要想起杜柴扉我便心如刀绞。

看起来这个心结不解开，你确实无法明心见性。其实杜柴扉以车祸示现灭度，是菩萨为断绝你红尘之恋的一剂猛药。

为断我红尘之恋，让他惨死，那也太惨烈了！

凡有所相，皆是虚妄。

什么？你说柴扉的死也是虚妄？难道柴扉死于车轮下都是假的？——我急急地问。

他是红尘劫数已满，菩萨已经度他走了。

他去哪里了？

杜牧之才华横溢，年轻时即以一篇《阿房宫赋》震惊四海。玉皇大帝新近造了《白玉楼》，特地宣他上天作赋去了。以后他就是天上文曲星。

天！师父该不是哄我？

佛家人不打妄语，我几时对你说过假话？

啊，这样说，我心里好受多了。

不是"这样说"，是本相原如此。

前世的苦、今生的恋，完成一个千年的穿越，说到头还是以悲剧告终！

婆娑世界本身就是一个"苦"字，这"婆娑"二字就是"堪忍"的意思。你去红尘，本是历劫，是菩萨慈悲，用妙法向你显示世间本相。记住，这世上最真挚、最感人、最至高无上的情，未必是以"花好月圆"、"卿卿我我"来示现的。红尘里越是妙曼伟大的爱情，就越是有着大悲苦！

师父，我有点明白了。我也不后悔两次堕入红尘，虽则是"大悲苦"，虽则是"历劫"，我却领略了人间最极致最圣洁的爱情，这种爱是超越生死、超越肉体，甚至超越时空的。

一切都在刹那间生灭，即是圣洁的情爱，小妮子也无须执着。

师父，怎么老是叫我"小妮子"？我是谁？

你是谁，谁是你？且随我到观音大殿去，一会儿你就明白了。

我随同慧静去至观音大殿。

忽见菩萨手里的柳枝已经复原，柔枝碧绿、生意盎然。

是谁来修复了折断的柳枝？

没有谁"修复"。是那柳枝在红尘劫难已满，自己开始大彻大悟、回归本相了。

慧静师父的话永远是那么神秘莫测。

小妮子不是想知道你究竟是谁？来——

她指示我在蒲团上跏趺而坐，令我再次进入禅定。

是阳春三月，一个风和日丽的艳阳天。人间正是唐朝那个繁花似锦的年代。

观世音菩萨驾祥云自九天而降。我被菩萨温润如莲瓣的手指轻轻拈住，随菩萨去至西湖上空普降慈云法雨。

——我本是菩萨手里柔软的柳枝。

菩萨降下云头，我清楚地看见了红尘。

西子湖堤上，乱花迷眼、红男绿女如云。

忽然看见湖堤画桥上有一个美少年，他陶醉于江南的湖光山色，正在即景吟诗：

> 清明时节雨纷纷，
> 路上行人欲断魂。
> 借问酒家何处有，
> 牧童遥指杏花村。

我被这少年的诗句打动，更被他的美丰姿吸引，一点凡心暗涌，情不自禁，灵魂竟化作柳枝上的一滴甘露，飞向人间，坠落在少年的指尖。

少年为这江南的酥雨痴迷，竟然忘情地用嘴唇吸吮了这一滴甘露。

这少年正是从长安来江南游历的杜牧，那年他十三岁。

仙凡的一吻，互相都动了真情，一切全被菩萨看在眼里了。

菩萨慈悲地说：

柳儿，你与他有一段尘缘未了，只好把你打入红尘，去了此宿债。

我随即降生在唐朝姑苏城慕容家。出生时天降倒春寒，后又雪晴。老天已经预示了我今后坎坷悲惨的命运……

柳儿——

耳边忽听慧静师父柔声呼唤，我的神智一下子从禅定中走出，却见自己仍然是在白衣庵。

柳儿，现在你知道自己是谁了？一切因果，皆缘于那仙凡的一吻哪！

啊，却原来，我就是观音菩萨手里的柳枝！那西子湖畔人间三月天、那湖堤画桥上的美少年、那自九天而降、飞身红尘、仙凡的一吻，实在是太曼妙了！

所以，菩萨慈悲，让你去至红尘，了却宿债。

感恩菩萨！她老人家让柳儿去至人间，见到了"仙凡一吻"的美少年杜牧，和他经历了两世动人心魄、荡气回肠的爱情，了却了夙愿。却原来啊，人间最极致的爱情是至痛至乐、至乐至痛的！

烦恼即菩提。大起大落大悲大喜之后，方能证得菩提、参透生命的真谛，方能从生死爱欲的束缚中真正解脱出来。

如今柳儿到底明白了，红尘里所谓恩爱情仇、生死聚散、富贵荣华，到头来其实也只不过是凡间一些草草梦事！真是"如梦幻泡影"啊！

是的，一切皆空相。所谓的"红尘"，也只是随时光流转、因缘际会而呈现的虚幻之相。小妮子终于悟到"色即是空"的真谛了。

师父你总是唤我"小妮子"，你究竟是谁？现在可以告诉我了吗？

是的，现在机缘成熟，可以说了。我么，就是观世音菩萨座下

239

的那一朵莲花!

莲花?

还记得那一串玛瑙佛珠吗?

记得,那颗最红的珠子上有一朵莲花。

佛珠是菩萨所赐。菩萨让我幻化成佛珠里的一朵莲花,时时刻刻跟你在一起,为人形时,我就是白衣庵"慧静"。我是受菩萨派遣,前来保护你的。

那么,你是陪我穿越千年了?

小妮子乱说!我又没有动凡心,也没有贬红尘、堕轮回,好好的仙家,何来"穿越千年"?红尘仙界,我是来去两自由的!

你陪我那么久,菩萨近前怎么交差?

"那么久"?有多久?仙界一瞬,人间千年。你在红尘折腾得翻江倒海地老天荒,苦难里永无出头之日备受煎熬,仙界却是瞬间的事。所幸如今你已大彻大悟,菩萨慈悲,令我度你回去。

愿随君去,回归本真。只是,我母亲,但愿她老人家将来能有善果。

你母亲在打坐中即将往生,菩萨自会度她去西方极乐世界。

慧静和我一同去至禅房。

母亲端坐蒲团,正是入定之中。我远远地望母亲虔诚跪拜:

母亲啊!我们有缘红尘母女一场,而今我就要仙去,且受我一拜,就此一别!

转身我问慧静:

如今一切尘缘已经了结,我们何时回归?——此刻突然热切期盼回到菩萨温润如莲瓣的手指上!

即刻。今天正好农历六月十九,菩萨生日。我带你穿越回去拜寿吧!

怎么穿越?

唉,小妮子忘性忒大……

第二章　回归仙界

佛珠拿来——

我从腕上退下佛珠，慧静手持佛珠念念有词，顿时满室红光、空中仙乐缭绕、异香扑鼻，一朵莲花冉冉升起，我跏趺结印坐于莲花之上——

那唐代的西湖碧波、姑苏寒山、十里扬州、长安宫廷，以及当代的苏州长街、江南美院……一切红尘烟火渐渐离我远去，直至消失。

再见了，红尘中的人们！我回去了！祝你们人间太平、五谷丰登、子孙繁茂、国泰民安！

留下了《枫桥夜泊》画图一幅、绣品一幅，向世世代代的人们讲述我柳儿和诗人杜牧千年之恋的爱情故事！

2012年初稿

2016年竣稿